U0513867

古詩源

〔清〕沈德潜　选评
袁啸波　校点

上海古籍出版社

图书在版编目(CIP)数据

古诗源／（清）沈德潜选评；袁啸波校点. —上海：上海古籍出版社，2023.7
（国学典藏）
ISBN 978-7-5732-0723-4

Ⅰ.①古… Ⅱ.①沈… ②袁… Ⅲ.①古典诗歌—诗集—中国 Ⅳ.①I222.72

中国国家版本馆 CIP 数据核字(2023)第 096823 号

国学典藏
古诗源
【清】沈德潜　选评
袁啸波　校点
上海古籍出版社出版发行
（上海市闵行区号景路 159 弄 1-5 号 A 座 5F　邮政编码 201101）
（1）网址：www.guji.com.cn
（2）E-mail：guji1@guji.com.cn
（3）易文网网址：www.ewen.co
江阴市机关印刷服务有限公司印刷
开本 890×1240　1/32　印张 11.75　插页 5　字数 226,000
2023 年 7 月第 1 版　2023 年 7 月第 1 次印刷
印数：1—3,100
ISBN 978-7-5732-0723-4
I·3727　定价：52.00 元
如有质量问题，请与承印公司联系

前 言

中华古国是诗歌的国度。虽说唐代是诗歌发展的巅峰，但早在唐代以前，诗歌就已经很繁荣，且成就非凡。然而，和唐诗选本的品种数相比，古诗(唐以前)选本则要少得多。在流传至今的唐前古诗选本中，要数清沈德潜编的《古诗源》传播最广，影响最大。

沈德潜(1673—1769)，字确士，号归愚，长洲(今属苏州)人。清代著名学者、诗人。乾隆四年(1739)67 岁时才中进士，授翰林院编修。乾隆帝赏识其才，常让其陪伴左右，诗酒唱和。历任侍读、内阁学士等，官至礼部侍郎。死后赠太子太师，祀贤良祠，谥文悫。后因徐述夔案，遭罢祠扑碑。沈德潜奉行其师叶燮提出的温柔敦厚的诗教主张，又提出自己的论诗准则——格调说。著有《归愚诗文钞》。除编《古诗源》外，还编有《唐诗别裁》《明诗别裁》《清诗别裁》等。沈德潜论诗有复古倾向，崇尚唐诗。他认为，“诗至有唐为极盛，然诗之盛非诗之源也”，唐诗也是由前代的诗歌发展而来，因此，学唐诗也必须探其源。在这样的思想指导下，他在完成《唐诗别裁》后，又编选了《古诗源》。

《古诗源》书名中的“古诗”，指的是诗体，即古体诗，有三言、四言、五言、六言、七言、杂言等，不要求对仗，平仄和用韵比较自由。古体诗是和讲究格律的近体诗相对而言的。古诗作为一种诗体，唐以后还在被诗人们大量创作，而其源头是在唐以前，因此沈德潜将此唐以前的诗歌选本命名为“古诗源”。

《古诗源》十四卷，选录先秦、汉、魏、晋、南北朝、隋的诗歌 700

馀首，是一部唐以前历代诗歌的选集。诗的采集范围很广，涉及经史子集各类文献。遴选作品时主要参考了梁萧统编的《文选》、明冯惟讷编的《诗纪》和清王士禛编的《古诗选》三书。诗歌依朝代先后为序编排，每个朝代从帝王起始。选诗效法王士禛《古诗选》，突破了狭义上"古诗"的范畴，广收古谚古语、民歌童谣、乐府诗等，使内容更为丰富多彩，也更能全面地反映隋以前诗歌的多样性。从书中所收诗歌来看，编者主要还是以艺术性高下作为选诗标准，并未被其个人温柔敦厚的诗教主张所束缚。如所收汉蔡琰的《悲愤诗》，汉乐府《战城南》《有所思》《上邪》，魏武帝曹操的《蒿里行》、晋陶渊明的《咏荆轲》等，都是感情激越的作品，以雅为标准的《文选》均摒弃不收。沈德潜在诗学上属于复古保守派，但他选编《古诗源》却抱有相当开放的态度，值得肯定。所选诗歌的题材也很多样，既有抒发个人情感、抒写友情爱情的，也有感叹时事、描写战争和边塞的，还有咏物、咏景、咏史以及倡和、赠别、怀人、悼亡等。诗体上有三言、四言、五言、六言、七言和杂言（即长短句）等，几乎包含了唐以前诗歌的各种样式。编者对书中不少诗歌作了简要解题和精到点评，对个别字词还予以注音和释义，有助于读者阅读和欣赏。

总体来说，《古诗源》是一部相当好的唐以前诗歌选本。虽然后世所编的古诗选本不少，但《古诗源》依然无法被完全取代。当然，《古诗源》也存在缺点，比如所收的一些民歌童谣出自野史说部，往往真伪莫辨，时代亦有可疑。再者，和王士禛《古诗选》一样，沈德潜没有选南朝《子夜歌》《读曲歌》等情歌，认为"雅音既远，郑卫杂兴，君子弗尚也"，亦稍有遗憾。然此乃时代所致，我们不能苛求古人。

《古诗源》原刊本为写刻，首有清康熙五十八年（1719）序，故有人误以为是康熙刻本，就连国内多家省级公共图书馆都误标为康熙刻本。据沈德潜自订《年谱》，《古诗源》编选工作始于康熙五十六年

(1717)十月,完成于康熙五十八年上半年,因付梓较晚,直到六年后,也即雍正三年(1725)岁末才刻竣。沈氏《年谱》"《雍正》三年乙巳"条明确说:"岁终,《古诗源》刻成。"书中凡遇"真"字,皆缺末笔,避雍正名胤禛讳,故其为雍正刻本是确凿无疑的,不存在所谓康熙版《古诗源》。

《古诗源》出版后,很受欢迎,被不断翻刻。1936年,中华书局据原刻本校订后排印,收入《四部备要》。1957年,文学古籍刊行社据《四部备要》本(以下简称"备要本")校订出版。1963年,中华书局又用文学古籍刊行社的纸型重印,1977年再印时改正了个别错误。后来又重排,成为发行量最大的通行本。可见通行本的源头仍是"备要本",只是稍有订正,并未参校过原刊本。我将原刊本与"备要本"全面比对后发现,后者虽校正了原刊本不少讹误,但也存在明显不足,兹分述如下:

一、未出校勘记,修改处无迹可寻,使人不识原刊本庐山真面目。

二、本非原刊本讹误,只是不同版本造成之异文,也作径改,失于轻率。

三、仍有漏校处。如卷八陶潜《五月旦作和戴主簿》"曲肱岂伤忡","忡"应作"冲";卷九庐山诸道人《游石门诗》小序"开阐之际,状有灵焉","开阐"应为"开阖";卷十一鲍照《代白纻舞歌辞四首》之四"簪金藉绮升曲弦","曲弦"应为"曲筵";卷十四庾信《商调曲》第二句下脱"臣以商应"一句,等等,均未校正。

四、避讳字未改。如卷五魏文帝《至广陵于马上作》"不战屈敌卤","卤"避清朝讳,应改为"虏";卷十二沈约《奉和竟陵王经刘瓛墓》"元泉倘能慰","元"避清康熙讳,应改为"玄";卷十三诗人"邱迟",应改为"丘迟",等等。

五、原刊本不误，备要本在排印时校对粗疏，造成不少错讹，多为形近而误。如卷一《风俗通》“县官漫漫，怨死者半”，“县官”为“县官”之误；卷三乐府歌辞《有所思》诗末批语“怨而怒矣，然怒之切，正望之深”，“怒之切”为“怨之切”之误；同卷《孤儿行》“足下无菲”句下注释“《左传》：‘共其扉屦。’扉，草屦也。”“扉”为“屝”之误；卷九谢灵运《述祖德诗二首》之二“河水无反正”，“河水”为“河外”之误；卷十何承天《应诏宴曲水作诗八章》“《宋略》曰：文帝元嘉十一年三月丙辰”，“丙辰”为“丙申”之误；同卷谢灵运《从斤竹涧越岭溪行》“迢递步陉岘”，“步”为“陟”之误；卷十二沈约《伤谢朓》“一日同丘壤”，“一日”为“一旦”之误；卷十三庾肩吾《经陈思王墓》“雁与云俱阵，涉将蓬共惊”，“涉”为“沙”之误，等等。

备要本错误大多被文学古籍刊行社本所沿袭，而文学古籍刊行社本在排版过程中又产生一些新的讹误，如：卷二张衡《四愁诗》小序“为《四愁诗》，屈原以美人为君子”，“屈原”前脱一“效”字；卷七陆机《拟明月皎夜光》“昊天肃明月”，“明月”为“明明”之误；卷十一鲍照《过铜山掘黄精》“羊角栖断云，榼口流隘日”，“隘日”为“隘石”之误；卷十一诗人“王徽”，实为“王微”之误，等等。后出诸本沿袭其误，不免遗憾。

鉴于上述原因，对《古诗源》重择底本予以校勘整理，便很有必要，以免让错讹继续流传。

此次整理，以清雍正三年原刊本《古诗源》为底本，并校以清嘉庆间胡克家刊本《文选》、四部丛刊本《玉台新咏》、文学古籍刊行社影印宋本《乐府诗集》，以及所涉经、史、子、诸家别集（采用通行本，恕不一一指明版本），显误者改正，出校勘记。凡属异文而有来源者，则一律不改，酌情出异文校。避讳字径改；因文意所需，酌情保留异体字、古字等。凡一题多首者，每首之间空一行；一题多章或多段者，则不空行。

最后我要感谢本书责任编辑钮君怡女史，承蒙她的信任，使我有机会为乡贤沈归愚做点事。在做校勘记时，查阅了大量文献，但疏失仍在所难免，恳请读者方家不吝指正！

袁啸波

2022 年 5 月撰于疫情封控中

2023 年 5 月染疫一周后改定

目　录

古诗源卷三　汉诗

杂歌谣辞

古诗源卷五　魏诗

武　帝

文　帝

甄　后

明　帝

古诗源卷八 晋诗

古诗源卷九　晋诗

古诗源卷十 宋诗

古诗源卷十二　齐诗　梁诗

齐诗

谢　朓

王　融

张　融

刘　绘

孔稚圭

古诗源卷十四　陈诗　隋诗

陈诗

序

诗至有唐为极盛，然诗之盛，非诗之源也。今夫观水者，至观海止矣，然由海而溯之，近于海为九河，其上为泽水，为孟津，又其上由积石以至昆仑之源。《记》曰："祭川者先河后海。"重其源也。唐以前之诗，昆仑以降之水也。汉京魏氏，去风雅未远，无异辞矣。即齐梁之绮缛，陈隋之轻艳，风标品格，未必不逊于唐，然缘此遂谓非唐诗所由出，将四海之水非孟津以下所由注，有是理哉？有明之初，承宋元遗习，自李献吉以唐诗振天下，靡然从风，前后七子互相羽翼，彬彬称盛。然其敝也，株守太过，冠裳土偶，学者咎之。由守乎唐而不能上穷其源，故分门立户者，得从而为之辞。则唐诗者，宋元之上流，而古诗又唐人之发源也。

予前与树滋陈子辑唐诗成帙，窥其盛矣。兹复溯隋陈而上，极乎黄、轩，凡《三百篇》、楚骚而外，自郊庙乐章，讫童谣里谚，无不备采，书成，得一十四卷。不敢谓已尽古诗，而古诗之雅者，略尽于此，凡为学诗者导之源也。昔河汾王氏删汉魏以下诗，继孔子《三百篇》后，谓之续经，天下后世群起攻之曰僭。夫王氏之僭，以其拟圣人之经，非谓其录删后诗也。使误用其说，谓汉魏以下，学者不当蒐辑，是惩热羹而吹齑，见人噎而废食，其亦翦翦拘拘之见尔矣。予之成是编也，于古逸存其概，于汉京得其详，于魏晋猎其华，而亦不废夫宋齐后之作者。既以编诗，亦以论世，使览者穷本知变，以渐窥风雅之遗意，犹观海者由逆河上之，以溯昆仑之源，于诗教未必无少助也夫！

康熙己亥夏五，长洲沈德潜书于南徐之见山楼。

例　言

《康衢》《击壤》，肇开声诗。上自陶唐，下暨秦代，韵语可采者，或取正史，或裁诸子，杂录古逸，冠于汉京，穷诗之源也。《诗纪》备详，兹择其尤雅者。

风骚既息，汉人代兴，五言为标准矣。就五言中，较然两体：苏李赠答、无名氏十九首，古诗体也；《庐江小吏妻》《羽林郎》《陌上桑》之类，乐府体也。昭明独尚雅音，略于乐府，然措词叙事，乐府为长，兹特补昭明《选》未及，后之作者，知所区别焉。

《安世房中歌》，诗中之雅也。汉武郊祀等歌，诗中之颂也。《庐江小吏妻》《羽林郎》《陌上桑》等篇，诗中之国风也。乐府中亦具三体，当分别观之。

曹子建云："汉曲讹不可辨。"魏人且然，况今日耶？凡不能句读及无韵不成诵者，均不录。

苏、李以后，陈思继起，父兄多才，渠尤独步，故应为一大宗。邺下诸子，各自成家，未能方埒也。嗣宗触绪兴怀，无端哀乐，当涂之世，又成别调矣。

壮武之世，茂先、休奕，莫能轩轾；二陆、潘、张，亦称鲁、卫。太冲拔出于众流之中，丰骨峻上，尽掩诸家。钟记室季孟于潘、陆之间，非笃论也。后此越石、景纯，联镳接轸。过江末季，挺生陶公，无意为诗，斯臻至诣，不第于典午中屈一指云。

诗至于宋，体制渐变，声色大开。康乐神工默运，明远廉俊无前，允称二妙。延年声价虽高，雕镂太甚，未宜鼎足矣。齐人寥寥，玄晖独有一代，元长以下，无能为役。

萧梁之代，风格日卑。隐侯短章，犹存古体。文通、仲言，辞藻斐然。虽非出群之雄，亦称一时作者。陈之视梁，抑又降焉。子坚、孝穆，并以总持，略其体裁，专求名句，所云差强人意者耶。

梁时《横吹曲》，武人之词居多。北音铿锵，钲铙竞奏，《企喻歌》《折杨柳歌词》《木兰诗》等篇，犹汉魏人遗响也。北齐《敕勒歌》，亦复相似。

北朝词人，时流清响。庾子山才华富有，悲感之篇，常见风骨，所长不专在造句也。徐、庾并名，恐孝穆华词，瞠乎其后。

隋炀帝艳情篇什，同符后主，而边塞诸作，矫然独异，风气将转之候也。杨处道清思健笔，词气苍然。后此射洪、曲江，起衰中立，此为之胜广矣。

汉武立乐府，采歌谣，郭茂倩编《乐府诗集》，杂谣歌词亦俱收录，谓观此可以知治忽、验盛衰也。愚于各代诗人后，嗣以歌谣，犹前人志云。

汉以前歌词，后人拟作甚夥，如夏禹《玉牒词》、汉武帝《落叶哀蝉曲》类是也。词旨可取，不妨并登，真伪自可存而不论。然如《皇娥》《白帝歌》，事近于诬；虞姬答歌、苏武妻答诗，词近于时。类此者，不敢从俗采入。

诗非谈理，亦乌可悖理也？仲长统《述志》云："畔散五经，灭弃风雅。"放恣不可问矣。类此者，概所屏却。

晋人《子夜歌》、齐梁人《读曲》等歌，俚语俱趣，拙语俱巧，自是诗中别调。然雅音既远，郑卫杂兴，君子弗尚也。愚于唐诗选本中，不收西昆、香奁诸体，亦是此意。

新城王尚书向有古诗选本，抒文载实，极工裁择。因五言、七言分立界限，故三、四言及长短杂句均在屏却。兹特采录各体，补所未备。又王选五言兼取唐人，七言下及元代。兹从陶唐氏起，南北朝止，探其源不暇沿其流也。

诗之为用甚广，范宣讨贰，爰赋《摽梅》；宗国无鸠，乃歌《圻父》，断章取义，原无达诂也。笺释评点，俱可无庸，为学人启途径，未能免俗耳。

书中征引，宜录全文，缘疏通大义，匪同笺注，凡经史子集，时从删节，近于因陋就简，识者谅诸。

德潜学识浅尠，于删诗缉颂，略无所得。此书援据典实，通达奥义，得三益之功居多。参订姓氏，详列于简①。

归愚沈德潜识

---

① 《例言》后原列参订姓氏，今略。

古诗源卷一　古逸

击壤歌

《帝王世纪》：帝尧之世，天下太和，百姓无事，有老人击壤而歌。

日出而作，日入而息。凿井而饮，耕田而食。帝力于我何有哉！

帝尧以前，近于荒渺。虽有《皇娥》《白帝》二歌，系王嘉伪撰。其事近诬，故以《击壤歌》为始。

康衢谣

《列子》：帝治天下五十年，不知天下治与？不治与？亿兆愿戴己与？乃微服游于康衢，闻儿童谣云：

立我蒸民，莫匪尔极。不识不知，顺帝之则。

伊耆氏蜡辞

《礼记·郊特牲》云：伊耆氏始为蜡。蜡者，索也。岁十二月，合聚万物而索飨之也。祝辞曰：

土反其宅，水归其壑。昆虫毋作，草木归其泽。

末句言草木归根于薮泽，不生于耕稼之土也。

尧 戒

《淮南子·人间训》。

战战栗栗，日谨一日。人莫踬于山，而踬于垤。

大圣人忧勤惕厉语。

卿 云 歌

《尚书大传》：舜将禅禹，于是俊乂百工，相和而歌《卿云》。帝倡之，八伯咸稽首而和，帝乃载歌。

卿云烂兮，糺同纠缦缦兮。日月光华，旦复旦兮。

“旦复旦”，隐寓禅代之旨。

八 伯 歌

明明上天，烂然星陈。日月光华，弘于一人。

帝载歌

日月有常，星辰有行。四时顺经，万姓允诚。于予论乐，配天之灵。迁于贤善，莫不咸听。鼚乎鼓之，轩乎舞之。菁华已竭，褰裳去之。

南风歌

《家语》：舜弹五弦之琴，歌《南风》之诗。其诗曰：

南风之薰兮，可以解吾民之愠叶平兮。南风之时兮，可以阜吾民之财兮。

禹玉牒辞

祝融司方发其英，沐日浴月百宝生。

竟似歌行中名语，开后人奇警一派。

夏后铸鼎繇

《困学纪闻》云：太卜三兆，其颂皆千有二百，夏后铸鼎繇云云。

逢逢白云，一南一北，一西一东。九鼎既成，迁于三国。

“北”与“国”为韵，而以“一西一东”句间之，章法甚奇。

商 铭

见《国语》。

嗛嗛之德，不足就也。不可以矜，而只取忧也。嗛嗛之食，不足狃也。不能为膏，而只离咎也。

嗛嗛，小貌。○转以德居食先，此古人章法。

麦 秀 歌

《史记》：箕子朝周，过故殷墟，感宫室毁坏，生禾黍。箕子伤之，欲哭则不可，欲泣，为其近妇人，乃作《麦秀》之诗以歌之。

麦秀渐渐兮，禾黍油油。彼狡童兮，不与我好兮。

采 薇 歌

《史记》：武王已平殷乱，天下宗周。伯夷、叔齐耻之，义不食周粟，采薇首阳山，饿且死，作歌。

登彼西山兮，采其薇矣。以暴易暴兮，不知其非矣。神农虞夏忽焉没兮，吾适安归矣？吁嗟徂兮，命之衰矣！

盥盘铭

以下铭辞见《大戴礼》。

与其溺于人也，宁溺于渊。溺于渊，犹可游也；溺于人，不可救也。

诸铭中，有切者，有不必切者，无非借器自儆。若句句黏著，便类后人咏物。

带　铭

火灭修容，慎戒必恭，恭则寿。

语极古奥。恭则寿，所谓威仪定命也。

杖　铭

恶乎危？于忿懥。恶乎失道？于嗜欲。恶乎相忘？于富贵。

衣　铭

桑蚕苦，女工难，得新捐故后必寒。

笔　铭

豪毛茂茂，陷水可脱，陷文不活。

起句不入韵。

矛　铭

造矛造矛，少间弗忍，终身之羞。余一人所闻，以戒后世子孙。

末二句忽转一韵，叠用两句韵作结。唐人古体每每用之，其原盖出于此。《葛覃》第三章、《饭牛歌》二章亦同。

书　车

《太平御览》引《太公金匮》："武王曰：'吾随师尚父之言，因为书铭。'"

自致者急，载人者缓。取欲无度，自致而反。

圣贤反己之学，不肯自恕。

书　户

出畏之，入惧之。

书　履

行必履正，无怀侥倖。

书　砚

石墨相著而黑，邪心谗言，无得污白。

书　锋

忍之须臾，乃全汝躯。

与《矛铭》意同。

书　杖

辅人无苟，扶人无咎。

书　井

原泉滑滑，连旱则绝。取事有常，赋敛有节。

书井忽然触到赋敛，古人随事寄托，不工肖物。

白云谣

《穆天子传》：乙丑，天子觞西王母于瑶池之上。西王母为天子谣曰：

白云在天，丘陖[1]古“陵”字自出。道里悠远，山川间之。将子无死，尚复能来。

祈招

《左传》：楚子革云：“周穆王欲肆其心，周行天下，将皆必有车辙马迹焉。祭公谋父作《祈招》之诗，以止王心。”

祈招之愔愔，式昭德音。思我王度，式如玉，式如金。形民之力，而无醉饱之心。

懿氏繇

《左传》：陈大夫懿氏卜妻敬仲。其妻占之，曰“吉”。词曰：

凤凰于飞，和鸣锵锵。有妫之后，将育于姜。五世其

① 陖：原作“陵”，误，据《穆天子传》卷三改。

昌，并于正卿。八世之后，莫之与京。

鼎　铭

《左传》：宋正考父佐戴、武、宣，三命滋益恭。其鼎铭云：

一命而偻，再命而伛，三命而俯，循墙而走，亦莫余敢侮。饘于是，粥于是，以糊予口。

人有卑屈而召侮者，莫余敢侮，方是主敬之验。孔子亦云："恭近于礼，远耻辱也。"①

虞　箴

《左传》：魏庄子谓晋侯曰：昔辛甲之为太史，命百官箴王之阙。于虞人之箴曰：

芒芒禹迹，画为九州，经启九道。民有寝庙，兽有茂草，各有攸处，德用不扰。在帝夷羿，冒于原兽，忘其国恤，而思其麀牡。武不可重，用不恢于夏家叶姑。兽臣司原，敢告仆夫。

起第三句入韵。

① 语出《论语·学而》，乃孔子学生有子语。

饭牛歌

《淮南子》：甯戚欲干齐桓公，困穷无以自达。于是为商旅，将任车，以商于齐，暮宿于郭门外。桓公迎郊客，夜开门，辟任车，爝火甚众。戚饭牛车下[①]，击牛角而疾商歌。桓公闻之曰："异哉！非常人也。"命后车载之，因授以政。

南山矸音岸，白石烂，生不逢尧与舜禅。短布单衣适至骭音干，从昏饭牛薄夜半，长夜漫漫何时旦！

"长夜"句感慨。

沧浪之水白石粲，中有鲤鱼长尺半。弊布单衣裁至骭，清朝饭牛至夜半。黄犊上坂且休息，吾将舍汝相齐国。

出东门兮厉石班，上有松柏青且阑。粗布衣兮缊缕，时不遇兮尧舜主。牛兮努力食细草，大臣在尔侧，吾当与汝适楚国。

自命"大臣"，何等自负！"适楚国"，即后世北走胡，南走越意。战国策士之习，已萌于此。

琴　歌

《风俗通》：百里奚为秦相，堂上乐作，所赁浣妇自言知音，因抚弦而歌。问之，乃故妻也。

---

① 戚：原作"越"，据清卢文弨校改。

百里奚，五羊皮。忆别时，烹伏雌。炊扊扅，今日富贵忘我为！

暇豫歌

《国语》：晋优施通于骊姬，姬欲害申生而难里克，乃饮里克酒，中饮，优施起舞曰：

暇豫之吾吾，不如鸟乌。人皆集于菀，己独集于枯①。

宋城者讴

《左传》：郑公子受命于楚，伐宋。宋师败绩，囚华元。宋人以兵车百乘、文马四驷，赎华元于郑。半入，华元逃归。后宋城，华元为植，巡功。城者讴以讥之，华元使骖乘者答之。役人又复歌之。

睅其目，皤其腹，弃甲而复。于思读腮于思，弃甲复来！

骖乘答歌

牛则有皮，犀兕尚多，弃甲则那！

那，犹言何害也。

---

① 枯：原作“楛”，据《国语·晋语二》改。

役人又歌

从其有皮，丹漆若何？

答语亦滑稽。而役人之歌滑稽更甚。

鹳 鹆 歌

《左传》：鲁文公之世童谣也。至昭公时，有鹳鹆来巢。公攻季氏，败，出奔齐外野，次乾侯。八年，死于外，归葬。昭公名稠，公子宋立，是为定公。

鹳之鹆之，公出辱之。鹳鹆之羽，公在外野，往馈之马。鹳鹆跦跦，公在乾侯，征褰与襦。鹳鹆之巢，远哉遥遥，稠父丧劳，宋父以骄。鹳鹆鹳鹆，往歌来哭。

数十年后，事一一皆验。〇跦跦，跳行貌。褰，裤也。襦，在外短衣也。

泽门之皙讴

《左传》：宋皇国父为太宰，为平公筑台于门，妨于农收。子罕请俟农功之毕，公弗许。筑者讴曰：

泽门之皙，实兴我役。邑中之黔，实慰我心。

忼慷歌

歌见孙叔敖碑，与《史记·滑稽传》所载相类，附录《史记》于此。楚相孙叔敖死，其子穷困负薪。优孟怜之，即为孙叔敖衣冠，抵掌谈语。岁余，像孙叔敖。楚王置酒，优孟前为寿。王大惊，以为孙叔敖复生也，欲以为相。优孟曰："楚相不足为也。孙叔敖为相，尽忠为廉，王得以伯。今死，其子贫负薪。必如孙叔敖，不如自杀。"因歌云云。王乃召孙叔敖子，封之寝丘。

贪吏而不可为而可为，廉吏而可为而不可为。贪吏而不可为者，当时有污名，而可为者，子孙以家成。廉吏而可为者，当时有清名，而不可为者，子孙困穷被褐而负薪。贪吏常苦富，廉吏常苦贫，独不见楚相孙叔敖，廉洁不受钱。

将廉吏之不可为说透，而主意于末一语缀出，情深语竭。楚王听之，不觉自入。

子产诵二章

《左传》：子产从政一年，舆人诵之云云。及三年，又诵之云云。

取我衣冠而褚之，取我田畴而伍之。孰杀子产，吾其与之！

我有子弟，子产诲之。我有田畴，子产殖音治之[①]。子产

① 音治：原作"治音"，置于句末，据文意改。

而死，谁其嗣之！

孔子诵二章

《家语》：孔子始用于鲁，鲁人鹥诵之云云。及三月，政成，化既行，又诵之云云。

麛裘而鞸，投之无戾。鞸之麛裘，投之无邮。
衮衣章甫，实获我所。章甫衮衣，惠我无私。

去鲁歌

《史记》：孔子相鲁，鲁大治。齐人归女乐，季桓子受之，三日不听政。郊，又不致膰于大夫。孔子遂行，歌曰：

彼妇之口，可以出走。彼妇之谒，可以死败。盖优哉游哉，维以卒岁。

蟪蛄歌

《说苑》：孔子歌云云，政尚静而恶哗也。

违山十里，蟪蛄之声，犹尚在耳。

《史记》云:“鲁之衰也,洙、泗之间,龂龂如也。”即恶哗之意。

临河歌

《水经注》:孔子适赵,临河不济,叹而作歌。

狄水衍兮风扬波,舟楫颠倒更相加,归来归来胡为斯!

狄,水名,在临济。旧作“秋”,误。

楚聘歌

《孔丛子》:楚王使使奉金币聘夫子,宰予、冉有曰:“夫子之道,至是行矣。”遂请见,问曰:“太公勤身苦志,八十而遇文王,孰与许由之贤?”子曰:“许由独善其身者也,太公兼利天下者也。然今世无文王,虽有太公,孰能识之?”歌曰:

大道隐兮礼为基,贤人窜兮将待时,天下如一兮欲何之?

获麟歌

《孔丛子》:叔孙氏之车子钼商樵于野而获麟焉。众莫之识,以为不祥。夫子往观焉,泣曰:“麟也。麟出而死,吾道穷矣。”歌云云。

唐虞世兮麟凤游，今非其时来何求？麟兮麟兮我心忧。

和平语入人自深，此圣人之言也。

龟山操

《琴操》：季桓子受齐女乐，孔子欲谏不得，退而望鲁龟山作歌，喻季之蔽鲁也。

予欲望鲁兮，龟山蔽之。手无斧柯，奈龟山何？

所以七日诛少正卯也，故知圣人不尚姑息。

盘操

《琴操》。

干泽而渔，蛟龙不游。覆巢毁卵，凤不翔留。惨予心悲，还原息陬。

水仙操

《琴苑要录》：《水仙操》，伯牙所作也。伯牙学琴于成连，三年而成。至于精神寂漠，情之专一，未能得也。成连曰："吾之学，不能移人之情。吾师有方子春，在东海中。"乃赍粮从之。至蓬莱山，留伯牙曰："吾将迎吾师。"刺船而去，旬时不返。伯牙心悲，延颈四望，但闻海水汩没，山林窅冥，群鸟悲号，仰天叹曰："先生将移我情。"乃援琴而作歌。

繄洞渭兮流澌濩，舟楫逝兮仙不还。移形素兮蓬莱山，歍钦伤宫仙不还。

歍，音乌。歍钦，未详。伯姬引亦用"歍钦"字。○一序已尽琴理，歌辞略见大意。

接舆歌

事见《庄子》，《论语》所载大同小异。

凤兮凤兮，何如德之衰也！来世不可待，往世不可追也。天下有道，圣人成焉。天下无道，圣人生焉。方今之时，仅免刑焉。福轻乎羽，莫之知载。祸重乎地，莫之知避。已乎已乎！临人以德。殆乎殆乎！画地而趍音促。迷阳迷阳，无伤吾行。吾行却曲，无伤吾足。

圣人生焉，谓徒生于世也。○迷阳，草名，其肤多刺，故曰"无伤"云云。

成人歌

《檀弓》：成人有其兄死而不为衰者，闻高子皋为成宰，遂为衰。成人歌曰：

蚕则绩而蟹有匡,范则冠而蝉有緌,兄则死而子皋为之衰。

成,鲁邑名。匡,蟹背壳似匡也。范,蜂也。緌,谓蝉喙,长在腹下。此嗤兄死者,其衰之不为兄也。

渔父歌

《吴越春秋》:伍员奔吴,追者在后。至江,江中有渔父,子胥呼之。渔父欲渡,因歌云云。子胥止芦之漪,渔父又歌云云。既渡,渔父视之有饥色,曰:"为子取饷。"渔父去,子胥疑之,乃潜深苇之中。父来,持麦饭、鲍鱼羹、盎浆,求之不见,因歌而呼之云云。子胥出,饮食毕,解百金之剑以赠。渔父不受。问其姓名,不答。子胥诫渔父曰:"掩子之盎浆,无令其露。"渔父诺。胥行数步,渔者覆船自沉于江。

日月昭昭乎寖已驰[①],与子期乎芦之漪。

日已夕兮,予心忧悲。月已驰兮,何不渡为?事寖急兮将奈何?

芦中人[②],岂非穷士乎!

合上章为韵,其声愈促。

偕隐歌

《琴清英》云:"祝牧与其妻偕隐,乃作歌。"

① 昭昭:原作"照照",据《吴越春秋》改。

② 按,《吴越春秋》此句前多"芦中人"一句。

天下有道，我黻子佩。天下无道，我负子戴。

徐人歌

刘向《新序》：延陵季子将聘晋，带宝剑。徐君不言，而色欲之。季子未献也，然其心已许之。使反，而徐君已死，季子于是以剑带徐君墓树而去。徐人为之歌。

延陵季子兮不忘故，脱千金之剑兮带丘墓。

越人歌

刘向《说苑》：鄂君子晳泛舟于新波之中，乘青翰之舟，张翠盖，会钟鼓之音，越人拥楫而歌。于是鄂君乃揄修袂行而拥之，举绣被而覆之。

今夕何夕兮，搴洲中流。今日何日兮，得与王子同舟。蒙羞被好兮，不訾诟耻。心几烦而不绝兮，得知王子。山有木兮木有枝，心说君兮君不知。

与"思公子兮未敢言"同一婉至。

越谣歌

《风土记》：越俗性率朴，初与人交，有礼，封土坛，祭以犬鸡，祝曰：

君乘车，我戴笠，他日相逢下车揖。君担簦，我跨马，他日相逢为君下。

琴　歌

《列女传》：齐人杞梁殖袭莒，战死。其妻哭于城下，七日而城崩。故《琴操》云：殖死，其妻援琴作歌曰：

乐莫乐兮新相知，悲莫悲兮生别离。

灵宝谣

《灵宝要略》：吴王阖闾出游包山，见一人，自言姓山名隐居。阖闾扣之，乃入洞庭，取《素书》一卷呈阖闾。其文不可识，令人赍之问孔子。孔子曰"丘闻童谣"云云。

吴王出游观震湖，龙威丈人山隐居。北上包山入灵墟，乃入洞庭窃禹书。天地大文不可舒，此文长传百六初，若强取出丧国庐。

吴夫差时童谣

《述异记》：吴王有别馆在句容，楸梧成林，故名梧宫。或云即馆娃宫，宫有梧桐园。

梧宫秋，吴王愁。

国家愁惨之状，尽于六字中，不啻闻雍门之弹矣。秋，隐语也。

乌鹊歌

《彤管集》：韩凭为宋康王舍人，妻何氏美，王欲之，捕舍人，筑青陵之台。何氏作《乌鹊歌》以见志，遂自缢。

南山有乌，北山张罗。乌自高飞，罗当奈何！
乌鹊双飞，不乐凤凰。妾是庶人，不乐宋王。

妙在质直。唐孟郊《列女操》"波澜誓不起，妾心井中水"，此一种也。

答夫歌

其雨淫淫，河大水深，日出当心。

王得诗，以问苏贺。贺曰："雨淫淫，愁且思也。河水深，不得往来也。日当心，死志也。"〇语特奇创。

越群臣祝

《吴越春秋》：越王勾践五年，与大夫种、范蠡入臣于吴。群臣送之浙江之上，临水祖道，军陈固陵。大夫前为祝词曰：

皇天祐助，前沉后扬。祸为德根，忧为福堂。威人者灭，服从者昌。王离牵政，其后无殃。君臣生离，感动上皇。众夫悲哀，莫不感伤。臣请薄脯，酒行二觞。

“前沉后扬”，吴越初终，尽此四字。

大王德寿，无疆无极。乾坤受灵，神祇辅翼。我王厚之，祉祐在侧。德销百殃，利受其福。去彼吴庭，来归越国。

祝越王辞

《吴越春秋》：越王既灭吴，伯诸侯，置酒文台，群臣为乐。大夫种进祝酒词曰：

皇天祐助，我王受福。良臣集谋，我王之德。宗庙辅政，鬼神承翼。君不忘臣，臣尽其力。上天苍苍，不可掩塞。觞酒二升，万福无极。

“君不忘臣，臣尽其力”，恐君臣之不终，故有此语。

我王仁贤，怀道抱德。灭仇破吴，不忘返国。赏无所吝，群邪杜塞。君臣同和，福祐千亿。觞酒二升，万岁难极。

弹　歌

《吴越春秋》：越王欲谋伐吴，范蠡进善射者陈音。王问曰：“孤闻子善射，道何所生？”对曰：“臣闻弩生于弓，弓生于弹。弹起于古之孝子不忍见父母为禽兽所食，故作弹以守之。”歌曰：

断竹续竹，飞土逐宍。

宍，古肉字。○二字为句。○刘勰云：“《断竹》黄歌，质之至也。”

禳田者祝

《史记》：齐威王使淳于髡于赵请兵御楚，赍金百斤，车马十驷。髡仰天大笑，冠缨索绝。王曰：“先生少之乎？”髡曰：“臣从东方来，见道旁禳田者，操豚蹄，酒一盂，而祝云云。臣见所持者狭，而所欲者奢，故笑之。”

瓯窭音楼满篝，污邪满车。五谷蕃熟，穰穰满家。

瓯窭，少意。篝，笼也。言少者犹满篝也。污邪，下田也。○词极古茂。起二语亦可二字成句，《诗·蝃蝀在东》同此。

巴谣歌

《茅盈内传》：秦始皇三十一年九月庚子，茅盈高祖濛于华山之中，乘云驾鹤，白日升天。先是时，有巴谣歌辞云云。始皇闻谣歌而问其故，父老具对曰：“此仙人之谣歌。”劝帝求长生之术。于是始皇欣然，乃有寻仙之志，因改腊月嘉平。

神仙得者茅初成，驾龙上升入太清。时下玄洲戏赤城，继世而往在我盈，帝若学之腊嘉平。

渡易水歌

《史记》：燕太子丹使荆轲刺秦王，至易水之上，既祖取道。高渐离击筑，荆轲和而歌，为变徵之声，士皆垂泪涕泣，又前而歌曰：

风萧萧兮易水寒，壮士一去兮不复还。

至今读之，犹存变徵之声。

三秦记民谣

武功太白，去天三百。孤云两角，去天一握。山水险阻，黄金子午。蛇盘乌栊，势与天通。

奇奥。

楚人谣

《史记》：楚怀王为张仪所欺，客死于秦。至王负刍，遂为秦所灭，百姓哀之。

楚虽三户，亡秦必楚。

哀痛激烈，比《松柏之歌》尤甚。

河图引蜀谣

汶阜之山，江出其腹。帝以会昌，神以建福。

湘中渔歌

帆随湘转，望衡九面。

《禹贡》：夹右碣石，入于河。简而能达，不图此复遇之。

太公兵法引黄帝语

以下古逸谐语。

日中不彗，是谓失时。操刀不割，失利之期。执柯不伐，贼人将来。涓涓不塞，将为江河。荧荧不救，炎炎奈何。两叶不去，将用斧柯。为虺弗摧，行将为蛇。

“两叶不去”二句，古人未尝不造句也。○不必果出黄帝，然其语可录。

六　韬

天下攘攘，皆为利往。天下熙熙，皆为利来。

管　子

墙有耳，伏寇在侧。

左传引逸诗

翘翘车乘，招我以弓。岂不欲往？畏我友朋。

陈敬仲引。○难进之思凛然。

俟河之清，人寿几何？兆云询多，职竞作罗。

郑子驷引。

虽有丝麻，无弃菅蒯。虽有姬姜，无弃蕉萃同憔悴。凡百君子，莫不代匮。

见“子重伐莒”篇。

左　传

山有木，工则度之。宾有礼，主则择之。

鲁羽父引周谚。

心苟无瑕，何恤乎无家！

晋士蔿引谚。

畏首畏尾，身其馀几？

郑子家引古言。

虽鞭之长，不及马腹。

晋伯宗引古语。

国　语

兽恶其网，民怨其上。

单襄公引谚。

众心成城，众口铄金。

州鸠对周景王引谚。

从善如登，从恶如崩。

卫彪傒引谚。

孔子家语

相马以舆，相士以居。

英雄短气。

列子二则

生相怜，死相捐。

《杨朱篇》引谚。

人不婚宦，情欲失半。人不衣食，君臣道息。

古语。

韩非子

奔音偾车之上无仲尼，覆舟之下无伯夷。

慎子

不聪不明，不能为王。不瞽不聋，不能为公。

要知聪明、聋瞽，并行不悖。冕而前旒，黈纩塞耳①，亦不专主聪明也。

鲁连子

心诚怜，白发玄。情不怡，艳色媸。

战国策

宁为鸡口，无为牛后。

① 黈：原作“黈”，据《左传》昭公二十六年改。

苏秦为赵合从，说韩曰：闻之鄙语云云。〇一云："鸡尸牛从。"尸，主也。从，牛子也。

削株掘根，无与祸邻，祸乃不存。

张仪说秦，臣闻之云云。

史　记

下俱汉以后矣。因众人称引，按之时代，未能皆有所属，故亦入古逸中。

蓬生麻中，不扶自直。白沙在泥，与之皆黑。

与"芝兰""鲍鱼"同意。

当断不断，反受其乱。

《黄歇传》赞引语。

长袖善舞，多钱善贾。

《蔡泽传》太史公引韩非语。

农不如工，工不如商。刺绣文，不如倚市门。

《货殖传》。

汉 书

狡兔死，走狗烹。飞鸟尽，良弓藏[①]。敌国破，谋臣亡。

《韩信传》。

不习为吏，视已成事。

贾谊引鄙谚。

水至清则无鱼，人至察则无徒。

东方朔《客难》。

千人所指，无病而死。

王嘉上封事，谏成帝益封董贤，引里谚云。○比“高明之家，鬼瞰其室”，及“美服患人指”等语，更为可危可惧。一能胜予，况千人乎！

列女传引古语

力田，不如遇丰年。力桑，不如见国卿。刺绣文，不如倚市门。

说 苑

绵绵之葛，在于旷野。良工得之，以为絺纻。良工不

---

① 良弓：原作“良工”，误，据《史记·淮阴侯列传》改。

得，枯死于野。

刘向别录引古语

唇亡而齿寒，河水崩，其坏在山。

新　序

蠹喙仆柱梁，蚊芒走牛羊。

风 俗 通

狐欲渡河，无奈尾何。

“小狐肸济，濡其尾”，更为古奥。

妇死腹悲，惟身知之。

县官漫漫，怨死者半[①]。

金不可作音做，世不可度。

点破秦皇汉武。

---

① 怨：《风俗通义》作“冤”。按，怨，通“冤”。

桓子新论引谚

人闻长安乐，则出门而西向笑。知肉味美，则对屠门而大嚼。

牟子引古谚

东汉牟融。

少所见，多所怪，见橐驼言马肿背。
谑语使读者失笑。

易纬引古语

一夫两心，拔刺不深。
可反证“同心断金”。

踬马破车，恶妇破家。

四民月令引农语二则

东汉崔寔撰。

三月昏,参星夕。杏花盛,桑叶白。

河射角,堪夜作。犁星没,水生骨。

月令注引里语

蜻蛉鸣,衣裘成。蟋蟀鸣,懒妇惊。

水经注引谚

射的白,斛米百。射的玄,斛米千。

射的,山名,远望状若射侯,土人以验年之登否。

山经引相冢书

山川而能语,葬师食无所。肺腑而能语,醫师色如土。

文选注引古谚

越阡度陌,互为主客。

魏志王昶引谚

救寒无若重裘，止谤莫若自修。

梁　史

屋漏在上，知之在下。

史照通鉴疏引谚

足寒伤心，民怨伤国。

古谚古语

触露不掐葵，日中不剪韭。

将飞者翼伏，将奋者足跼，将噬者爪缩，将文者且朴。

上求材，臣残木。上求鱼，臣干谷。

上可以多求乎？造句简古。

无乡之社，易为黍肉。无国之稷，易为求福。

古诗源卷二　汉诗

高　帝

大风歌

《史记》：高祖既定天下，还过沛，留。置酒沛宫，悉召故人父老子弟佐酒。发沛中儿，得百二十人，教之歌。酒酣，上击筑自歌曰：

大风起兮云飞扬，威加海内兮归故乡，安得猛士兮四方！

上言扫除群雄，末言守成也。○时帝春秋高，韩、彭已诛，而孝惠仁弱，人心未定，思猛士，其有悔心乎？

鸿鹄歌

《史记》：高帝欲立戚夫人子赵王如意，后不果。戚夫人涕泣，帝曰："为我楚舞，我为若楚歌。"其旨言太子得四皓为辅，羽翼成就，不可易也。

鸿鹄高飞，一举千里。羽翼已就，横绝四海。横绝四海，又可奈何！虽有缯缴，将安所施？

项　羽

垓下歌

《史记》：汉围项羽垓下。夜闻汉军皆楚歌，惊曰："汉皆已得楚乎！"起饮帐中。有美人虞，常从；骏马名骓，常骑之。乃悲歌忼慨。歌数阕，美人和之。

力拔山兮气盖世，时不利兮骓不逝。骓不逝兮可奈何，虞兮虞兮奈若何！

可奈何，奈若何，呜咽缠绵。从古真英雄必非无情者。○虞姬和歌竟似唐绝句矣，故不录。

唐山夫人

高帝姬。韦昭曰："唐山，姓也。"

安世房中歌

《汉书·礼乐志》："又有房中祠乐，高祖唐山夫人所作也。"

大孝备矣，休德昭明。高张四县同"悬"，乐充宫庭。芬树羽林，云景杳冥。金支秀华，庶旄翠旌。

末四句幽光灵响，不专以典重见长。

《七始》《华始》，肃倡和声。神来晏娭同"嬉"，庶几是听。粥音竹粥音送，细齐人情。忽乘青玄，熙事备成。清思眑音有眑，经纬冥冥。

"粥粥"二语，写乐音深静，可补《乐记》所缺。

我定历数，人告其心。敕身齐戒，施教申申。乃立祖庙，敬明尊亲。大矣孝熙，四极爰辏。

王侯秉德，其邻翼翼，显明昭式。清明鬯矣，皇帝孝德。竟全大功，抚安四极。

海内有奸，纷乱东北。诏抚成师，武臣承德。行乐交逆，箫勺群慝。肃为济哉，盖定燕国。

大海荡荡水所归，高贤愉愉民所怀。太山崔，百卉殖。民何贵？贵有德。

以下忽焉变调，或急或繁，各极音节之妙。

安其所，乐终产。乐终产，世继绪。飞龙秋，游上天。高贤愉，乐民人。

丰草葽，女萝施。善何如，谁能回？大莫大，成教德。长莫长，被无极。

此章忽用比兴。

雷震震，电耀耀。明德乡，治本约。治本约[1]，泽弘大。加被宠，咸相保。德施大，世曼寿。

都荔遂芳，窅窊桂华。孝奏天仪，若日月光。乘玄四龙，回驰北行。羽旄殷盛，芬哉芒芒。孝道随世，我署文章。

"孝道随世"，《中庸》所云"达孝"也。

---

① 此句原无，据《汉书・礼乐志》补。

冯冯翼翼，承天之则。吾易久远，烛明四极。慈惠所爱，美若休德。杳杳冥冥，克绰永福。

硙音位硙即即，师象山则。呜呼孝哉，案抚戎国。蛮夷竭欢，象来致福。兼临是爱，终无兵革。

《礼乐志》曰："硙硙，崇积也。即即，充实也。"

嘉荐芳矣，告灵飨矣。告灵既飨，德音孔臧。惟德之臧，建侯之常。承保天休，令问不忘。

皇皇鸿明，荡侯休德。嘉承天和，伊乐厥福。在乐不荒，惟民之则。浚则师德，下民咸殖。令问在旧，孔容翼翼。

规语得体。

孔容之常，承帝之明。下民之乐，子孙保光。承顺温良，受帝之光。嘉荐令芳，寿考不忘。

承帝明德，师象山则。云施称民，永受厥福。承容之常，承帝之明。下民安乐，受福无疆。

《郊庙歌》近《颂》，《房中歌》近《雅》，古奥中带和平之音。不肤不庸，有典有则，是西京极大文字。○首言大孝备矣。以下反反覆覆，屡称孝德。汉朝数百年家法，自此开出。累代庙号，首冠以"孝"，有以也。

朱虚侯章

耕田歌

《史记》：诸吕擅权，章忿刘氏不得职。尝入侍晏[①]，太后令为酒

---

① 晏：通"宴"。《史记·齐悼惠王世家》作"燕"。

吏，章曰："臣，将种也，请以军法行酒。"太后曰："可。"酒酣，章乃作《耕田歌》。顷之，诸吕有一人醉，亡酒，章追，拔剑斩之。太后大惊，业已许其军法，无以罪也。

深耕溉种，立苗欲疏。非其种者，锄而去之。

紫芝歌

《古今乐录》：四皓隐于商山，作歌。

莫莫高山，深谷逶迤。晔晔紫芝，可以疗饥。唐虞世远，吾将何归？驷马高盖，其忧甚大。富贵之畏人兮，不若贫贱之肆志。

武　帝

瓠子歌二首

《史记》：元封二年，帝既封禅，乃发卒万人，塞瓠子决河。还自临祭，令群臣从官皆负薪。时东郡烧草薪少，乃下淇园之竹以为楗。上既临河决，悼其功之不就，为作歌二章，于是卒塞瓠子，筑宫，名曰"宣房"。

瓠子决兮将奈何？浩浩洋洋兮虑殚为河。殚为河兮地不得宁，功无已时兮吾音鱼山平。吾山平兮钜野溢，鱼弗郁兮柏同迫冬日。正道弛兮离常流，蛟龙骋兮放远游。归旧川兮神哉沛，不封禅兮安知外！为我谓河伯兮何不仁，泛滥不止兮愁吾人。齧桑浮兮淮泗满，久不返兮水维缓。

齧桑，县名。

河汤汤兮激潺湲，北渡回兮迅流难。搴长筊兮湛音沈美玉，河伯许兮薪不属。薪不属兮卫人罪，烧萧条兮噫乎何以御水！隤林竹兮楗石菑，宣防塞兮万福来。

好大喜功之举，不无畏天忧世之心。文章古奥，自是西京气象。

秋风辞

《汉武帝故事》：帝行幸河东，祠后土。顾视帝京忻然，中流与群臣饮宴，自作《秋风词》。

秋风起兮白云飞，草木黄落兮雁南归。兰有秀兮菊有芳，怀佳人兮不能忘。泛楼船兮济汾河，横中流兮扬素波。箫鼓鸣兮发棹歌，欢乐极兮哀情多，少壮几时兮奈老何！

《离骚》遗响。○《文中子》谓乐极哀来，其悔心之萌乎？

李夫人歌

《汉书·外戚传》：夫人早卒，方士齐少翁言能致其神，乃夜张灯烛，设帷帐，令帝居帐中。遥望见好女如李夫人之貌，不得就视。帝愈悲感，为作诗。

是耶非耶？立而望之，翩何姗姗其来迟！

柏梁诗

元封三年，作柏梁台，诏群臣二千石，有能为七言诗，乃得上坐。

日月星辰和四时，帝。骖驾驷马从梁来。梁王孝王武[①]。郡国士马羽林材，大司马。总领天下诚难治。丞相石庆。和抚四夷不易哉，大将军卫青。刀笔之吏臣执之。御史大夫倪宽。撞钟伐鼓声中诗，太常周建德。宗室广大日益滋。宗正刘安国。周卫交戟禁不时，卫尉路博德。总领从宗柏梁台。光禄勋徐自为。平理清谳决嫌疑，廷尉杜周。修饰舆马待驾来。太仆公孙贺。郡国吏功差次之，大鸿胪壶充国。乘舆御物主治之。少府王温舒。陈粟万石扬以箕，大司农张成。徼道宫下随讨治。执金吾中尉豹。三辅盗贼天下危，左冯翊盛宣。盗阻南山为民灾。右扶风李成信。外家公主不可治，京兆尹。椒房率更领其材。詹事陈掌。蛮夷朝贺常舍其，典属国。柱枅欂栌相枝持。大匠。枇杷橘栗桃李梅，大官令。走狗逐兔张罘罳。上林令。啮妃女唇甘如饴，郭舍人。迫窘诘屈几穷哉！东方朔。

此七言古权舆，亦后人联句之祖也。武帝句，帝王气象。以下难

① 即刘武，为梁王，谥号孝王。

追后尘矣，存之以备一体。○篇中三“之”字、三“治”字、二“哉”字、二“时”字、二“材”字，古人作诗，不忌重复。且如《三百篇·株林》一诗，四句中连用二“林”字、二“南”字，《采薇》首章连用“猃狁之故”句，此类不可胜数。○《三秦记》谓《柏梁台诗》是元封三年作，然梁孝王薨于孝景之世，又光禄勋、大鸿胪、大司农、执金吾、京兆尹、左冯翊、右扶风，皆武帝太初元年所更名，不应预书于元封之时，其为后人拟作无疑也。不然，大君之前，郭舍人敢狂荡无礼，而东方朔以滑稽语为戏耶？

落叶哀蝉曲

王子年《拾遗记》：汉武帝思李夫人，不可复得。时穿昆灵之池，泛翔禽之舟，帝自造歌曲，使女伶歌之。时日已西颓，凉风激水，女伶歌声甚遒，因赋《落叶哀蝉曲》。

罗袂兮无声，玉墀兮尘生。虚房冷而寂寞，落叶依于重扃。望彼美之女兮，安得感余心之未宁？

蒲梢天马歌

《史记》：武帝伐大宛，得千里马，名蒲梢，作此歌。

天马徕古“来”字兮从西极，经万里兮归有德。承灵威兮降外国，涉流沙兮四夷服。

韦　孟

讽谏诗

《汉书》：孟为元王傅，傅子夷王及孙王戊，戊荒淫不遵道，作诗讽谏曰：

肃肃我祖，国自豕韦。黼衣朱黻，四牡龙旂。彤弓斯征，抚宁遐荒。总齐群邦，以翼大商。迭彼大彭，勋绩维光。至于有周，历世会同。王赧听谮，实绝我邦。我邦既绝，厥政斯逸。赏罚之行，非繇王室。庶尹群后，靡扶靡卫。五服崩离，宗周以坠。我祖斯微，迁于彭城。在予小子，勤唉音移厥生。阨此嫚秦，耒耜斯耕。悠悠嫚秦，上天不宁。乃眷南顾，授汉于京。于赫有汉，四方是征。靡适不怀，万国攸平。乃命厥弟，建侯于楚。俾我小臣，惟傅是辅。矜矜元王，恭俭静一。惠此黎民，纳彼辅弼。享国渐世，垂烈于后。迺及夷王，克奉厥绪。咨命不永，惟王统祀。左右陪臣，斯惟皇士。如何我王，不思守保？不惟履冰，以继祖考。邦事是废，逸游是娱。犬马悠悠，是放是驱。务此鸟兽，忽此稼苗。蒸民以匮，我王以媮音愉。所弘匪德，所亲匪俊。唯囿是恢，唯谀是信。睮睮以朱切谄夫，谔谔黄发。如何我王，曾不是察？既藐下臣，追欲纵逸。嫚彼显祖，轻此削黜。嗟嗟我王，汉之睦亲。曾不夙夜，以休令闻。穆穆天子，照临下土。明明群司，执宪靡顾。正遐由近，殆其兹怙。嗟嗟我王，曷不斯思？匪思匪监，嗣其罔则。弥弥其逸，岌岌其国。致冰匪霜？致坠匪嫚？瞻惟我王，时靡不练。兴国救颠，孰违悔过？追思黄发，秦穆以霸。岁月其徂，年其逮耇。于赫君子，庶显于后。我王如何，曾不斯览？黄发不近，胡不时鉴。

"迭彼大彭"，迭，互也。言与大彭互为伯于商也。○唉，叹声。○渐世，没世也。○"惟王统祀"以上，历叙废兴，即寓讽谏之意。○睮睮，目媚貌。○"穆穆天子"六句，言天子之明，群臣之执法，欲正远人，先从近始，而王怙恃不悛，危殆无日矣。○"致冰匪霜"二句，言致冰岂非由霜乎？致坠岂非由嫚乎？○"瞻惟我王"下，望其改过之词。练，习也。言王于上之所言，无不练习也。○肃肃穆穆，汉诗中有此拙重之作，去变雅未远。后张华、二陆、潘岳辈四言，恹恹欲息矣，故悉汰之。

东方朔

诫子诗

《汉书》取前十句为《东方赞》。

明者处世，莫尚于中。优哉游哉，于道相从。首阳为拙，柳下为工。饱食安步，以仕代农。依隐玩世，诡时不逢。才尽身危，好名得华。有群累生，孤贵失和。遗馀不匮，自尽无多。圣人之道，一龙一蛇。形见神藏，与物变化。随时之宜，无有常家。

言有群、孤贵皆失，以其有常家也。东方先生一生得力，尽在乎此。

乌孙公主

悲愁歌

《汉书·西域传》：元封中，遣江都王建女细君为公主，以妻乌孙昆莫。昆莫年老，言语不通，公主悲，乃自作歌。

吾家嫁我兮天一方，远托异国兮乌孙王。穹庐为室兮毡为墙，以肉为食兮酪为浆。居常土思兮心内伤，愿为黄鹄兮归故乡。

司马相如

封禅颂

《史记》：长卿病甚，武帝使所忠往求其书。及至，已卒。其妻曰："长卿未死时为一卷书，曰：'有使来求书，奏之。'"其遗札言封禅事，所忠奏焉。

自我天覆，云之油油。甘露时雨，厥壤可游。滋液渗漉，何生不育？嘉谷六穗，我穑曷蓄？非惟雨之，又润泽之。非惟遍之，我氾布濩之。万物熙熙，怀而慕思。名山显位，望君之来。君乎君乎！侯不迈哉！般般之兽，乐我君囿。白质黑章，其仪可嘉。旼旼穆穆，君子之能。乃平声。盖闻其声，今观其来。厥途靡踪，天瑞之征。兹亦于舜，虞氏以兴。濯濯之麟，游彼灵畤。孟冬十月，君徂郊祀。驰我君舆，帝用享祉。三代之前，盖未尝有。宛宛黄龙，兴德而升。采色炫耀，熿炳辉煌。正阳显见，觉悟黎蒸。于传载之，云受命所乘。厥之有章，不必谆谆。依类托寓，谕以封峦。

"非惟雨之"四语，盖闻其声。二语悠扬生动，不专以古拙胜也。后述祥瑞三段，井井有法。

卓文君

白头吟

《西京杂记》：相如将聘茂陵女为妾，文君作《白头吟》以自绝，相如乃止。

皑如山上雪，皎若云间月。闻君有两意，故来相决绝，今日斗酒会，明旦沟水头。躞蹀御沟上，沟水东西流。凄凄复凄凄，嫁娶不须啼。愿得一心人，白头不相离。竹竿何袅袅，鱼尾何簁簁。男儿重意气，何用钱刀为！

苏　武

苏、李诗一唱三叹，感寤具存，无急言竭论，而意自长，言自远也。故知庞言繁称，道所不贵。

诗　四　首

首章别兄弟，次章别妻，三、四章别友，非皆别李陵也。钟竟陵俱解作别陵，未必然。

骨肉缘枝叶，结交亦相因。四海皆兄弟，谁为行路人？况我连枝树，与子同一身。昔为鸳与鸯，今为参与辰。昔者长相近，邈若胡与秦。惟念当乖离，恩情日以新。鹿鸣思野草，可以喻嘉宾。我有一尊酒，欲以赠远人。愿子留斟酌，叙此平生亲。

卢子谅云："恩由契阔申，义随周旋积。"夺胎于"恩情日以新"句，而此殊浑然。〇两"人"字复韵。

结发为夫妻，恩爱两不疑。欢娱在今夕，燕婉及良时。征夫怀远路，起视夜何其？参辰皆已没，去去从此辞。行役在战场，相见未有期。握手一长叹，泪为生别滋。努力爱春华，莫忘欢乐时。生当复来归，死当长相思。

两“时”字复韵。

黄鹄一远别，千里顾徘徊。胡马失其群，思心常依依。何况双飞龙，羽翼临当乖。幸有弦歌曲，可以喻中怀。请为游子吟，泠泠一何悲！丝竹厉清声，慷慨有馀哀。长歌正激烈，中心怆以摧。欲展清商曲，念子不能归。俛仰内伤心，泪下不可挥。愿为双黄鹄，送子俱远飞。

烛烛晨明月，馥馥秋兰芳。芬馨良夜发，随风闻我堂。征夫怀远路，游子恋故乡。寒冬十二月，晨起践严霜。俯观江汉流，仰视浮云翔。良友远别离，各在天一方。山海隔中州，相去悠且长。嘉会难再遇，欢乐殊未央。愿君崇令德，随时爱景光。

写情款款，淡而弥悲。连上首应是赠李作。

李　陵

与苏武诗三首

良时不再至，离别在须臾。屏营衢路侧，执手野踟蹰。

仰视浮云驰，奄忽互相逾。风波一失所，各在天一隅。长当从此别，且复立斯须。欲因晨风发，送子以贱躯。

一片化机，不关人力。此五言诗之祖也。○音极和，调极谐，字极稳，然自是汉人古诗，后人摹仿不得，所以为至。○唐人句云："孤云与飞鸟，相失片时间。"推为名句。读"奄忽互相逾"句，高下何止倍蓰耶！

嘉会难再遇，三载为千秋。临河濯长缨，念子怅悠悠。远望悲风至，对酒不能酬。行人怀往路，何以慰我愁？独有盈觞酒，与子结绸缪。

携手上河梁，游子暮何之？徘徊蹊路侧，悢音亮悢不能辞。行人难久留，各言长相思。安知非日月，弦望自有时。努力崇明德，皓首以为期。

此别永无会期矣，却云"弦望有时"，缠绵温厚之情也。○"努力崇明德"，正与"愿君崇令德"二语相答。

别　歌

《汉书》：昭帝即位，匈奴与汉和亲，汉使求苏武等，单于许武还。李陵置酒贺武，因起舞而歌，泣下数行，遂与武决。

径万里兮度沙漠，为君将兮奋匈奴。路穷绝兮矢刃摧，士众灭兮名已隤。老母已死，虽欲报恩将安归？

李延年

歌一首

《汉书》：李延年性知音律，善歌舞，武帝爱之。延年起舞而歌云云，上叹息曰："世岂有此人乎？"平阳主因言延年有女弟，上召见之，妙丽善舞，由是得幸。

北方有佳人，绝世而独立。一顾倾人城，再顾倾人国。宁不知倾城与倾国，佳人难再得！

欲进女弟，而先为此歌，倡优下贱之技也。然写情自深，古来破家亡国，何必皆庸愚主耶！

燕刺王旦

《汉书》：旦自以武帝子，且长，不得立，乃与姊盖长公主、左将军上官桀交通，谋废立。事觉，昭帝使使者赐玺书，王以绶自绞。夫人随旦自杀者二十馀人。

歌

归空城兮，狗不吠，鸡不鸣。横术何广广兮，固知国中之无人。

华容夫人

歌

发纷纷兮寘渠[①]，骨籍籍兮亡居。母求死子兮，妻求死夫。裴回两渠间兮，君子将安居？

杜少陵鬼妾、鬼马等语，似从此种化出。

昭　帝

淋池歌

《拾遗记》：时穿淋池，中植芰荷。帝时命水嬉，毕景忘归，使宫人歌曰：

秋素景兮泛洪波，挥纤手兮折芰荷。凉风凄凄扬棹歌，云光开曙月低河，万岁为乐岂云多！

“月低河”句，已开六朝风气。

---

① 寘：应作“窴”，同“填”。

杨　恽

拊缶歌

详见《汉书》恽答孙会宗书。

田彼南山，芜秽不治。种一顷豆，落而为萁。人生行乐耳，须富贵何时？

以力田之无年，比士宦之失志①，未尝斥朝廷也。然竟缘此得祸，哀哉！

王昭君

怨　诗

此将入匈奴时所作。

秋木萋萋，其叶萎黄。有鸟处山，集于苞桑。养育毛羽，形容生光。既得升云，上游曲房。离宫绝旷，身体摧藏。志念抑沉，不得颉颃。虽得委食，心有徊徨。我独伊何，来往变常。翩翩之燕，远集西羌。高山峨峨，河水泱泱。父兮

---

① 士宦：同“仕宦”，谓任官职。

母兮，道里悠长。呜呼哀哉！忧心恻伤。

若明诉入胡之苦，不特说不尽，说出亦浅也。呼父呼母，声泪俱绝。下视石季伦拟作，琐屑不足道矣。

班婕妤

怨歌行

婕妤初为孝成所宠，其后赵氏日盛，婕妤恐久见危，求供养太后长信宫，作《纨扇诗》以自悼焉。

新裂齐纨素，皎洁如霜雪。裁成合欢扇，团团似明月。出入君怀袖，动摇微风发。常恐秋节至，凉飙夺炎热。弃捐箧笥中，恩情中道绝。

用意微婉，音韵和平。《绿衣》诸什，此其嗣响。

赵飞燕

归风送远操

《西京杂记》：赵后有宝琴，名凤凰，亦善为《归风送远操》。

凉风起兮天陨霜，怀君子兮渺难望，感予心兮多慨慷。

梁 鸿

五噫歌

《后汉书》：鸿东出关，过京师，作《五噫》之歌。肃宗闻而悲之，求鸿不得。

陟彼北芒兮，噫！顾瞻帝京兮，噫！宫阙崔巍兮，噫！民之劬劳兮，噫！辽辽未央兮，噫！

马 援

武溪深行

崔豹《古今注》：《武溪深》，马援南征时作。门生爰寄生善笛，援作歌以和之。

滔滔武溪一何深！鸟飞不度，兽不敢临，嗟哉武溪多毒淫！

班　固

宝鼎诗

《东都赋》诗之一。

岳修贡兮川效珍，吐金景兮歊浮云。宝鼎见兮色纷缊，焕其炳兮被龙文。登祖庙兮享圣神，昭灵德兮弥亿年。

张　衡

四愁诗

张衡不乐久处机密，阳嘉中，出为河间相。时国王骄奢，不遵法度，又多豪右并兼之家。衡下车，治威严，能内察属县，奸猾行巧劫，皆密知名，下吏收捕，尽服擒。诸豪侠游客悉惶惧，逃出境。郡中大治，争讼息，狱无系囚。时天下渐弊，郁郁不得志，为《四愁诗》，效屈原以美人为君子，以珍宝为仁义，以水深雪雰为小人，思以道术相报，贻于时君，而惧谗邪不得以通。其辞曰：

我所思兮在太山，欲往从之梁父艰。侧身东望涕沾翰。美人赠我金错刀，何以报之英琼瑶。路远莫致倚逍遥，何为怀忧心烦劳。

我所思兮在桂林，欲往从之湘水深。侧身南望涕沾襟。美人赠我金琅玕，何以报之双玉盘。路远莫致倚惆怅，何为怀忧心烦伤。

我所思兮在汉阳，欲往从之陇阪长。侧身西望涕沾裳。美人赠我貂襜褕，何以报之明月珠。路远莫致倚踟蹰，何为怀忧心烦纡。

我所思兮在雁门，欲往从之雪雰雰。侧身北望涕沾巾。美人赠我锦绣段，何以报之青玉案。路远莫致倚增叹，何为怀忧心烦惋。

心烦纡郁，低徊情深，风骚之变格也。少陵七歌原于此，而不袭其迹，最善夺胎。○《五噫》《四愁》，如何拟得？后人拟者，画西施之貌耳。

李　尤

九曲歌

年岁晚暮时已斜，安得力士翻日车。阙。

古诗源卷三　汉诗

蔡　邕

樊惠渠歌并序

阳陵县东，其他衍隩，土气辛螫，嘉谷不殖，而泾水长流。光和五年，京兆尹樊君勤恤民隐，乃立新渠，曩之卤田，化为甘壤。农民怡悦，相与讴谈疆畔，斐然成章，谓之《樊惠渠》云。其歌曰：

我有长流，莫或阏之。我有沟浍，莫或达之。田畴斥卤，莫修莫釐。饥馑困悴，莫恤莫思。乃有樊君，作人父母，立我畎亩。黄潦膏凝，多稼茂止。惠乃无疆，如何勿喜！我壤既营，我疆斯成。泯泯我人，既富且盈。为酒为醴，蒸彼祖灵。贻福惠君，寿考且宁。

饮马长城窟行

亦作《古辞》。

青青河边草，绵绵思远道。远道不可思，宿昔梦见之。梦见在我傍，忽觉音教在他乡。他乡各异县，展转不可见。枯桑知天风，海水知天寒。入门各自媚，谁肯相为言！客从远方来，遗我双鲤鱼。呼童烹鲤鱼，中有尺素书。长跪读素书，书中竟何如？上有加餐食，下有长相忆。

通首皆思妇之词，缠绵宛折，篇法极妙。○宿昔，夙夜也。《列子·周穆王篇》：周之尹氏，大治产，有老役夫昔昔梦为国君，尹氏昔昔梦为人仆。○前面一路换韵，联折而下，节拍甚急。“枯桑”二句，忽用排偶承接，急者缓之，最是古人神妙处。

翠　鸟

庭陬有若榴，绿叶含丹荣。翠鸟时来集，振翼修容形。回顾生碧色，动摇扬缥青。幸脱虞人机，得亲君子庭。驯心托君素，雌雄保百龄。

琴　歌

练余心兮浸太清，涤秽浊兮存正灵。和液畅兮神气宁，情志泊兮心亭亭，嗜欲息兮无由生。踔宇宙而遗俗兮，眇翩翩而独征。

琴理之最深者，唐人王昌龄、李颀时亦得之。

秦　嘉

留郡赠妇诗

嘉为郡上掾①，其妻徐淑寝疾还家，不获面别，赠诗云尔。

人生譬朝露，居世多屯蹇。忧艰常早至，欢会常苦晚。念当奉时役，去尔日遥远。遣车迎子还，空往复空返。省书情凄怆，临食不能饭。独坐空房中，谁与相劝勉？长夜不能眠，伏枕独展转。忧来如循环，匪席不可卷。

皇灵无私亲，为善荷天禄。伤我与尔身，少小罹茕独。既得结大义，欢乐苦不足。念当远别离，思念叙款曲。河广无舟梁，道近隔丘陆。临路怀惆怅，中驾正踯躅。浮云起高山，悲风激深谷。良马不回鞍，轻车不转毂。针药可屡进，愁思难为数。贞士笃终始，恩义不可促。

肃肃仆夫征，锵锵扬和铃。清晨当引迈，束带待鸡鸣。顾看空房中，仿佛想姿形。一别怀万恨，起坐为不宁。何用叙我心，遗思致款诚。宝钗好耀首，明镜可鉴形。芳香去垢秽，素琴有清声。诗人感木瓜，乃欲答瑶琼。愧彼赠我厚，惭此往物轻。虽知未足报，贵用叙我情。

① 郡上掾：原作“上郡掾”，据《玉台新咏》卷一改。清纪容舒《玉台新咏考异》谓“掾”字误，当作“计”。

末章韵脚复“形”字。○词气和易，感人自深，然去西汉浑厚之风远矣。

孔 融

杂 诗

远送新行客，岁暮乃来归。入门望爱子，妻妾向人悲。闻子不可见，日已潜光辉。孤坟在西北，常念君来迟。褰裳上墟丘，但见蒿与薇。白骨归黄泉，肌体乘尘飞。生时不识父，死后知我谁？孤魂游穷暮，飘飖安所依？人生图孠古“嗣”字息，尔死我念追。俛仰内伤心，不觉泪沾衣。人生自有命，但恨生日希。

少陵《奉先咏怀》有“入门闻号咷，幼子饥已卒”句，觉此更深可哀。

辛延年

羽 林 郎

昔有霍家奴，姓冯名子都。依倚将军势，调笑酒家胡。

胡姬年十五，春日独当垆。长裾连理带，广袖合欢襦。头上蓝田玉，耳后大秦珠。两鬟何窈窕，一世良所无。一鬟五百万，两鬟千万余。不意金吾子，娉婷过我庐。银鞍何煜爚，翠盖空踟蹰。就我求清酒，丝绳提玉壶。就我求珍肴，金盘脍鲤鱼。贻我青铜镜，结我红罗裾。不惜红罗裂，何论轻贱躯！男儿爱后妇，女子重前夫。人生有新故，贵贱不相逾。多谢金吾子，私爱徒区区！

骈丽之词，归宿却极贞正，风之变而不失其正者也。○“一鬟五百万”二句，须知不是论鬟。

宋子侯

董娇娆

洛阳城东路，桃李生路傍，花花自相对，叶叶自相当。春风东北起，花叶正低昂。不知谁家子，提笼行采桑，纤手折其枝，花落何飘飏！“请谢彼姝子，何为见损伤？”“高秋八九月，白露变为霜。终年会飘堕，安得久馨香？”“秋时自零落，春月复芬芳。何时盛年去，欢爱永相忘。”吾欲竟此曲，此曲愁人肠。归来酌美酒，挟瑟上高堂。

大意以花落比盛年之易逝也。婀娜其姿，无穷摇曳。○方舟《汉诗说》云：“‘请谢彼姝子’二句，是问词。‘高秋八九月’四句，是姝子答词。‘秋时自零落’四句，又是答姝子之词。正意全在‘吾欲竟此曲’四句，见欢日无多，劝之及时行乐尔。”

苏伯玉妻

盘中诗

山树高，鸟鸣悲。泉水深，鲤鱼肥。空仓雀，常苦饥。吏人妇，会夫希。出门望，见白衣，谓当是，而更非。还入门，中心悲。北上堂，西入阶，急机绞，杼声催。长叹息，当语谁？君有行，妾念之。出有日，还无期。结巾带，长相思。君忘妾，未知之。妾忘君，罪当治。妾有行，宜知之。黄者金，白者玉，高者山，下者谷。姓者苏，字伯玉，人才多，知谋足。家居长安身在蜀，何惜马蹄归不数！羊肉千斤酒百斛，令君马肥麦与粟。今时人，知四足，与其书，不能读，当从中央周四角。

使伯玉感悔，全在柔婉，不在怨怒，此深于情。○“君有行”，征行也，平声。“妾有行”，行谊也，去声。○似歌谣，似乐府，杂乱成文，而用意忠厚，千秋绝调。

窦玄妻

古怨歌

玄状貌绝异，天子使出其妻，妻以公主。妻悲怨，寄书及歌与玄，时人怜之。

茕茕白兔，东走西顾。衣不如新，人不如故。

蔡　琰

悲愤诗

《后汉书》：琰归董祀后，感伤乱离，追怀悲愤，作诗。

汉季失权柄，董卓乱天常。志欲图篡弑，先害诸贤良。逼迫迁旧邦，拥王以自强。海内兴义师，欲共讨不祥。卓众来东下，金甲耀日光。平土人脆弱，来兵皆胡羌。猎野围城邑，所向悉破亡。斩截无孑遗，尸骸相撑拒。马边悬男头，马后载妇女。长驱西入关，迥路险且阻。还顾邈冥冥，肝脾为烂腐。所略有万计，不得令屯聚。或有骨肉俱，欲言不敢语。失意几微间，辄言毙降虏。要当以亭刃，我曹不活汝。

岂敢惜性命，不堪其詈骂。或便加棰杖，毒痛参并下。旦则号泣行，夜则悲吟坐。欲死不能得，欲生无一可。彼苍者何辜，乃遭此厄祸。边荒与华异，人俗少义理。处所多霜雪，胡风春夏起。翩翩吹我衣，肃肃入我耳。感时念父母，哀叹无终已。有客从外来，闻之常欢喜。迎问其消息，辄复非乡里。邂逅徼时愿，骨肉来迎己。己得自解免，当复弃儿子。天属缀人心，念别无会期。存亡永乖隔，不忍与之辞。儿前抱我颈，问母欲何之。人言母当去，岂复有还时！阿母常仁恻，今何更不慈？我尚未成人，奈何不顾思？见此崩五内，恍惚生狂痴。号呼手抚摩，当发复回疑。兼有同时辈，相送告别离。慕我独得归，哀叫声摧裂。马为立踟蹰，车为不转辙。观者皆歔欷，行路亦呜咽。去去割情恋，遄征日遐迈。悠悠三千里，何时复交会？念我出腹子，胸臆为摧败。既至家人尽，又复无中外。城郭为山林，庭宇生荆艾。白骨不知谁，从横莫覆盖。出门无人声，豺狼嗥且吠。茕茕对孤景，怛咤靡肝肺。登高远眺望，魂神忽飞逝。奄若寿命尽，傍人相宽大。为复强视息，虽生何聊赖？托命于新人，竭心自勗励。流离成鄙贱，常恐复捐废。人生几何时，怀忧终年岁。

段落分明，而灭去脱卸转接痕迹。若断若续，不碎不乱，少陵《奉先咏怀》《北征》等作，往往似之。○激昂酸楚，读去如惊蓬坐振，沙砾自飞，在东汉人中，力量最大。○使人忘其失节，而只觉可怜，由情真，亦由情深也。世所传《十八拍》，时多率句，应属后人拟作。

诸葛亮

梁甫吟

《三国志》曰："诸葛亮躬耕陇亩，好为《梁父吟》。"

步出齐城门，遥望荡阴里。里中有三坟，累累正相似。问是谁家墓，田疆古冶子。力能排南山，文能绝地纪。一朝被谗言，二桃杀三士。谁能为此谋？国相齐晏子。

武侯好吟《梁父》，非必但指此章，或篇秩散落，唯此流传耳。○韵用二"子"字。

乐府歌辞

练时日

以下七章皆《郊祀歌》。

练时日，候有望，焫膋萧，延四方。九重开，灵之斿，垂惠恩，鸿祜休。灵之车，结玄云，驾飞龙，羽旄纷。灵之下，若风马，左苍龙，右白虎。灵之来，神哉沛，先以雨，般音班裔裔。灵之至，庆阴阴，相放怫同"仿佛"，震澹心。灵已坐，五音饬，虞至旦，承灵亿。牲茧栗，粢盛香，尊桂酒，宾八乡。灵安留，吟青黄，遍观此，眺瑶堂。众嫭并，绰奇丽，颜如荼，兆逐靡。被华文，厕雾縠，曳阿锡，佩珠玉。侠嘉夜，茝兰芳，淡容与，献嘉觞。

古色奇响，幽气灵光，奕奕纸上，屈子《九歌》后，另开面目。○“灵之斿”以下，铺排六段，而变幻错综，不板不实，备极飞扬生动。○“众嫭”四句，写美人之多，秾丽中则，《招魂》之遗也。○此章总叙，下为分献之词。

青阳

青阳开动，根荄以遂，膏润并爱，跂行毕逮[①]。霆声发荣，岩处倾听，枯槁复产，迺成厥命。众庶熙熙，施及夭胎，群生啿徒感切啿，惟春之祺。

四章分祭四时之神，天气时物，无不毕达，直是胸有造化。○啿啿，丰厚貌。

朱明

朱明盛长，旉与万物。桐音同生茂豫[②]，靡有所诎。敷华就实，既阜既昌。登成甫田，百鬼迪尝。广大建祀，肃雍不忘。神若宥之，传世无疆。

① 逮：原作“逯”，据《汉书·礼乐志》改。

② 桐：原作“狪”，据《汉书》卷二十二改。

西　颢

西颢沆砀，秋气肃杀，含秀垂颖，续旧不废叶发。奸伪不萌，祆孽伏息，隅辟越远，四貉咸服[①]。既畏兹威，惟慕纯德，附而不骄，正心翊翊。

"续旧不废"，言肃杀中有生机也。

玄　冥

玄冥凌阴，蛰虫盖藏。草木零落，抵冬降霜。易乱除邪，革正异俗。兆民反本，抱素怀朴。条理信义，望礼五岳。籍敛之时，掩收嘉谷。

惟泰元

惟泰元尊，媪神蕃釐音熙。经纬天地，作成四时。精建日月，星辰度理。阴阳五行，周而复始。云风雷电，降甘露雨。百姓蕃滋，咸循厥绪。继统共音恭勤，顺皇之德。鸾路龙鳞，罔不肸饰。嘉笾列陈，庶几宴享。灭除凶灾，烈腾八荒。钟鼓竽笙，云舞翔翔。招摇灵旗，九夷宾将。

"泰元"，天也。"媪神"，地也。言天神至尊，地神多福。

---

① 四貉咸服：《汉书·礼乐志》、《乐府诗集·郊庙歌辞一》等均作"四貉咸服"。按，貉，同"貊"，读 mò。

天 马

《汉书》:元鼎四年秋,马生渥洼水中,作《天马》之歌。太初四年春,贰师将军李广利斩大宛王首,获汗血马,作《西极天马》之歌。

太一况同“贶”,天马下。沾赤汗,沫流赭。志俶傥,精权奇。籋音业浮云,晻上驰。体容与,迣即“逝”字万里。今安匹,龙为友。

天马徕,从西极。涉流沙,九夷服。天马徕,出泉水。虎脊两,化若鬼。天马徕,历无皁。经千里,循东道。天马徕,执徐时。将摇举,谁与期?天马徕,开远门。竦予身,逝昆仑。天马徕,龙之媒。游阊阖,观玉台。

历无皁,同“草”,言历不毛之地,而来东道也。

战城南

以下四章《铙歌》。○《汉鼓吹·铙歌十八曲》,字多讹误,兹录其可诵者。

战城南,死郭北,野死不葬乌可食。为我谓乌:“且为客豪,野死谅不葬,腐肉安能去子逃?”水声激激,蒲苇冥冥。枭骑战斗死,驽马裴徊鸣。梁筑室,何以南,何以北,禾黍不获君何食？愿为忠臣安可得？思子良臣，良臣诚可思，朝行出攻，暮不夜归。

太白云："野战格斗死，败马嘶鸣向天悲。"自是唐人语。读"枭骑"十字，何等简劲！末段思良臣，怀颇、牧之意也。

临高台

临高台以轩，下有清水清且寒。江有香草目以兰，黄鹄高飞离哉翻。关弓射鹄，令吾主寿万年。收中吾。

刘履曰："篇末'收中吾'三字，其义未详，疑曲调之馀声，如《乐录》所谓'羊无夷''伊那何'之类。"

有所思

有所思，乃在大海南。何用问遗君？双珠玳瑁簪，用玉绍缭之。闻君有他心，拉杂摧烧之。摧烧之，当风扬其灰。从今已往，勿复相思。相思与君绝！鸡鸣狗吠，兄嫂当知之。妃呼豨，秋风肃肃晨风飔，东方须臾高知之。

怨而怒矣，然怨之切，正望之深。末段馀情无尽。○此亦人臣思君而托言者也。"鸡鸣"二句，即《野有死麕》章意。

上邪

上邪！我欲与君相知，长命无绝衰。山无陵，江水为竭，冬雷震震夏雨雪，天地合，乃敢与君绝！

“山无陵”下共五事，重叠言之而不见其排，何笔力之横也！

箜篌引

以下六章《相和曲》。

《古今注》：朝鲜津卒霍里子高，晨起刺船。有一白首狂夫，披发提壶，乱流而渡。其妻随而止之，不及，遂堕河而死。妻援箜篌而鼓之，作《公无渡河》之曲，声甚凄怆。曲终，亦投河而死。子高还，语其妻丽玉。丽玉伤之，乃作箜篌而写其声，名曰《箜篌引》。

公无渡河，公竟渡河。堕河而死，当奈公何！

缠绵凄恻，《黄牛峡谣》音节相似。

江南

梁武帝作《江南弄》本此。

江南可采莲，莲叶何田田。鱼戏莲叶间。鱼戏莲叶东，鱼戏莲叶西，鱼戏莲叶南，鱼戏莲叶北。

奇格。

薤露歌

《古今注》：《薤露》《蒿里》，本出田横门人。横自杀，门人伤之，为作悲歌二章。孝武时，李延年分为二曲，《薤露》送王公贵人，《蒿里》送士大夫庶人，使挽柩者歌之，亦谓之挽歌。

薤上露，何易晞！露晞明朝更复落，人死一去何时归！

蒿里曲

蒿里谁家地，聚敛魂魄无贤愚。鬼伯一何相催促，人命不得少踟蹰！

鸡鸣

此曲前后辞不相属，盖采诗入乐，合而成章，非有错简紊误也。后多放此。

鸡鸣高树巅，狗吠深宫中。荡子何所之，天下方太平。刑法非有贷，柔协正乱名。黄金为君门，璧玉为轩堂。上有双尊酒，作使邯郸倡。刘王碧青甓，后出郭门王。舍后有方池，池中双鸳鸯。鸳鸯七十二，罗列自成行。鸣声何啾啾，闻我殿东厢。兄弟四五人，皆为侍中郎。五日一时来，观者满路傍。黄金络马头，颎颎何煌煌。桃生露井上，李树生桃傍。虫来啮桃根，李树代桃僵。树木身相代，兄弟还相忘。

陌上桑

一曰《艳歌罗敷行》。

日出东南隅，照我秦氏楼。秦氏有好女，自名为罗敷。罗敷善蚕桑，采桑城南隅。青丝为笼系，桂枝为笼钩。头上倭堕髻，耳中明月珠。缃绮为下裙，紫绮为上襦。行者见罗敷，下担捋髭须。少年见罗敷，脱帽著帩头。耕者忘其犁，锄者忘其锄。来归相怨怒，但坐观罗敷。一解。

使君从南来，五马立踟蹰。使君遣吏往，问是谁家姝？“秦氏有好女，自名为罗敷。”“罗敷年几何？”“二十尚不足，十五颇有馀。”使君谢罗敷：“宁可共载不？”罗敷前致词：“使君一何愚！使君自有妇，罗敷自有夫。”二解。

“东方千馀骑，夫婿居上头。何用识夫婿？白马从骊驹。青丝系马尾，黄金络马头。腰中鹿卢剑，可值千万馀。十五府小史，二十朝大夫。三十侍中郎，四十专城居。为人洁白皙，鬑鬑颇有须。盈盈公府步，冉冉府中趋。坐中数千人，皆言夫婿殊。”三解。

铺陈秾至，与辛延年《羽林郎》一副笔墨。此乐府体别于古诗者在此。〇“但坐观罗敷”，坐，缘也。归家怨怒室人，缘观罗敷之故也。〇“谢使君”四语，大义凛然。末段盛称夫婿，若有章法，若无章法，是古人入神处。〇篇中韵脚，三“头”字，二“隅”字，二“馀”字，二“夫”字，二“须”字。

长歌行

连下章《平调曲》。○古诗云："长歌正激烈。"魏文《燕歌行》云："短歌微吟不能长。"言声有长短也。

青青园中葵，朝露待日晞。阳春布德泽，万物生光辉。常恐秋节至，焜黄华叶衰。百川东到海，何时复西归？少壮不努力，老大徒伤悲。

"阳春"十字，正大光明，谢康乐"皇心美阳泽，万象咸光昭"，庶几相类。

君子行

君子防未然，不处嫌疑间。瓜田不纳履，李下不正冠。嫂叔不亲授，长幼不比肩。劳谦得其柄，和光甚独难。周公下白屋，吐哺不及餐。一沐三握发，后世称圣贤[①]。

相逢行

《清调曲》。○一云《相逢狭路间行》，亦云《长安有狭斜行》。

① 后世：原作"后圣"，据《乐府诗集·相和歌辞七》改。

相逢狭路间，道隘不容车。不知何年少，夹毂问君家。君家诚易知，易知复难忘。黄金为君门，白玉为君堂。堂上置尊酒，作使邯郸倡。中庭生桂树，华灯何煌煌。兄弟两三人，中子为侍郎。五日一来归，道上自生光。黄金络马头，观者盈道傍。入门时左顾，但见双鸳鸯。鸳鸯七十二，罗列自成行。音声何噰噰，鹤鸣东西厢。大妇织绮罗，中妇织流黄。小妇无所为，挟瑟上高堂。丈人且安坐，调丝方未央。

末段后人摘为《三妇艳》。

善哉行

以下六章《瑟调曲》。

来日大难，口燥唇干。今日相乐，皆当喜欢。一解。
经历名山，芝草翻翻。仙人王乔，奉药一丸。二解。
自惜袖短，内读纳手知寒。惭无灵辄，以报赵宣。三解。
月没参横，北斗阑干。亲交在门，饥不及餐。四解。
欢日尚少，戚日苦多。以何忘忧，弹筝酒歌。五解。
淮南八公，要道不烦。参驾六龙，游戏云端。六解。

此言来者难知，劝人及时行乐也。忽云求仙，忽云报恩，忽云结客，忽云饮酒，而仍终之以游仙。无伦无次，杳渺恍惚。

西门行

出西门，步念之，今日不作乐，当待何时？一解。

夫为乐，为乐当及时！何能坐愁怫郁，当复待来兹。二解。

饮醇酒，炙肥牛，请呼心所欢，何用解愁忧？三解。

人生不满百，常怀千岁忧。昼短苦夜长[①]，何不秉烛游？四解。

自非仙人王子乔，计会寿命难与期！自非仙人王子乔，计会寿命难与期！五解。

人寿非金石，年命安可期？贪财爱惜费，但为后世嗤！六解。

东门行

出东门，不顾归。来入门，怅欲悲。盎中无斗储，还视桁上无悬衣。拔剑出门去，儿女牵衣啼。他家但愿富贵，贱妾与君共餔糜。共餔糜，上用沧浪天故[②]，下为黄口小儿。句中或有讹字。今时清廉，难犯教言，君复自爱莫为非。今时清廉，难犯教言，君复自爱莫为非。行吾去为迟。平慎行，望君归。

始劝其安贫贱，继恐其触法网。餔糜之妇，岂在咏雄雉者下哉！○既出复归，既归复出，功名儿女，缠绵胸次。情事展转如见。○叠说一过，丁宁反覆之意。末二句进以禔身涉世之道也。○魏文《艳歌何尝行》“上惭沧浪之天，下顾黄口小儿”本此，而语句易解。

---

① 苦：《乐府诗集》卷三十七作“而”。

② “故”字原属下句之首，误。徐仁甫《古诗别解》谓“用”、“为”互文，“用”犹“为”，上下句字数自应相等为是。

孤儿行

孤儿生，孤儿遇生，命当独苦！父母在时，乘坚车，驾驷马。叶满补切。父母已去，兄嫂令我行贾。南到九江，东到齐与鲁。腊月来归，不敢自言苦。头多虮虱，面目多尘。大兄言办饭，大嫂言视马。叶。上高堂，行取同"趋"殿下堂，古屋之高严，通呼为殿。孤儿泪下如雨。使我朝行汲，暮得水来归。手为错，足下无菲。《左传》共其屝屦，屝，草屦也，通作"菲"。怆怆履霜，中多蒺藜。拔断蒺藜肠肉中，怆欲悲。泪下渫渫，清涕累累。冬无复襦，夏无单衣。居生不乐，不如早去，下从地下黄泉。春风动，草萌芽。三月蚕桑，六月收瓜。将是瓜车，来到还家。瓜车反同"翻"覆，助我者少，啖瓜者多。愿还我蒂，独且急归。兄与嫂严，当兴较计。乱曰：里中一何譊譊！愿欲寄尺书，将与地下父母，兄嫂难与久居！

极琐碎，极古奥，断续无端，起落无迹，泪痕血点，结撰而成，乐府中有此一种笔墨。○始用麌韵，次用支微齐韵，次用歌麻韵，次用霁韵，末用鱼韵。惟中间有双句不在韵内者，如"头多虮虱，面目多尘"、"上高堂，行取殿下堂"等句。故摇曳其词，令读者不能骤领耳。○"黄泉"句乃一韵住处，今不归入韵内，岂中间或有脱落耶？至"多"与"瓜"，本属一韵，下"蒂"字乃另换韵也。

艳歌行

翩翩堂前燕，冬藏夏来见。兄弟两三人，流宕在他县。

故衣谁当补？新衣谁当绽？赖得贤主人，览取为我组古“绽”字。夫婿从门来，斜倚西北眄[1]。语卿且勿眄，水清石自见。石见何累累，远行不如归。

此居停之妇，为客缝衣，而其夫不免见疑也。末云水清石见，心迹固明矣，然岂如归去为得计乎！“贤主人”，指居停妇言。○与《陌上桑》《羽林郎》同见性情之正，《国风》之遗也。

陇西行

一云《步出夏门行》。

天上何所有，历历种白榆。桂树夹道生，青龙对道隅。凤皇鸣啾啾，一母将九雏。顾视世间人，为乐甚独殊。好妇出迎客，颜色正敷愉。伸腰再拜跪，问客平安不。请客北堂上，坐客毡氍毹。清白各异尊，酒上正华疏。酌酒持与客，客言主人持。却略再拜跪，然后持一杯。谈笑未及竟，左顾敕中厨。促令办粗饭，慎莫使稽留。废礼送客出，盈盈府中趋。送客亦不远，足不过门枢。取妇得如此，齐姜亦不如。健妇持门户，亦胜一丈夫。

起八句若不相属，古诗往往有之，不必曲为之说。○“却略”，奉觞在手，退而行礼，故稍却也。写得婉媚。通体极赞中自有讽意。

---

① 斜倚：《乐府诗集》卷三十九作“斜柯”。

淮南王篇

《舞曲歌辞》。

淮南王，自言尊，百尺高楼与天连。后园凿井银作床，金瓶素绠汲寒浆。汲寒浆，饮少年。少年窈窕何能贤，扬声悲歌音绝天。我欲渡河河无梁，愿化双黄鹄还故乡。还故乡，入故里。裴徊故乡，苦身不已。繁舞寄声无不泰，徘徊桑梓游天外。

此哀淮南求仙无益，而以身受祸也。措词特隐。

伤歌行

以下《杂曲歌辞》。

昭昭素明月，辉光烛我床。忧人不能寐，耿耿夜何长！微风吹闺闼，罗帷自飘扬。揽衣曳长带，屣履下高堂。东西安所之，徘徊以傍徨。春鸟翻南飞，翩翩独翱翔。悲声命俦匹，哀鸣伤我肠。感物怀所思，泣涕忽沾裳。伫立吐高吟，舒愤诉穹苍。

不追琢，不属对，和平中自有骨力。

悲　歌

悲歌可以当泣，远望可以当归。思念故乡，郁郁累累。欲归家无人，欲渡河无船。心思不能言，肠中车轮转。

起最矫健，李太白时或有之。

枯鱼过河泣

枯鱼过河泣，何时悔复及！作书与鲂鱮，相教慎出入。

汉人每有此种奇想。

古　歌

秋风萧萧愁杀人，出亦愁，入亦愁。座中何人，谁不怀忧？令我白头。胡地多飙风，树木何修修。离家日趋远，衣带日趋缓。心思不能言，肠中车轮转。

苍莽而来，飘风急雨，不可遏抑。○“离家”二句，同《行行重行行》篇，然“以”字浑[①]，“趋”字新，此古诗、乐府之别。

古八变歌

北风初秋至，吹我章华台。浮云多暮色，似从崦嵫来。

① 按，编者指《行行重行行》中“相去日以远，衣带日以缓”二句中“以”字。

枯桑鸣中林，络纬响空阶。翩翩飞蓬征，怆怆游子怀。故乡不可见，长望始此回。

猛虎行

饥不从猛虎食，暮不从野雀栖。野雀安无巢？游子为谁骄？

乐府

行胡从何方？列国持何来？氍毹毾㲪五木香，迷迭艾蒳及都梁。

首二句指入贡之人言。本用阳韵，而第二句以“来”字间之。首句用韵，次句不入韵也。

古诗源卷四　汉诗

古诗为焦仲卿妻作

汉末建安中，庐江府小吏焦仲卿妻刘氏，为仲卿母所遣，自誓不嫁。其家逼之，乃投水而死。仲卿闻之，亦自缢于庭树。时人伤之，为诗云尔。

孔雀东南飞，五里一裴徊。“十三能织素，十四学裁衣，十五弹箜篌，十六诵诗书。十七为君妇，心中常苦悲。君既为府吏，守节情不移。贱妾留空房，相见常日稀。鸡鸣入机织，夜夜不得息。三日断五匹，大人故嫌迟。非为织作迟，君家妇难为。妾不堪驱使，徒留无所施。便可白公姥，及时相遣归。”

府吏得闻之，堂上启阿母：“儿已薄禄相，幸复得此妇。结发同枕席，黄泉共为友。共事三二年，始尔未为久。女行无偏斜，何意致不厚？”阿母谓府吏：“何乃太区区！此妇无礼节，举动自专由。吾意久怀忿，汝岂得自由？东家有贤女，自名秦罗敷。可怜体无比，阿母为汝求。便可速遣之，遣去慎莫留！”府吏长跪告：“伏惟启阿母：今若遣此妇，终老不复取。”阿母得闻之，槌床便大怒：“小子无所畏，何敢助妇语！吾已失恩义，会不相从许[①]！”

① 许：原作“计”，误，据《玉台新咏》卷一改。

府吏默无声，再拜还入户。举言谓新妇，哽咽不能语："我自不驱卿，逼迫有阿母。卿但暂还家，吾今且报府。不久当归还，还必相迎取。以此下心意，慎勿违我语。"新妇谓府吏："勿复重纷纭。往昔初阳岁，谢家来贵门。奉事循公姥，进止敢自专？昼夜勤作息，伶俜萦苦辛。谓言无罪过，供养卒大恩。仍更被驱遣，何言复来还？妾有绣腰襦，葳蕤自生光。红罗复斗帐，四角垂香囊。箱帘六七十，绿碧青丝绳。物物各自异，种种在其中。人贱物亦鄙，不足迎后人。留待作遗施，于今无会因。时时为安慰，久久莫相忘。"

鸡鸣外欲曙，新妇起严妆。著我绣夹裙，事事四五通。足下蹑丝履，头上玳瑁光。腰若流纨素，耳著明月珰。指如削葱根，口如含珠丹。纤纤作细步，精妙世无双。上堂拜阿母，阿母怒不止。"昔作女儿时，生小出野里。本自无教训，兼愧贵家子。受母钱帛多，不堪母驱使。今日还家去，念母劳家里。"却与小姑别，泪落连珠子："新妇初来时，小姑始扶床。今日被驱遣，小姑如我长。勤心养公姥，好自相扶将。初七及下九，嬉戏莫相忘。"出门登车去，涕落百馀行。

府吏马在前，新妇车在后，隐隐何甸甸，俱会大道口。下马入车中，低头共耳语："誓不相隔卿。且暂还家去，吾今且赴府。不久当还归，誓天不相负。"新妇谓府吏："感君区区怀。君既若见录，不久望君来。君当作盘石[①]，妾当作蒲苇。蒲苇纫如丝，盘石无转移。我有亲父兄，性行暴如雷，恐不任我意，逆以煎我怀。"举手长劳劳，二情同依依。

---

① 盘石：同"磐石"。下同。

入门上家堂，进退无颜仪。阿母大拊掌："不图子自归！十三教汝织，十四能裁衣，十五弹箜篌，十六知礼仪，十七遣汝嫁，谓言无誓违。汝今何罪过，不迎而自归？""兰芝惭阿母，儿实无罪过。"阿母大悲摧。

还家十馀日，县令遣媒来，云有第三郎，窈窕世无双，年始十八九，便言多令才。阿母谓阿女："汝可去应之。"阿女含泪答："兰芝初还时，府吏见丁宁，结誓不别离。今日违情义，恐此事非奇。自可断来信，徐徐更谓之。"阿母白媒人："贫贱有此女，始适还家门。不堪吏人妇，岂合令郎君？幸可广问讯，不得便相许。"

媒人去数日，寻遣丞请还。说有兰家女，承籍有宦官。云有第五郎，娇逸未有婚。遣丞为媒人，主簿通语言，直说太守家，有此令郎君，既欲结大义，故遣来贵门。阿母谢媒人："女子先有誓，老姥岂敢言？"阿兄得闻之，怅然心中烦，举言谓阿妹："作计何不量！先嫁得府吏，后嫁得郎君，否泰如天地，足以荣汝身。不嫁义郎体，其往欲何云？"兰芝仰头答："理实如兄言。谢家事夫婿，中道还兄门，处分适兄意，那得自任专？虽与府吏要，渠会永无缘。登即相许和，便可作婚姻。"媒人下床去，诺诺复尔尔。还部白府君："下官奉使命，言谈大有缘。"府君得闻之，心中大欢喜。视历复开书，便利此月内，六合正相应。"良吉三十日，今已二十七，卿可去成婚。"交语速装束，络绎如浮云。青雀白鹄舫，四角龙子幡，婀娜随风转，金车玉作轮。踯躅青骢马，流苏金缕鞍。赍钱三百万，皆用青丝穿。杂彩三百匹，交广市鲑珍。

从人四五百，郁郁登郡门。

阿母谓阿女："适得府君书，明日来迎汝。何不作衣裳？莫令事不举！"阿女默无声，手巾掩口啼，泪落便如泻。移我琉璃榻，出置前窗下，左手持刀尺，右手执绫罗，朝成绣夹裙，晚成单罗衫。晻晻日欲暝，愁思出门啼。府吏闻此变，因求假暂归。未至二三里，摧藏马悲哀。新妇识马声，蹑履相逢迎。怅然遥相望，知是故人来。举手拍马鞍，嗟叹使心伤。"自君别我后，人事不可量。果不如先愿，又非君所详。我有亲父母，逼迫兼弟兄，以我应他人，君还何所望！"府吏谓新妇："贺卿得高迁。磐石方且厚，可以卒千年。蒲苇一时纫，便作旦夕间。卿当日胜贵，吾独向黄泉。"新妇谓府吏："何意出此言！同是被逼迫，君尔妾亦然。黄泉下相见，勿违今日言。"执手分道去，各各还家门。生人作死别，恨恨那可论！念与世间辞，千万不复全。

府吏还家去，上堂拜阿母："今日大风寒。寒风摧树木，严霜结庭兰。儿今日冥冥，令母在后单。故作不良计，勿复怨鬼神。命如南山石，四体康且直。"阿母得闻之，零泪应声落："汝是大家子，仕宦于台阁。慎勿为妇死，贵贱情何薄？东家有贤女，窈窕艳城郭。阿母为汝求，便复在旦夕。"府吏再拜还，长叹空房中，作计乃尔立。转头向户里，渐见愁煎迫。

其日牛马嘶，新妇入青庐。奄奄黄昏后，寂寂人定初。"我命绝今日，魂去尸长留。"揽裙脱丝履，举身赴清池。府吏闻此事，心知长别离。徘徊顾树下[①]，自挂东南枝。

---

① 顾：《玉台新咏》卷一作"庭"。

两家求合葬，合葬华山傍。东西植松柏，左右种梧桐。枝枝相覆盖，叶叶相交通。中有双飞鸟，自名为鸳鸯，仰头相向鸣，夜夜达五更。行人驻足听，寡妇起彷徨。多谢后世人，戒之慎勿忘！

共一千七百四十五字[①]，古今第一首长诗也。淋淋漓漓，反反覆覆，杂述十数人口中语，而各肖其声音面目，岂非化工之笔！○长篇诗若平平叙去，恐无色泽，中间须点染华缛，五色陆离，使读者心目俱炫。如篇中新妇出门时，“妾有绣腰襦”一段[②]；太守择日后，“青雀白鹄舫”一段，是也。○作诗贵剪裁，入手若叙两家家世，末段若叙两家如何悲恸，岂不冗漫拖沓？故竟以一二语了之，极长诗中具有剪裁也。○别小姑一段，悲怆之中，复极温厚。风人之旨，固应尔耳。唐人作《弃妇篇》，直用其语云：“忆我初来时，小姑始扶床。今别小姑去，小姑如我长。”下忽接二语云：“回头语小姑，莫嫁如兄夫。”轻薄无馀味矣。故君子立言有则。○“否泰如天地”一语，小人但慕富贵，不顾礼义，实有此口吻。○蒲苇、磐石，即以新妇语诮之。乐府中每多此种章法。

古诗十九首

十九首非一人一时作，《玉台》以中几章为枚乘。《文心雕龙》以《孤竹》一篇为傅毅之词，昭明以不知姓氏，统名为《古诗》。从昭明为允。

行行重行行，与君生别离。相去万馀里，各在天一涯。道路阻且长，会面安可知？胡马依北风，越鸟巢南枝。相去

---

① 按，实为一千七百八十五字。

② 绣腰襦：原作“绣罗襦”，误，据诗中原句改。

日已远,衣带日已缓。浮云蔽白日,游子不顾返。思君令人老,岁月忽已晚。弃捐勿复道,努力加餐饭。

起是俚语,极韵。〇陆贾曰:“邪臣之蔽贤,犹浮云之障日月。”古《杨柳行》曰:“谗邪害公正,浮云蔽白日。”〇“思君令人老”,本《小弁》“维忧用老”句。

青青河畔草,郁郁园中柳。盈盈楼上女,皎皎当窗牖,娥娥红粉妆,纤纤出素手。昔为倡家女,今为荡子妇。荡子行不归,空床难独守。

用叠字,从《卫・硕人》“河水洋洋,北流活活”一章化出。

青青陵上柏,磊磊涧中石。人生天地间,忽如远行客。斗酒相娱乐,聊厚不为薄。驱车策驽马,游戏宛与洛。洛中何郁郁,冠带自相索。长衢罗夹巷,王侯多第宅。两宫遥相望,双阙百馀尺。极宴娱心意,戚戚何所迫!

起言柏与石长存,而人异于树石也。

今日良宴会,欢乐难具陈。弹筝奋逸响,新声妙入神。令德唱高言,识曲听其真。齐心同所愿,含意俱未伸。人生寄一世,奄忽若飙尘。何不策高足,先据要路津!无为守穷贱,轗轲长苦辛。

“据要津”,乃诡词也。古人感愤,每有此种。

西北有高楼,上与浮云齐。交疏结绮窗,阿阁三重阶。上有弦歌声,音响一何悲!谁能为此曲,无乃杞梁妻!清商随风发，中曲正徘徊。一弹再三叹，慷慨有馀哀。不惜歌者苦，但伤知音稀。愿为双黄鹄，奋翅起高飞。

"但伤知音稀"，与"识曲听其真"同意。

涉江采芙蓉，兰泽多芳草。采之欲遗谁，所思在远道。还顾望旧乡，长路漫浩浩。同心而离居，忧伤以终老。

明月皎夜光，促织鸣东壁。玉衡指孟冬，众星何历历！白露沾野草，时节忽复易。秋蝉鸣树间，玄鸟逝安适？昔我同门友，高举振六翮。不念携手好，弃我如遗迹。南箕北有斗，牵牛不负轭。良无盘石固，虚名复何益？

"南箕"二语，言有名而无实也。此兴意，与"玉衡指孟冬"正用者自别。

冉冉孤生竹，结根泰山阿。与君为新婚，兔丝附女罗。兔丝生有时，夫妇会有宜。千里远结婚，悠悠隔山陂。思君令人老，轩车来何迟！伤彼蕙兰花，含英扬光辉。过时而不采，将随秋草萎。君亮执高节，贱妾亦何为！

起四句比中用比。○"悠悠隔山陂"，情已离矣，而望之无已，不敢作决绝怨恨语，温厚之至也。

庭中有奇树，绿叶发华滋。攀条折其荣，将以遗所思。馨香盈怀袖，路远莫致之。此物何足贵，但感别经时。

"何足贵"，《文选》作"何足贡"，谓献也，较有味。

迢迢牵牛星，皎皎河汉女。纤纤擢素手，札札弄机杼。终日不成章，泣涕零如雨。河汉清且浅，相去复几许？盈盈一水间，脉脉不得语。

相近而不能达情，弥复可伤。此亦托兴之词。

回车驾言迈，悠悠涉长道。四顾何茫茫，东风摇百草。所遇无故物，焉得不速老？盛衰各有时，立身苦不早。人生非金石，岂能长寿考？奄忽随物化，荣名以为宝。

不得已而托之身后之名，与托之游仙、饮酒者同意。

东城高且长，逶迤自相属。回风动地起，秋草萋以绿。四时更变化，岁暮一何速！晨风怀苦心，蟋蟀伤局促。荡涤放情志，何为自结束！燕赵多佳人，美者颜如玉。被服罗裳衣，当户理清曲。音响一何悲，弦急知柱促。驰情整巾带，沉吟聊踯躅。思为双飞燕，衔泥巢君屋。

或以"燕赵多佳人"下另作一首。

驱车上东门，遥望郭北墓。白杨何萧萧，松柏夹广路。下有陈死人，杳杳即长暮。潜寐黄泉下，千载永不寤。浩浩阴阳移，年命如朝露。人生忽如寄，寿无金石固。万岁更相送，贤圣莫能度。服食求神仙，多为药所误。不如饮美酒，被服纨与素。

《庄子》曰："人而无人道，是谓陈人也。"郭象曰："陈，久也。"

去者日以疏，来者日以亲。出郭门直视，但见丘与坟。

古墓犁为田，松柏摧为薪。白杨多悲风，萧萧愁杀人。思还故里闾，欲归道无因。

生年不满百，常怀千岁忧。昼短苦夜长，何不秉烛游！为乐当及时，何能待来兹。愚者爱惜费，但为后世嗤。仙人王子乔，难可与等期。

凛凛岁云暮，蝼蛄夕鸣悲。凉风率已厉，游子寒无衣。锦衾遗洛浦，同袍与我违。独宿累长夜，梦想见容辉。良人惟古欢，枉驾惠前绥。愿得长巧笑，携手同车归。既来不须臾，又不处重闱。亮无晨风翼，焉能凌风飞？眄睐以适意，引领遥相睎。徙倚怀感伤，垂涕沾双扉。

此相见无期，托之于梦也。"既来不须臾"二语，恍恍惚惚，写梦境入神。

孟冬寒气至，北风何惨慄！愁多知夜长，仰观众星列。三五明月满，四五蟾兔缺。客从远方来，遗我一书札。上言长相思，下言久离别。置书怀袖中，三岁字不灭。一心抱区区，惧君不识察。

"置书怀袖"，亲之也。"三岁不灭"，永之也。然区区之诚，君岂能察识哉！用意措词，微而婉矣。

客从远方来，遗我一端绮。相去万馀里，故人心尚尔。文彩双鸳鸯，裁为合欢被。著掌吕反以长相思，缘以绢切以结不解。以胶投漆中，谁能别离此？

明月何皎皎,照我罗床帏。忧愁不能寐,揽衣起徘徊。客行虽云乐,不如早旋归。出户独彷徨,愁思当告谁。引领还入房,泪下沾裳衣。

十九首,大率逐臣、弃妻、朋友阔绝、死生、新故之感,中间或寓言,或显言,反覆低徊,抑扬不尽,使读者悲感无端,油然善入。此《国风》之遗也。○言情不尽,其情乃长,后人患在好尽耳。读十九首应有会心。○清和平远,不必奇辟之思、惊险之句,而汉京诸古诗皆在其下。五言中方员之至。

拟苏李诗

晨风鸣北林,熠熠东南飞。愿言所相思,日暮不垂帷。明月照高楼,想见馀光辉。玄鸟夜过庭,仿佛能复飞。褰裳路踟蹰,彷徨不能归。浮云日千里,安知我心悲?思得琼树枝,以解长渴饥。

拟诗非不高古,然乏和宛之音,去苏、李已远。

凤皇鸣高冈,有翼不好飞。安知凤皇德,贵其来见稀。阙。

红尘蔽天地,白日何冥冥!微阴盛杀气,凄风从此兴。招摇西北指,天汉东南倾。嗟尔穹庐子,独行如履冰!短褐中无绪,带断续以绳。泻水置瓶中,焉辨淄与渑?巢父不洗耳,后世有何称?

古　诗

上山采蘼芜，下山逢故夫。长跪问故夫："新人复何如？""新人虽言好，未若故人姝。颜色类相似，手爪不相如。""新人从门入，故人从阁去。""新人工织缣，故人工织素。织缣日一匹，织素五丈馀。将缣来比素，新人不如故。"

手爪，谓手所织。

悲与亲友别，气结不能言。赠子以自爱，道远会见难。人生无几时，颠沛在其间。念子弃我去，新心有所欢。结志青云上，何时复来还？

古诗三首

橘柚垂华实，乃在深山侧。闻君好我甘，窃独自雕饰。委身玉盘中，历年冀见食。芳菲不相投，青黄忽改色。人傥欲我知，因君为羽翼。

区区之诚，冀达高远。通首托物寄兴，不露正意，弥见其高。

十五从军征，八十始得归。道逢乡里人："家中有阿谁？""遥望是君家，松柏冢累累。"兔从狗窦入，雉从梁上飞，中庭生旅谷，井上生旅葵。烹谷持作饭，采葵持作羹。羹饭一时熟，不知贻阿谁。出门东向望，泪落沾我衣。

“遥望”二句，乃乡人答词。下从征者入门之词。古人诗每灭去针线痕迹。○通章用支微韵，而“烹谷持作饭，采葵持作羹”二句不入韵中，最是摇曳之至，非古人不能用韵也。

新树兰蕙葩，杂用杜蘅草。终朝采其华，日暮不盈抱。采之欲遗谁？所思在远道。馨香易销歇，繁华会枯槁。怅望何所言，临风送怀抱。

韵脚两用“抱”字。

古诗一首

步出城东门，遥望江南路。前日风雪中，故人从此去。我欲渡河水，河水深无梁。愿为双黄鹄，高飞还故乡。

古诗二首

采葵莫伤根，伤根葵不生。结交莫羞贫，羞贫友不成。

甘瓜抱苦蒂，美枣生荆棘。利傍有倚刀，贪人还自贼。

古绝句

藁砧今何在？山上复有山。何当大刀头，破镜飞上天。

通首隐语。

菟丝从长风，根茎无断绝。无情尚不离，有情安可别？

杂歌谣辞[①]

古　歌

高田种小麦，终久不成穗。男儿在他乡，焉得不憔悴！

兴意若相关，若不相关，所以为妙。

淮南民歌

《汉书》：淮南厉王长，高帝少子也。废法不轨，文帝徙之蜀严。道死，民作歌云。〇下杂录歌谣。

一尺布，尚可缝。一斗粟，尚可舂。兄弟二人不相容！

颍川歌

《汉书》：灌夫不好文学，喜任侠，已然诺。诸所与交通，无非豪杰

① 此标题原无，据下收作品体裁补。

大猾。家累数千万，食客日数十百人。陂池田园，宗族宾客为权利横颍川。颍川儿歌之。

颍水清，灌氏宁。颍水浊，灌氏族。

郑白渠歌

《汉书》：汉大始中，赵中大夫白公奏穿郑国渠，引泾水溉田，民得其饶。歌曰：

田于何所？池阳谷口。郑国在前，白渠起后。举锸如云，决渠为雨。泾水一石，其泥数斗。且溉且粪，长我禾黍。衣食京师，亿万之口。

鲍司隶歌

《列异传》云："鲍宣，宣子永，永子昱，三世皆为司隶，而乘一骢马。京师人歌之。"

鲍氏骢，三人司隶再入公。马虽瘦，行步工。

陇头歌二首

陇头流水，流离四下。念我行役，飘然旷野。登高望远，涕零双堕。

陇头流水，鸣声幽咽。遥望秦川，肝肠断绝。

牢石歌

《汉书·佞幸传》：元帝时，宦官石显为中书令，与仆射牢梁、少府五鹿充宗结为党友，附倚者皆得宠位。民歌云云。

牢耶石耶，五鹿客耶！印何累累，绶若若耶！

五鹿歌

《汉书》：五鹿充宗贵幸，为《梁丘易》，元帝令与诸易家辨论，诸儒莫能抗。有荐朱云者，摄齐登堂，抗首而讲，音动左右。故诸儒语曰：

五鹿岳岳，朱云折其角。

匈奴歌

《十道志》：焉支、祁连二山，皆美水草，匈奴失之，乃作此歌。

失我焉支山，令我妇女无颜色。失我祁连山，使我六畜不蓄息。

成帝时燕燕童谣

《汉书·五行志》:成帝为微行出游,常与富平侯张放俱,称富平侯家人。过河阳主作乐,见舞者赵飞燕而幸之,后宫皇子卒皆诛死。

燕,燕,尾涎涎。张公子,时相见。木门仓琅根。燕飞来,啄皇孙。皇孙死,燕啄矢。

首二"燕"字,一字一句。"张公子",谓富平侯也。

逐弹丸

《西京杂记》:韩嫣好弹,以金为丸。京师儿童闻嫣出弹,辄随之。

苦饥寒,逐弹丸。

成帝时歌谣

见《汉书·五行志》。

邪径败良田,谗口乱善人。桂树华不实,黄爵巢其颠。昔为人所羡,今为人所怜。

"桂",赤色,汉家象。"华不实",无继嗣也。王莽自谓黄象。"巢其颠",篡形已成也。

投　阁

《汉书》:王莽篡位后,复上符命者,莽尽诛之。时扬雄校书天禄阁,使者欲收雄,雄恐,乃从阁自投,几死。京师语曰:

惟寂漠,自投阁。爰清静,作符命。

灶下养

《东观汉纪》:更始在长安,所授官爵皆群小贾人或膳夫、庖人。长安语曰:

灶下养,中郎将。烂羊胃,骑都尉。烂羊头,关内侯。

城中谣

《后汉书》:前世长安城中谣言。改政移风,必有其本。上之所好,下必甚焉。

城中好高髻,四方高一尺。城中好广眉,四方且半额。城中好大袖,四方全匹帛。

蜀中童谣

《后汉书·五行志》：世祖时建武六年，蜀中童谣。是时，公孙述僭号于蜀，时人窃言王莽称黄，述欲继之，故称白。五铢，汉家物，明当复也，述遂诛灭。

黄牛白腹，五铢当复。

顺帝时京都童谣

《后汉书·五行志》：李固争清河王当立，梁冀立蠡吾侯，固幽毙于狱，而胡广、赵戒、袁汤等一时封侯。京都童谣云：

直如弦，死道边。曲如钩，反封侯。

考城谚

《后汉书》：仇览，考城人，为蒲亭长。初到亭，有陈元之母告元不孝。览亲到元家，为陈人伦孝行，谕以祸福。元卒成孝子。乡邑为之谚曰：

父母何在在我庭，化我鸱枭哺所生。

桓帝初小麦童谣

《后汉书·五行志》：元嘉中，凉州诸羌一时俱反。命将出师，每战常负，故云云。

小麦青青大麦枯，谁当获者妇与姑，丈夫何在西击胡。吏置马，君具车，请为诸君鼓咙胡。

鼓咙胡，不敢公言，私咽语也。

桓灵时童谣

《后汉书》曰："桓帝之世，更相滥举。人为之谣。"

举秀才，不知书。举孝廉，父别居。寒素清白浊如泥音涅，高第良将怯如黾音灭。

城上乌童谣

《后汉书·五行志》曰："桓帝初京师童谣。"按此刺为政之贪也。"车班班，入河间"，言桓帝将崩，乘舆入河间迎灵帝也。"河间姹女工数钱"以下，灵帝既立，其母永乐太后好聚金钱，教灵帝卖官受钱。天下忠义之士欲击悬鼓以陈，而大吏既怒，无如何也。

城上乌，尾毕逋。公为吏，子为徒。一徒死，百乘车。车班班，入河间，河间姹女工数钱。以钱为室金为堂，石上慊慊舂黄粱。梁下有悬鼓，我欲击之丞相怒。

歌谣领其大意，不必字字归著。与其穿凿，毋宁阙疑。

灵帝末京都童谣

《后汉书·五行志》曰："灵帝之末，京都童谣。"〇献帝初立，未有爵号，为中常侍段珪等所执。公卿百官皆随其后，到河上乃得还。此为非侯非王上北邙者也。

侯非侯，王非王，千乘万骑上北邙。

丁令威歌

《搜神记》：辽东城门有华表柱，忽有一白鹤集柱头。时有少年欲射之，鹤乃飞，徘徊空中而言云：

有鸟有鸟丁令威，去家千岁今来归。城郭如故人民非，何不学仙冢累累！

苏 耽 歌

《神仙传》：苏耽仙去后，一鹤降郡屋，久而不去。郡僚子弟弹之，鹤乃举足画屋，若书字焉。其辞云云。

乡原一别，重来事非。甲子不记，陵谷迁移。白骨蔽野，青山旧时。翘足高屋，下见群儿。我是苏仙，弹我何为？翻身云外，却返吾居。

连上首，应是后人拟作。词有可取，取之。

古诗源卷五　魏诗

武　帝

孟德诗犹是汉音，子桓以下，纯乎魏响。〇沉雄俊爽，时露霸气。

短歌行

言当及时为乐也。

对酒当歌，人生几何！譬如朝露，去日苦多。慨当以慷，幽思难忘。何以解忧，惟有杜康。青青子衿，悠悠我心。但为君故，沉吟至今。呦呦鹿鸣，食野之苹。我有嘉宾，鼓瑟吹笙。明明如月，何时可掇？忧从中来，不可断绝。越陌度阡，枉用相存。契阔谈宴，心念旧恩。月明星希[①]，乌鹊南飞。绕树三匝，何枝可依？山不厌高，海不厌深。周公吐哺，天下归心。

"月明星希"四句，喻客子无所依托。"山不厌高"四句，言王者不却众庶，故能成其大也。

观沧海

东临碣石，以观沧海。水何澹澹，山岛竦峙。树木丛

---

① 希：《文选》卷二十七作"稀"。

生，百草丰茂。秋风萧瑟，洪波涌起。日月之行，若出其中。星汉灿烂，若出其里。幸甚至哉！歌以咏志。

有吞吐宇宙气象。

土不同

乡土不同，河朔隆寒。流澌浮漂，舟船行难。锥不入地，䒼籁深奥。水竭不流，冰坚可蹈。士隐者贫，勇侠轻非。心常叹怨，戚戚多悲。幸甚至哉！歌以咏志。

即"好勇疾贫，乱也"之意，写得苍劲萧瑟。

龟虽寿

神龟虽寿，犹有竟时。腾蛇成雾，终为土灰。老骥伏枥，志在千里。烈士暮年，壮心不已。盈缩之期，不独在天。养怡之福，可得永年。幸甚至哉！歌以咏志。

"盈缩之期，不独在天"，言己可造命也。○曹公四言，于《三百篇》外，自开奇响。

薤　露

惟汉二十世，所任诚不良。沐猴而冠带，知小而谋强。犹豫不敢断，因狩执君王。白虹为贯日，己亦先受殃。贼臣执国柄,杀主灭宇京。荡覆帝基业,宗庙以燔丧。播越西迁移,号泣而且行。瞻彼洛城郭,微子为哀伤。

此指何进召董卓事,汉末实录也。

蒿里行

关东有义士,兴兵讨群凶。初期会盟津,乃心在咸阳。军合力不齐,踌躇而雁行。势利使人争,嗣还自相戕。淮南弟称号,刻玺于北方。铠甲生虮虱,万姓以死亡。白骨露于野,千里无鸡鸣。生民百遗一,念之断人肠。

此指本初、公路辈,讨董卓而不能成功也。○借古乐府写时事,始于曹公。

苦寒行

北上太行山,艰哉何巍巍!羊肠坂诘屈,车轮为之摧。树木何萧瑟,北风声正悲。熊罴对我蹲,虎豹夹路啼。溪谷少人民,雪落何霏霏!延颈长叹息,远行多所怀。我心何怫郁,思欲一东归。水深桥梁绝,中路正徘徊。迷惑失故路,薄暮无宿栖。行行日已远,人马同时饥。担囊行取薪,斧冰持作糜。悲彼《东山》诗,悠悠使我哀。

却东西门行

鸿雁出塞北，乃在无人乡。举翅万里馀，行止自成行。冬节食南稻，春日复北翔。田中有转蓬，随风远飘扬。长与故根绝，万岁不相当。奈何此征夫，安得去四方？戎马不解鞍，铠甲不离傍。冉冉老将至，何时返故乡！神龙藏深泉，猛兽步高冈。狐死归首丘，故乡安可忘？

文　帝

子桓诗有文士气，一变乃父悲壮之习矣。要其便娟婉约，能移人情。

短歌行

仰瞻帷幕，俯察几筵。其物如故，其人不存。神灵倏忽，弃我遐迁。靡瞻靡恃，泣涕涟涟。呦呦游鹿，衔草鸣麑。翩翩飞鸟，挟子巢栖。我独孤茕，怀此百离。忧心孔疚，莫我能知。人亦有言，忧令人老。嗟我白发，生一何早。长吟永叹，怀我圣考。曰仁者寿，胡不是保！

此思亲之作。

善哉行

上山采薇，薄暮苦饥。溪谷多风，霜露沾衣。野雉群雊，猿猴相追。还望故乡，郁何垒垒平声。高山有崖，林木有枝。忧来无方，人莫之知。人生如寄，多忧何为？今我不乐，岁月如驰。汤汤川流，中有行舟。随波转薄，有似客游。策我良马，被我轻裘。载驰载驱，聊以忘忧。

此诗客游之感，忧来无方，写忧剧深。末指客游似行舟，反以行舟似客游言之，措语既工复活。

杂诗

漫漫秋夜长，烈烈北风凉。展转不能寐，披衣起彷徨。彷徨忽已久，白露沾我裳。俯视清水波，仰看明月光。天汉回西流，三五正纵横。草虫鸣何悲，孤雁独南翔。郁郁多悲思，绵绵思故乡。愿飞安得翼，欲济河无梁。向风长叹息，断绝我中肠。

西北有浮云，亭亭如车盖。惜哉时不遇，适与飘风会。吹我东南行，行行至吴会。吴会非我乡，安得久留滞？弃置勿复陈，客子常畏人。

二诗以自然为宗，言外有无穷悲感。

至广陵于马上作

《魏志》：黄初六年，幸广陵故城。临江观兵，戎卒十馀万，旌旗数百里，因于马上作诗。

观兵临江水，水流何汤汤？戈矛成山林，玄甲耀日光。猛将怀暴怒，胆气正纵横。谁云江水广？一苇可以航。不战屈敌虏[①]，戢兵称贤良。古公宅岐邑，实始翦殷商。孟献营虎牢，郑人惧稽颡平声。充国务耕殖，先零音怜自破亡。兴农淮泗间，筑室都徐方。量宜运权略，六军咸悦康。岂如《东山》诗，悠悠多忧伤！

本难飞渡，却云"一苇可航"，此勉强之词也。然命意使事，居然独胜。

寡　妇

友人阮元瑜早亡，伤其妻寡居，为作是诗。

霜露纷兮交下，木叶落兮凄凄。候雁叫兮云中，归燕翩兮徘徊。妾心感兮惆怅，白日忽兮西颓。守长夜兮思君，魂一夕兮九乖。怅延伫兮仰视，星月随兮天回。徒引领兮入房，窃自怜兮孤栖。愿从君兮终没，愁何可兮久怀？

---

① 虏：原作"卤"，避清朝讳，兹改回本字。

潘岳《寡妇赋序》曰："阮瑀既没，魏文悼之，并命知旧作《寡妇》之赋。"指是篇也。

燕歌行

《广题》曰："燕，地名。言良人从役于燕，而为此曲。"

秋风萧瑟天气凉，草木摇落露为霜。群燕辞归雁南翔，念君客游思断肠。慊慊思归恋故乡，君何淹留寄他方[①]？贱妾茕茕守空房，忧来思君不敢忘，不觉泪下沾衣裳。援琴鸣弦发清商，短歌微吟不能长。明月皎皎照我床，星汉西流夜未央。牵牛织女遥相望，尔独何辜限河梁！

和柔巽顺之意，读之油然相感。节奏之妙，不可思议。〇句句用韵，掩抑徘徊。"短歌微吟不能长"，恰似自言其诗。

甄　后

塘上行

蒲生我池中，其叶何离离！傍能行仁义，莫若妾自知。

---

① 君何：《文选》卷二十七作"何为"。

众口铄黄金，使君生别离。念君去我时，独愁常苦悲。想见君颜色，感结伤心脾。念君常苦悲，夜夜不能寐。莫以贤豪故，弃捐素所爱。莫以鱼肉贱，弃捐葱与薤。莫以麻枲贱，弃捐菅与蒯[①]。出亦复苦愁，入亦复苦愁。边地多悲风，树木何翛翛。从军致独乐，延年寿千秋。

末路反用说开，汉人乐府往往有之。

明　帝

种瓜篇

种瓜东井上，冉冉自逾垣。与君新为婚，瓜葛相结连。寄托不肖躯，有如倚太山。兔丝无根株，蔓延自登缘。萍藻托清流，常恐身不全。被蒙丘山惠，贱妾执拳拳。天日照知之，想君亦俱然。

曹　植

子建诗五色相宣，八音朗畅，使才而不矜才，用博而不逞博，苏、李以下，故推大家。仲宣、公幹，乌可执金鼓而抗颜行也。

---

① 菅：原作“管”，误，据《宋书》卷二十一改。

朔风诗

仰彼朔风，用怀魏都。愿骋代马，倏忽北徂。凯风永至，思彼蛮方。愿随越鸟，翻飞南翔。四气代谢，悬景同"影"运周。别如俯仰，脱若三秋。昔我初迁，朱华未希。今我旋止，素雪云飞。俯降千仞，仰登天阻。风飘蓬飞，载离寒暑。千仞易陟，天阻可越。昔我同袍，今永乖别[①]。子好芳草，岂忘尔贻？繁华将茂，秋霜悴之。君不垂眷，岂云其诚？秋兰可喻，桂树冬荣。弦歌荡思，谁与消忧？临川暮思，何为泛舟？岂无和乐，游非我邻。谁忘泛舟，愧无榜人。

言君虽不垂眷，而己岂得不言其诚乎？故下接"秋兰"云云。结意和平夷愉，诗中正则。

鰕䱇篇

䱇，同"鳝"，从旦不从且。他本误作"鉏"，无此字也。

鰕䱇游潢潦，不知江海流。燕雀戏藩柴，安识鸿鹄游？世士此诚明，大德固无俦。驾言登五岳，然后小陵丘。俯观上路人，势利惟是谋。仇高念皇家，远怀柔九州。抚剑而雷音，猛气纵横浮。泛泊徒嗷嗷，谁知壮士忧！

---

① 永：原作"用"，据《曹子建集》卷五改。

泰山梁父行

八方各异气，千里殊风雨。剧哉边海民，寄身于草墅。妻子象禽兽，行止依林阻。柴门何萧条，狐兔翔我宇。

箜篌引

置酒高殿上，亲友从我游。中厨办丰膳，烹羊宰肥牛。秦筝何慷慨，齐瑟和且柔。阳阿奏奇舞，京洛出名讴。乐饮过三爵，缓带倾庶羞。主称千年寿，宾奉万年酬。久要不可忘，薄终义所尤。谦谦君子德，磬折欲何求[①]？惊风飘白日，光景驰西流。盛时不可再，百年忽我遒。生存华屋处，零落归山丘。先民谁不死，知命复何忧！

怨歌行

为君既不易，为臣良独难。忠信事不显，乃有音又见疑患。周公佐成王，金縢功不刊。推心辅王室，二叔反流言。待罪居东国，泣涕常留连。皇灵大动变，震雷风且寒。拔树偃秋稼，天威不可干。素服开金縢，感悟求其端。公旦事既显，成王乃哀叹。吾欲竟此曲，此曲悲且长。今日乐相乐，

① 磬：原误作"罄"，据《文选》卷二十七改。

别后莫相忘。

“忠信事不显”，言忠信之心，不欲人知也，如周公纳祝词于匮中之类。○末四句竟用成语，古人不忌。

名都篇

名都者，邯郸、临淄之类也。以刺时人骑射之妙、游骋之乐，而无忧国之心也。

名都多妖女，京洛出少年。宝剑直千金，被服丽且鲜。斗鸡东郊道，走马长楸间。驰骋未能半，双兔过我前。揽弓捷鸣镝，长驱上南山。左挽因右发，一纵两禽连。馀巧未及展，仰手接飞鸢。观者咸称善，众工归我妍。归来宴平乐，美酒斗十千。脍鲤臇子兖切胎鰕，炮鳖炙熊蹯。鸣俦啸匹侣，列坐竟长筵。连翩击鞠壤[1]，巧捷惟万端。白日西南驰，光景不可攀。云散还城邑，清晨复来还。

郑玄《周礼注》曰：“凡鸟兽未孕曰禽，不独鸟也。”○《名都》《白马》二篇，敷陈藻彩，所谓修词之章也。○起句以“妖女”陪“少年”，乃客意也。

美女篇

美女者，以喻君子。言君子有美行，愿得贤君而事之。若不遇时，

① 壤：原误作“攘”，据《文选》卷二十七改。

虽见征求，终不屈也。

美女妖且闲，采桑歧路间。柔条纷冉冉，落叶何翩翩！攘袖见素手，皓腕约金环。头上金爵钗，腰佩翠琅玕。明珠交玉体，珊瑚间木难。罗衣何飘飖，轻裾随风还。顾盼遗光彩，长啸气若兰。行徒用息驾，休者以忘餐。借问女安居？乃在城南端。青楼临大路，高门结重关。容华耀朝日，谁不希令颜？媒氏何所营？玉帛不时安。佳人慕高义，求贤良独难。众人徒嗷嗷，安知彼所观。盛年处房室，中夜起长叹。

《南越志》曰："木难，金翅鸟沫所成碧色珠也。"○"玉帛不时安"，安，定也。○篇中复二"难"字。○写美女如见君子品节，此不专以华缛胜人。

白马篇

白马者，言人当立功为国，不可念私也。

白马饰金羁，连翩西北驰。借问谁家子？幽并游侠儿。少小去乡邑，扬声沙漠垂。宿昔秉良弓，楛矢何参差。控弦破左的，右发摧月支。仰手接飞猱，俯身散马蹄。狡捷过猴猿，勇剽若豹螭。边城多警急，胡虏数迁移。羽檄从北来，厉马登高堤。长驱蹈匈奴，左顾凌鲜卑。弃身锋刃端，性命安可怀？父母且不顾，何言子与妻？名编壮士籍，不得中顾私。捐躯赴国难，视死忽如归。

圣皇篇

圣皇应历数，正康帝道休。九州咸宾服，威德洞八幽。三公奏诸公，不得久淹留。藩位任至重，旧章咸率由。侍臣省文奏，陛下体仁慈。沉吟有爱恋，不忍听可之。迫有官曲宪，不得顾恩私。诸王当就国，玺绶何累縗？便时舍外殿，宫省寂无人。主上增顾念，皇母怀苦辛。何以为赠赐，倾府竭宝珍。文钱百亿万，采帛若烟云。乘舆服御物，锦罗与金银。龙旂垂九旒，羽盖参班轮。诸王自计念，无功荷厚德。思一效筋力，糜躯以报国。鸿胪拥节卫，副使随经营。贵戚并出送，夹道交辎軿。车服齐整设，韡烨曜天精。武骑卫前后，鼓吹箫笳声。祖道魏东门，泪下沾冠缨。攀盖因内顾，俯仰慕同生。行行将日暮，何时还阙庭？车轮为徘徊，四马踌躇鸣。路人尚酸鼻，何况骨肉情！

处猜嫌疑贰之际，以执法归臣下，以恩赐归君上。此立言最得体处。王摩诘诗云："执政方持法，明君无此心。"深得斯旨。○"何以为赠赐"一段，极形君赐之盛，若夸耀不绝口者，然其情愈悲矣。

吁嗟篇

时法制待藩国峻迫，植十一年三徙都，故云。

吁嗟此转蓬，居世何独然！长去本根逝，夙夜无休闲。东西经七陌，南北越九阡。卒遇回风起，吹我入云间。自谓终天路，忽然下沉泉。惊飙接我出，故归彼中田。当南而更北，谓东而反西叶先。宕宕当何依，忽亡而忽存。飘颻周八泽，连翩历五山。流转无恒处，谁知我苦艰？愿为中林草，秋随野火燔。糜灭岂不痛，愿与根荄连。

迁转之痛，至愿归糜灭，情事有不忍言者矣。此而不怨，是愈疏也。陈思之怨，为独得其正云。

弃妇篇

石榴植前庭，绿叶摇缥青，丹华灼烈烈，璀璨有光荣。光荣晔流离，可以处淑灵[①]。有鸟飞来集，拊翼以悲鸣。悲鸣夫何为？丹华实不成。拊心常叹息，无子当归宁。有子月经天，无子若流星。天月相终始，流星没无精。栖迟失所宜，下与瓦石并。忧怀从中来，叹息通鸡鸣。反侧不能寐，逍遥于前庭。踟蹰还入房，肃肃帷幕声。搴帷更摄带，抚弦弹鸣筝。慷慨有馀音，要妙悲且清。收泪长叹息，何以负神灵。招摇待霜露，何必春夏成！晚获为良实，愿君且安宁。

怨而委之于命，可以怨矣。结希恩万一，情愈悲，词愈苦。○篇中用韵：二“庭”字，二“灵”字，二“鸣”字，二“成”字，二“宁”字。

① 处：《玉台新咏》卷二作“戏”。

当来日大难

日苦短，乐有馀，乃置玉樽办东厨。广情故，心相于，阖门置酒，和乐欣欣。游马后来，辕车解轮。今日同堂，出门异乡。别易会难，各尽杯觞。

野田黄雀行

高树多悲风，海水扬其波。利剑不在掌，结交何须多[①]！不见篱间雀，见鹞自投罗。罗家得雀喜，少年见雀悲。拔剑捎罗网，黄雀得飞飞。飞飞摩苍天，来下谢少年。

是游侠，亦是仁人，语悲而音爽。

当墙欲高行

龙欲升天须浮云，人之仕进在中人[②]。众口可以铄金。谗言三至，慈母不亲。愦愦俗间，不辨伪真。愿欲披心自说陈。君门以九重，道远河无津。

---

① 交：《曹子建集》卷六作“友”。

② 在：《乐府诗集》卷六十一作“待”。

赠徐幹

惊风飘白日，忽然归西山。圆景同“影”光未满，众星灿以繁。志士营世业，小人亦不闲。聊且夜行游，游彼双阙间。文昌郁云兴，迎风高中天。春鸠鸣飞栋，流猋激棂轩。顾念蓬室士，贫贱诚足怜。薇藿弗充虚，皮褐犹不全。慷慨有悲心，兴文自成篇。宝弃怨何人，和氏有其愆。弹冠俟知己，知己谁不然？良田无晚岁，膏泽多丰年。亮怀璠玙美，积久德愈宣。亲交义在敦，申章复何言！

文昌，魏殿名。迎风，观名。○“良田”二句，喻有德者必荣也。

赠丁仪

初秋凉气发，庭树微销落。凝霜依玉除，清风飘飞阁。朝云不归山，霖雨成川泽。黍稷委畴陇，农夫安所获？在贵多忘贱，为恩谁能博？狐白足御冬，焉念无衣客。思慕延陵子，宝剑非所惜。子其宁尔心，亲交义不薄。

又赠丁仪王粲一首

从军度函谷，驱马过西京。山岑高无极，泾渭扬浊清。壮哉帝王居，佳丽殊百城[①]。员阙出浮云，承露抆太清。皇

① 殊：原作“壮”，据《文选》卷二十八改。

佐扬天惠，四海无交兵。权家虽爱胜，全国为令名。君子在末位，不能歌德声。丁生怨在朝，王子欢自营。欢怨非贞则，中和诚可经。

《西都赋》曰："抗仙掌与承露。"抗，摩也。"槩"与"抗"古字通。○皇佐，谓太祖也。○权家，兵家也。○诗以议论胜，末进以中和，古人规箴有体。○家令谓"子建函京之作"，指此。

赠白马王彪

序曰：黄初四年正月[1]，白马王、任城王与余俱朝京师，会节气。到洛阳，任城王薨。至七月，与白马王还国。后有司以二王归藩，道路宜异宿止，意毒恨之。盖以大别在数日，是用自剖，与王辞焉，愤而成篇。

谒帝承明庐，逝将归旧疆。清晨发皇邑，日夕过首阳。伊洛广且深，欲济川无梁。泛舟越洪涛，怨彼东路长。顾瞻恋城阙，引领情内伤。

大谷何寥廓，山树郁苍苍。霖雨泥我途，流潦浩纵横。中逵绝无轨，改辙登高冈。修坂造云日，我马玄以黄。

玄黄犹能进，我思郁以纡。郁纡将何念？亲爱在离居。本图相与偕，中更不克俱。鸱枭鸣衡轭，豺狼当路衢。苍蝇间白黑，谗巧反亲疏[2]。欲还绝无蹊，揽辔止踟蹰。

踟蹰亦何留？相思无终极。秋风发微凉，寒蝉鸣我侧。

---

① 正月：原作"五月"，误，据《文选》卷二十四改。

② 反：《文选》卷二十四作"令"。

原野何萧条，白日忽西匿。归鸟赴高林，翩翩厉羽翼。孤兽走索群，衔草不遑食。感物伤我怀，抚心长太息。

太息将何为？天命与我违。奈何念同生，一往形不归。孤魂翔故域，灵柩寄京师。存者忽复过，亡没身自衰。人生处一世，去若朝露晞。年在桑榆间，影响不能追。自顾非金石，咄唶令心悲。

此章乃一篇正意，置在“孤兽索群”下，章法绝佳。

心悲动我神，弃置莫复陈。丈夫志四海，万里犹比邻。恩爱苟不亏，在远分日亲。何必同衾帱，然后展殷勤。忧思成疾疢，无乃儿女仁。仓卒骨肉情，能不怀苦辛！

此章无可奈何之词。人当极无聊后，每作此以强解也。

苦辛何虑思？天命信可疑。虚无求列仙，松子久吾欺。变故在斯须，百年谁能持？离别永无会，执手将何时？王其爱玉体，俱享黄发期。收泪即长路，援笔从此辞。

末章如赋中之“乱”，几于生人作死别矣。

赠王粲

端坐苦愁思[①]，揽衣起西游。树木发春华，清池激长流。中有孤鸳鸯，哀鸣求匹俦。我愿执此鸟，惜哉无轻舟。欲归忘故道，顾望但怀愁。悲风鸣我侧，羲和逝不留。重阴润万物，何惧泽不周。谁令君多念？自使怀百忧。

---

① 苦：原作“若”，误，据《文选》卷二十四改。

送应氏诗二首

步登北邙阪，遥望洛阳山。洛阳何寂莫，宫室尽烧焚。垣墙皆顿擗，荆棘上参天。不见旧耆老，但睹新少年。侧足无行径，荒畴不复田。游子久不归，不识陌与阡。中野何萧条，千里无人烟。念我平生亲[1]，气结不能言。

时董卓迁献帝于西京，洛阳被烧，故诗中云然。

清时难屡得，嘉会不可常。天地无终极，人命若朝霜。愿得展嬿婉，我友之朔方。亲昵并集送，置酒此河阳。中馈岂独薄，宾饮不尽觞。爱至望苦深[2]，岂不愧中肠！山川阻且远，别促会日长。愿为比翼鸟，施翮起高翔。

杂　诗

高台多悲风，朝日照北林。之子在万里，江湖迥且深。方舟安可极？离思故难任。孤雁飞南游，过庭长哀吟。翘思慕远人，愿欲托遗音。形影忽不见，翩翩伤我心。

转蓬离本根，飘飖随长风。何意回飚举，吹我入云中。高高上无极，天路安可穷？类此游客子，捐躯远从戎。毛褐

① 平生亲：《文选》卷二十作“平常居”。
② 苦：原作“若”，误，据《文选》卷二十改。

不掩形，薇藿常不充。去去莫复道，沉忧令人老。

陈思最工起调，如“高台多悲风”“转蓬离本根”之类是也。

南国有佳人，容华若桃李。朝游江北岸，夕宿潇湘沚。时俗薄朱颜，谁为发皓齿。俯仰岁将暮，荣耀难久恃。

揽衣出中闺，逍遥步两楹。闲房何寂莫，绿草被阶庭。空室自生风，百鸟翩南征[①]。春思安可忘，忧戚与我并。佳人在远道，妾身单且茕。欢会难再遇，芝兰不重荣。人皆弃旧爱，君岂若平生。寄松为女萝，依水如浮萍。赍身奉衿带，朝夕不堕倾。傥终顾盼恩，永副我中情。

仆夫早严驾，吾将远行游。远游欲何之？吴国为我仇。将骋万里途，东路安足由？江介多悲风，淮泗驰急流。愿欲一轻济，惜哉无方舟。闲居非吾志，甘心赴国忧。

即《自试表》中意。

七哀诗

《韵语阳秋》：痛而哀，义而哀，感而哀，怨而哀，耳目闻见而哀，口叹而哀，鼻酸而哀，谓之七哀。

明月照高楼，流光正徘徊。上有愁思妇，悲叹有馀哀。

① 翩：原作“翻”，据《艺文类聚》卷三十二改。《玉台新咏》卷二作“翔”。

借问叹者谁？言是宕子妻。君行逾十年，孤妾常独栖。君若清路尘，妾若浊水泥[1]。浮沉各异势，会合何时谐？愿为西南风，长逝入君怀。君怀良不开，贱妾当何依？

此种大抵思君之辞，绝无华饰，性情结撰，其品最工。

情　诗

微阴翳阳景，清风飘我衣。游鱼潜绿水，翔鸟薄天飞。眇眇客行士，遥役不得归。始出严霜结，今来白露晞。游子叹黍离，处者歌式微。慷慨对嘉宾，凄怆内伤悲。

七 步 诗

《世说新语》：文帝尝令东阿王七步中作诗，不成者行大法。应声云云，帝有惭色。

煮豆持作羹，漉豉以为汁。萁在釜中然，豆在釜中泣。本是同根生，相煎何太急！

至性语，贵在质朴。〇一本只作四句，略有异同。

① 若：原作"在"，据《文选》卷二十三改。

古诗源卷六　魏诗

王　粲

赠蔡子笃诗

蔡睦,字子笃,为尚书。仲宣与之同避难荆州,子笃还,仲宣作此赠之。

翼翼飞鸾,载飞载东。我友云徂,言戾旧邦。舫舟翩翩,以泝大江。蔚矣荒途,时行靡通。慨我怀慕,君子所同。悠悠世路,乱离多阻。济岱江衡[①],邈焉异处。风流云散,一别如雨。人生实难,愿其弗与。瞻望遐路,允企伊伫。烈烈冬日,肃肃凄风。潜鳞在渊,归雁在轩[②]。苟非鸿雕,孰能飞翻?虽则追慕,予思罔宣。瞻望东路,惨怆增叹。率彼江流,爰逝靡期。君子信誓,不迁于时。及子同寮,生死固之。何以赠行,言授斯诗。中心孔悼,涕泪涟洏。嗟尔君子,如何勿思?

---

① 衡:原作"行",据《艺文类聚》卷三十一改。

② 在:《文选》卷二十三作"载"。

七哀诗

西京乱无象，豺虎方遘患。复弃中国去，委身适荆蛮。亲戚对我悲，朋友相追攀。出门无所见，白骨蔽平原。路有饥妇人，抱子弃草间。顾闻号泣声，挥涕独不还。“未知身死处，何能两相完？”驱马弃之去，不忍听此言。南登霸陵岸，回首望长安。悟彼下泉人，喟然伤心肝。

“未知身死处”二句，妇人之词。○此杜少陵《无家别》《垂老别》诸篇之祖也。○隐侯谓“仲宣霸岸”之篇，指此。

荆蛮非吾乡，何为久滞淫？方舟泝大江，日暮愁我心。山冈有馀映，岩阿增重阴。狐狸驰赴穴，飞鸟翔故林。流波激清响，猴猿临岸吟。迅风拂裳袂，白露沾衣襟。独夜不能寐，摄衣起抚琴。丝桐感人情，为我发悲音。羁旅无终极，忧思壮难任。

边城使心悲，昔我亲更之。冰雪截肌肤，风飘无止期。百里不见人，草木谁当迟？与“治”同，平声。登城望亭隧，翩翩飞戍旗。行者不顾反，出门与家辞。子弟多俘虏，哭泣无已时。天下尽乐土，何为久留兹？蓼虫不知辛，去来勿与谘。

陈　琳

饮马长城窟行

饮马长城窟，水寒伤马骨。往谓长城吏："慎莫稽留太原卒。""官作自有程，举筑谐汝声！"男儿宁当格斗死，何能怫郁筑长城？长城何连连，连连三千里。边城多健少，内舍多寡妇。作书与内舍："便嫁莫留住。善侍新姑嫜，时时念我故夫子。"报书往边地："君今出语一何鄙！""身在祸难中，何为稽留他家子。生男慎莫举，生女哺用脯。君独不见长城下，死人骸骨相撑拄。""结发行事君，慊慊心意间[①]。明知边地苦，贱妾何能久自全！"

"举筑谐汝声"，言同声用力也。〇"作书与内舍"，健少作书也。"报书往边地"二句，内舍答书也。"身在祸难中"六语，又健少之词。"结发行事君"四句，又内舍之词。无问答之痕，而神理井然，可与汉乐府竞爽矣。

刘　桢

赠从弟三首

泛泛东流水，磷磷水中石。蘋藻生其涯，华纷何扰

① 间：《玉台新咏》卷一作"关"。

弱[1]。采之荐宗庙，可以羞嘉客。岂无园中葵，懿此出深泽。

亭亭山上松，瑟瑟谷中风。风声一何盛，松枝一何劲！冰霜正惨凄，终岁常端正。岂不罹凝寒，松柏有本性。

凤凰集南岳，徘徊孤竹根。于心有不厌，奋翅凌紫氛。岂不常勤苦，羞与黄雀群。何时当来仪，将须圣明君。

赠人之作，通用比体，亦是一格。

徐　幹

室　思

人靡不有初，想君能终之。别来历年岁，旧恩何可期？重新而忘故，君子所犹讥。寄声虽在远，岂忘君须臾。既厚不为薄，想君时见思。

此托言闺人之词也。自处于厚，而望君不薄，情极深至。

杂　诗

浮云何洋洋，愿因通我词。飘飘不可寄，徙倚徒相思。

---

① “华纷”句：扰弱，原作“懮溺”，据《文选》卷二十三改。按，六臣本《文选》此句作“华叶纷扰溺”。

人离皆复会，君独无返期。自君之出矣，明镜暗不治。思君如流水，何有穷已时！

末四句，后人拟者多矣，总逊其自然。

应　玚

侍五官中郎将建章台集诗一首

建安十六年，天子命世子丕为五官中郎将。

朝雁鸣云中，音响一何哀！问子游何乡？戢翼正徘徊。言我寒门来，将就衡阳栖。往春翔北土，今冬客南淮。远行蒙霜雪，毛羽日摧隤[①]。常恐伤肌骨，身陨沉黄泥。简珠堕沙石[②]，何能中自谐？欲因云雨会，濯翼陵高梯。良遇不可值，伸眉路何阶？公子敬爱客，乐饮不知疲。和颜既以畅，乃肯顾细微。赠诗见存慰，小子非所宜。为且极欢情，不醉其无归。凡百敬尔位，以副饥渴怀。

"简珠"，喻君子。"沙石"，喻小人。《淮南子》曰："周之简珪，产于垢土。"简，大也。○魏人公宴，俱极平庸，后人应酬诗从此开出。篇中代雁为词，音调悲切，异于众作，存此以备一格。

① 摧隤：同"摧颓"。《文选》卷二十作"摧颓"。

② 简：原作"蕑"，据《文选》卷二十改。下同。

别　诗

朝云浮四海，日暮归故山。行役怀旧土，悲思不能言。悠悠涉千里，未知何时旋。

应　璩

百一诗

《百一诗序》曰："时谓曹爽曰：'今公闻周公巍巍之称，安如百虑有一失乎？'百一之名取此。"○璩诗百馀篇，大率风刺时事。

下流不可处，君子慎厥初。名高不宿著，易用受侵诬。前者隳官去，有人适我闾。田家无所有，酌醴焚枯鱼。问我何功德，三入承明庐。所占于此土，是谓仁智居。文章不经国，筐箧无尺书。用等称才学，往往见叹誉。避席跪自陈："贱子实空虚。宋人遇周客，惭愧靡所如。"

"下流"一章，自悔也。○"问我何功德"至"往往见叹誉"，皆问者之词。下四句自答。○遇周客，指宋之愚人宝燕石事。

杂　诗

细微苟不慎，堤溃自蚁穴。腠理早从事，安复劳针石？哲人睹未形，愚夫阍明白。曲突不见宾，焦烂为上客。思愿献良规，江海倘不逆。狂言虽寡善，犹有如鸡跖。鸡跖食不已，齐王为肥泽。

进言听言意，愈隐愈显。

缪　袭

克官渡

《晋书·乐志》曰："改汉《上之回》为《克官渡》，言曹公与袁绍战，破之于官渡也。"

克绍官渡，由白马[①]。僵尸流血，被原野。贼众如犬羊，王师尚寡。沙塠傍，风飞扬。转战不利，士卒伤。今日不胜，后何望？土山地道，不可当。卒胜大捷，震冀方。屠城破邑，神武遂章。

① 原刻本"克绍"二句与下"僵尸"二句、"转战"二句、"今日"二句、"土山"二句、"卒胜"二句均作七字一句，兹均据中华书局版《宋书》、《乐府诗集》改断为四字、三字二句。

音节自佳。

定武功

改汉《战城南》为《定武功》，言曹公初破邺城，武功之定，始乎此也。

定武功，济黄河。河水汤汤，旦暮有横流波。袁氏欲衰，兄弟寻干戈。决漳水，水流滂沱，嗟城中如流鱼，谁能复顾室家？计穷虑尽，求来连和。和不时，心中忧戚。贼众内溃，君臣奔北。拔邺城，奄有魏国。王业艰难，览观古今，可为长叹。

屠柳城

改汉《巫山高》为《屠柳城》，言曹公越北塞，历白檀，破二郡乌桓于柳城也。

屠柳城，功诚难。越度陇塞，路漫漫。北逾冈平，但闻悲风正酸。蹋顿授首，遂登白狼山。神武慹海外，永无北顾患。

慹，音质，怖也。《汉朱博传》：豪强慹服。

战荥阳

改汉《思悲翁》为《战荥阳》，言曹公也。

战荥阳，汴水陂。戎士愤怒，贯甲驰。阵未成，退徐荥。二万骑，堑垒平。戎马伤，六军惊。势不集，众几倾。白日没，时晦冥。顾中牟，心屏营。同盟疑，计无成。赖我武皇，万国宁。

挽　歌

生时游国都，死没弃中野。朝发高堂上，暮宿黄泉下。白日入虞渊，悬车息驷马。造化虽神明，安能复存我？形容稍歇灭，齿发行当堕。自古皆有然，谁能离此者？

左延年

从军行

亦作汉词。

苦哉边地人，一岁三从军。三子到敦煌，二子诣陇西。叶。五子远斗去，五妇皆怀身。

阮　籍

咏　怀

阮公《咏怀》，反覆零乱，兴寄无端，和愉哀怨，杂集于中，令读者莫求归趣。此其为阮公之诗也，必求时事以实之，则凿矣。○其原自《离骚》来。

夜中不能寐，起坐弹鸣琴。薄帷鉴明月，清风吹我襟。孤鸿号外野，翔鸟鸣北林。徘徊将何见？忧思独伤心。

二妃游江滨，逍遥顺风翔。交甫怀环珮，婉娈有芬芳。猗靡情欢爱，千载不相忘。倾城迷下蔡，容好结中肠。感激生忧思，萱草树兰房。膏沐为谁施，其雨怨朝阳。如何金石交，一旦更离伤！

即“未见好德如好色”意。

嘉树下成蹊，东园桃与李。秋风吹飞藿，零落从此始。繁华有憔悴，堂上生荆杞。驱马舍之去，去上西山趾。一身不自保，何况恋妻子？凝霜被野草，岁暮亦云已。

岁暮，隐指时乱也。一结见否终则倾，有去之恐不速意。

平生少年时，轻薄好弦歌。西游咸阳中，赵李相经过。娱乐未终极，白日忽蹉跎。驱车复来归，反顾望三河。黄金百镒尽，资用常苦多。北临太行道，失路将如何？

汉成帝数微行，近幸小臣赵、李从微贱专宠。此借言游侠之俦也。颜延年注谓赵飞燕、李夫人，恐不可从。

昔闻东陵瓜，近在青门外。连畛距阡陌，子母相钩带。五色耀朝日，嘉宾四面会。膏火自煎熬，多财为患害。布衣可终身，宠禄岂足赖？

灼灼西隤日，馀光照我衣。回风吹四壁，寒鸟相因依。周周尚衔羽，蛩蛩亦念饥。如何当路子，磬折忘所归？岂为夸誉名，憔悴使心悲。宁与燕雀翔，不随黄鹄飞。黄鹄游四海，中路将安归？

“周周”，鸟名，衔羽而饮。“蛩蛩”，亦作“邛邛”，兽名，相并而行。○此章为知进而不知退者言。末见已非冲天之质，宜相随燕雀，不宜与黄鹄并举也，盖鄙之之词。○韵用二“归”字。

步出上东门，北望首阳岑。下有采薇士，上有嘉树林。良辰在何许？凝霜沾衣襟。寒风振山冈，玄云起重阴。鸣雁飞南征，鶗鴂发哀音。素质游商声，凄怆伤我心。

隐侯曰：“致此雕素之质，由于商声用事秋时也。”“游”字应作

“由”,古人字类无定也。

湛湛长江水,上有枫树林。皋兰被径路,青骊逝駸駸。远望令人悲,春气感我心[①]。三楚多秀士,朝云进荒淫。朱华振芬芳,高蔡相追寻。一为黄雀哀,泪下谁能禁?

末四句隐用庄辛谏楚王语意。

开秋兆凉气,蟋蟀鸣床帷。感物怀殷忧,悄悄令心悲。多言焉所告,繁辞将诉谁?微风吹罗袂,明月耀清晖。晨鸡鸣高树,命驾起旋归。

“多言”“繁辞”二语,重言之。

昔年十四五,志尚好诗书。被褐怀珠玉,颜闵相与期。开轩临四野,登高望所思。丘墓蔽山冈,万代同一时。千秋万岁后,荣名安所之?乃悟羡门子,噭噭今自嗤。

翻“荣名以为宝”句。噭噭,指“颜闵相与期”也。

裴徊蓬池上,还顾望大梁。绿水扬洪波,旷野莽茫茫。走兽交横驰,飞鸟相随翔。是时鹑火中,日月正相望。朔风厉严寒,阴气下微霜。羁旅无俦匹,俯仰怀哀伤。小人计其功,君子道其常。岂惜终憔悴,咏言著斯章。

“君子道其常”,往往憔悴,然岂缘此为惜乎?是真能立志砥节者。〇“君子道其常,小人计其功”,本孙卿子语。

① 气:原作“风”,据《文选》卷二十三改。

独坐空堂上，谁可与欢者？出门临永路，不见行车马。登高望九州，悠悠分旷野。孤鸟西北飞，离兽东南下。日暮思亲友，晤言用自写。

悬车在西南，羲和将欲倾。流光耀四海，忽忽至夕冥。朝为咸池晖，蒙汜受其荣。岂知穷达士，一死不再生！视彼桃李花，谁能久荧荧？君子在何许，叹息未合并。瞻仰景山松，可以慰吾情。

西方有佳人，皎若白日光。被服纤罗衣，左右珮双璜。修容耀姿美，顺风振微芳。登高眺所思，举袂当朝阳。寄颜云霄间，挥袖凌虚翔。飘飖恍惚中，流盼顾我傍。悦怿未交接，晤言用感伤。

于心怀寸阴，羲阳将欲冥。挥袂抚长剑，仰观浮云征。云间有玄鹤，抗志扬哀声。一飞冲青天，旷世不再鸣。岂与鹑鷃游，连翩戏中庭！

“旷世不再鸣”，犹王仲淹献策后，不复再出也。为高士写照。后“凤凰”一章，有“子欲居九夷”意。

驾言发魏都，南向望吹台。箫管有遗音，梁王安在哉？战士食糟糠，贤者处蒿莱。歌舞曲未终，秦兵已复来。夹林非吾有，朱宫生尘埃。军败华阳下，身竟为土灰。

朝阳不再盛，白日忽西幽。去此若俯仰，如何似九秋！

人生若尘露，天道邈悠悠。齐景升丘山，涕泗纷交流。孔圣临长川，惜逝忽若浮。去者余不及，来者吾不留。愿登太华山，上与松子游。渔父知世患，乘流泛轻舟。

儒者通六艺，立志不可干。违礼不为动，非法不肯言。渴饮清泉流，饥食并一箪。岁时无以祀，衣服常苦寒。屣履咏《南风》，缊袍笑华轩。信道守诗书，义不受一餐。烈烈褒贬辞，老氏用长叹。

儒者守义，老氏守雌，道既不同，宜闻言而长叹也。魏晋人崇尚老庄，然此诗言各从其志，无进退两家意。

林中有奇鸟，自言是凤凰。清朝饮醴泉，日夕栖山冈。高鸣彻九州，延颈望八荒。适逢商风起，羽翼自摧藏。一去昆仑西，何时复回翔？但恨处非位，怆恨使心伤。

凤凰本以鸣国家之盛，今九州八荒，无可展翅，而远去昆仑之西，于洁身之道得矣，其如处非其位何？所以怆然心伤也。

出门望佳人，佳人岂在兹？三山招松乔，万世谁与期？存亡有长短，慷慨将焉知。忽忽朝日陨，行行将何之？不见季秋草，摧折在今时？

颜延年曰："说者谓阮籍在晋文代[①]，常虑祸患，故发此咏。看来诸咏非一时所作，因情触景，随兴寓言。有说破者，有不说破者，忽哀忽乐，俶诡不羁。"○十九首后，复有此种笔墨，文章一转关也。○《咏怀诗》当领其大意，不必逐章分解。

① 谓：原脱，据六臣本《文选》卷二十三补。

大人先生歌

天地解兮六合开，星辰陨兮日月颓，我腾而上将何怀？

嵇　康

叔夜四言，时多俊语，不摹仿《三百篇》，允为晋人先声。

杂　诗

微风清扇，云气四除。皎皎亮月，丽于高隅。兴命公子，携手同车。龙骥翼翼，扬镳踟蹰。肃肃宵征，造我友庐。光灯吐辉，华幔长舒。鸾觞酌醴，神鼎烹鱼。弦超子野，叹过绵驹。流咏太素，俯赞玄虚。孰克英贤，与尔剖符。

言咏赞道妙，游心恬漠，谁能以英贤之德，与尔分符而仕乎？

赠秀才入军

从兄秀才公穆，即熹也。

良马既闲，丽服有晖。左揽繁弱，右接忘归。风驰电逝，蹑景追飞。凌厉中原，顾盼生姿。携我好仇，载我轻车。南凌长阜，北厉清渠。仰落惊鸿，俯引渊鱼。盘于游田，其乐只且[①]。

《新序》曰："楚王载繁弱之弓、忘归之矢，以射兕于云梦。"

轻车迅迈，息彼长林。春木载荣，布叶垂阴。习习谷风，吹我素琴。咬音交咬黄鸟，顾俦弄音。感悟驰情，思我所钦。心之忧矣，永啸长吟。

浩浩洪流，带我邦畿。萋萋绿林，奋荣扬晖。鱼龙瀺灂，山鸟群飞。驾言出游，日夕忘归。思我良朋，如渴如饥。愿言不获，怆矣其悲！

息徒兰圃，秣马华山。流磻平皋，垂纶长川。目送归鸿，手挥五弦。俯仰自得，游心太玄。嘉彼钓叟，得鱼忘筌。郢人逝矣，谁与尽言？

闲夜肃清，朗月照轩。微风动袿，组帐高褰。旨酒盈樽，莫与交欢。鸣琴在御，谁与鼓弹？仰慕同趣，其馨如兰。佳人不存，能不永叹！

首章赠入军，以下皆相思之词。○共十九章，此系节录。

幽 愤 诗

《晋书》：康与吕安善。安后为兄所枉诉，以事系狱。词相证引，遂收康。康乃作此诗。

---

① 《古诗纪》卷二十八"携我好仇"八句另为一章。

嗟余薄祜，少遭不造。哀茕靡识，越在襁褓。母兄鞠育，有慈无威。恃爱肆姐子豫反，不训不师。爰及冠带，凭宠自放。抗心希古，任其所尚。托好老庄，贱物贵身。志在守朴，养素全真。曰余不敏，好善闇人。子玉之败，屡增维尘。大人含弘，藏垢怀耻。民之多僻，政不由己。惟此褊心，显明臧否。感悟思愆，怛若创痏。欲寡其过，谤议沸腾。性不伤物，频致怨憎。昔惭柳惠，今愧孙登。内负宿心，外恧良朋。仰慕严郑，乐道闲居。与世无营，神气晏如。咨予不淑，婴累多虞。匪降自天，实由顽疏。理弊患结，卒致囹圄。对答鄙讯，絷此幽阻。实耻讼冤[1]，时不我与。虽曰义直，神辱志沮。澡身沧浪，岂曰能补？嗈嗈鸣雁，奋翼北游。顺时而动，得意忘忧。嗟我愤叹，曾莫能俦。事与愿违，遘兹淹留。穷达有命，亦又何求？古人有言，善莫近名。奉时恭默，咎悔不生。万石周慎，安亲保荣。世务纷纭，祗搅予情。安乐必诫[2]，乃终利贞。煌煌灵芝，一年三秀。予独何为？有志不就。惩难思复，心焉内疚。庶勖将来，无馨无臭。采薇山阿，散发岩岫。永啸长吟，颐性养寿。

通篇直直叙去，自怨自艾，若隐若晦。“好善闇人”，牵引之由也。“显明臧否”，得祸之由也。至云“澡身沧浪，岂云能补”，悔恨之词切矣。末托之“颐性养寿”，正恐未必能然之词。华亭鹤唳，隐然言外。○“肆姐”，恣肆也。○季札谓叔孙穆子曰：“子好善而不能择人。”“好善闇人”，悔与吕安交也。○孙登谓嵇康曰：“子才多识寡，难乎免于今之世也。”○“严郑”，谓严君平、郑子真。○“万石周慎”，指万石君奋子郎中令建。周，至也。

---

① 讼：原作“颂”，据《文选》卷二十三改。

② 诫：原作“诚”，据《文选》卷二十三改。

杂歌谣辞[①]

吴　谣

附。○《吴志》：周瑜精意音乐，三爵之后，有阙误，瑜必知之，知之必顾。时人语曰：

曲有误，周郎顾。

孙皓天纪中童谣

《晋书·五行志》：孙皓天纪中童谣，晋武闻之，加王濬龙骧将军。及征吴，江西众军无过者，而濬先定秣陵。

阿童复阿童，衔刀游渡江。不畏岸上虎，但畏水中龙。

① 此标题原无，据下收作品体裁补。

古诗源卷七　晋诗

司马懿

宴饮诗

《晋书》：高祖伐公孙渊，过温，见父老故旧，宴饮累日，作歌。

天地开辟，日月重光。遭逢际会，奉辞遐方。将扫逋秽，还过故乡。肃清万里，总齐八荒。告成归老，待罪武阳。

张　华

茂先诗，《诗品》谓其儿女情多，风云气少。此亦不尽然。总之笔力不高，少凌空矫捷之致。

励志诗

太仪斡运，天回地游。四气鳞次，寒暑环周。星火既夕，忽焉素秋。凉风振落，熠燿宵流。

吉士思秋，实感物化。日与月与，荏苒代谢。逝者如斯，曾无日夜。嗟尔庶士，胡宁自舍？

仁道不遐，德輶如羽。求焉斯至，众鲜克举。大猷玄漠，将抽厥绪。先民有作，遗我高矩。

虽有淑姿，放心纵逸。田般于游，居多暇日。如彼梓材，弗勤丹漆。虽劳朴斫，终负素质。

养由矫矢，兽号于林。蒲卢萦缴，神感飞禽。末技之妙，动物应心。研精耽道，安有幽深？

安心恬荡，栖志浮云。体之以质，彪之以文。如彼南亩，力耒既勤。藨蓘致功，必有丰殷。

水积成渊，载澜载清。土积成山，歊蒸郁冥。山不让尘，川不辞盈。勉致含弘，以隆德声。

高以下基，洪由纤起。川广自源，成人在始。累微以著，乃物之理。纆牵之长，实累千里。

复礼终朝，天下归仁。若金受砺，若泥在钧。进德修业，辉光日新。隰朋仰慕，予亦何人？

养由基抚弓而盼，猨乃抱木而号，何者？诚在于心，而精通于物。见《淮南子》。○“蒲卢”，即蒲且也。蒲且子见双鸟过之，其不被弋者亦下。见《汲冢书》。○“纆牵”，索也。千里之马，系以长索，则为累矣。见《国策》。

答何劭

吏道何其迫？窘然坐自拘。缨緌为徽纆，文宪焉可逾？恬旷苦不足，烦促每有馀。良朋贻新诗，示我以游娱。穆如洒清风，奂若春华敷。自昔同寮寀，于今比园庐。衰夕近辱殆，庶几并悬舆。散发重阴下，抱杖临清渠。属耳听莺鸣，流目玩儵鱼。从容养馀日，取乐于桑榆。

情　诗

清风动帷帘，晨月照幽房。佳人处遐远，兰室无容光。襟怀拥虚景，轻衾覆空床。居欢惜夜促，在戚怨宵长。拊枕独啸叹，感慨心内伤。

游目四野外，逍遥独延伫。兰蕙缘清渠，繁华荫绿渚。佳人不在兹，取此欲谁与。巢居知风寒，穴处识阴雨。不曾远别离，安知慕俦侣？

秾丽之作，油然入人。茂先诗之上者，与"葛生蒙楚"诗同意。

杂　诗

晷度随天运，四时互相承。东壁正昏中，涸阴寒节升。繁霜降当夕，悲风中夜兴。朱火青无光，兰膏坐自凝。重衾无暖气，挟纩如怀冰。伏枕终遥夕，寤言莫予应。永思虑崇替，慨然独拊膺。

傅　玄

休奕诗，聪颖处时带累句，大约长于乐府，而短于古诗。

短歌行

长安高城，层楼亭亭。干云四起，上贯天庭。蜉蝣何整？行如军征。蟋蟀何感？中夜哀鸣。蚍蜉愉乐，粲粲其荣。寤寐念之，谁知我情？昔君视我，如掌中珠，何意一朝，弃我沟渠！昔君与我，如影与形[①]，何意一去，心如流星！昔君与我，两心相结，何意今日，忽然两绝！

后三段笔力甚横。

明月篇

皎皎明月光，灼灼朝日晖。昔为春蚕丝，今我秋女衣。丹唇列素齿，翠彩发蛾眉。娇子多好言，欢合易为姿。玉颜盛有时，秀色随年衰。常恐新间旧，变故兴细微。浮萍本无根，非水将何依？忧喜更相接，乐极还自悲。

杂诗

志士惜日短，愁人知夜长。摄衣步前庭，仰观南雁翔。

① 与：《乐府诗集》卷三十作“如”。

玄景随形运，流响归空房。清风何飘飖，微月出西方。繁星依青天，列宿自成行。蝉鸣高树间，野鸟号东厢。纤云时仿佛，渥露沾我裳。良时无停影，北斗忽低昂。常恐寒节至，凝气结为霜。落叶随风摧，一绝如流光。

清俊是选体，故昭明独收此篇。

杂　言

雷隐隐，感妾心，倾耳清听非车音。

点化《长门赋》中语，更觉敏妙。

吴 楚 歌

燕人美兮赵女佳，其室则迩兮限层崖。云为车兮风为马，玉在山兮兰在野。云无期兮风有止，思多端兮谁能理？

车遥遥篇

车遥遥兮马洋洋，追思君兮不可忘。君安游兮西入秦，愿为影兮随君身。君在阴兮影不见，君依光兮妾所愿。

乐府中极聪明语，开张、王一派。然出张、王手，语极恬熟。

束 皙

补亡诗六章

序曰："皙与同业畴人，肄修乡饮之礼。然所咏之诗，或有义无词，音乐取节，阙而不备。于是遥想既往，存思在昔，补著其文，以缀旧制。"

南 陔

南陔，孝子相戒以养也。

循彼南陔，言采其兰。眷恋庭闱，心不遑安。彼居之子，罔或游盘。馨尔夕膳，洁尔晨餐。循彼南陔，厥草油油。彼居之子，色思其柔。眷恋庭闱，心不遑留。馨尔夕膳，洁尔晨羞。有獭有獭，在河之涘。凌波赴汩[①]，噬鲂捕鲤。嗷嗷林乌，受哺于子。养隆敬薄，惟禽之似。勗增尔虔，以介丕祉。

"彼居之子"，居，谓未仕者。○"色思其柔"，即"色难"注脚。"养隆敬薄"，即"不敬何以别"注脚。○首言养，次言色，末言敬。

白 华

白华，孝子之洁白也。

---

① 汩：原作"汨"，据《文选》卷十九续改。

白华朱萼，被于幽薄。粲粲门子，如磨如错。终晨三省，匪惰其恪。白华绛趺，在陵之陬。蒨蒨士子，涅而不渝。竭诚尽敬，亹亹忘劬。白华玄足，在丘之曲。堂堂处子，无营无欲。鲜侔晨葩，莫之点辱。

《周礼》曰："正室谓之门子[①]。"郑玄曰："正室适子，将代父当门者。处子，即处士也。"

华　黍

华黍，时和岁丰，宜黍稷也。

黮黮重云[②]，辑辑和风。黍华陵巅，麦秀丘中。靡田不播，九谷斯丰。奕奕玄霄，濛濛甘霤。黍发稠华，亦挺其秀。靡田不殖，九谷斯茂。无高不播，无下不殖。芒芒其稼，参参其穑。稸我王委，充我民食。玉烛阳明，显猷翼翼。

"玄霄"，玄云也。○"稸""畜"同。《蔡泽传》："力田稸积。"○《尔雅》曰："四气和，谓之玉烛。"

由　庚

由庚，万物得由其道也。

荡荡夷庚，物则由之。蠢蠢庶类，王亦柔之。道之既

---

① 正室：原作"正望"，误，据《周礼·春官宗伯第三》改。

② 黮黮：原作"黯黯"，据《文选》卷十九改。

由，化之既柔。木以秋零，草以春抽。兽在于草，鱼跃顺流。四时递谢，八风代扇。纤阿按晷，星变其躔。五纬不愆，六气无易。愔愔我王，绍文之迹。

庚，训道也。夷庚，即王道荡荡意。

崇　丘

崇丘，万物得极其高大也。

瞻彼崇丘，其林蔼蔼。植物斯高，动物斯大。周风既洽，王猷允泰。漫漫方舆，回回洪覆。去声。何类不繁？何生不茂？物极其性，人永其寿。恢恢大圜，茫茫九壤。资生仰化，于何不养？人无道夭，物极则长。

《庄子》曰："终天年而不中道夭者，是智之盛也。"

由　仪

由仪，万物之生各得其仪也①。

肃肃君子，由仪率性。明明后辟，仁以为政。鱼游清沼，鸟萃平林。濯鳞鼓翼，振振其音。宾写尔诚，主竭其心。时之和矣，何思何修？文化内辑，武功外悠。

时既和矣，何所思虑？何所修治？惟以文化辑和于内，武功加于外远也。写由仪意极正大。○六章不类周雅，然清和润泽，自是有德之言。

① 生：原作"性"，据《毛诗注疏》卷十七改。

司马彪

杂　诗

百草应节生，含气有深浅。秋蓬独何辜，飘颻随风转。长飙一飞薄，吹我之四远。搔首望故株，邈然无由返。

陆　机

士衡诗亦推大家，然意欲逞博，而胸少慧珠，笔又不足以举之，遂开出排偶一家。西京以来，空灵矫健之气不复存矣。降自梁、陈，专工队仗，边幅复狭，令阅者白日欲卧，未必非士衡为之滥觞也。兹特取能运动者十二章，见士衡诗中亦有不专堆垛者。〇谢康乐诗，亦多用排，然能造意，便与潘、陆辈迥别。〇士衡以名将之后，破国亡家，称情而言，必多哀怨，乃词旨敷浅，但工涂泽，复何贵乎？〇苏、李十九首，每近于风。士衡辈以作赋之体行之，所以未能感人。〇《文赋》云："诗缘情而绮靡。"殊非诗人之旨。

短歌行

置酒高堂，悲歌临觞。人寿几何？逝如朝霜。时无重至，华不再扬[1]。蘋以春晖，兰以秋芳。来日苦短，去日苦

① 扬：《文选》卷二十八作"阳"。

长。今我不乐，蟋蟀在房。乐以会兴，悲以别章。岂曰无感，忧为子忘。我酒既旨，我肴既臧。短歌有咏，长夜无荒。

词亦清和，而雄气逸响，杳不可寻。

陇西行

我静如镜，民动如烟。事以形兆，应以象悬。岂曰无才，世鲜兴贤。

猛虎行

渴不饮盗泉水，热不息恶木阴。恶木岂无枝，志士多苦心。整驾肃时命，杖策将远寻。饥食猛虎窟，寒栖野雀林。日归功未建，时往岁载阴。崇云临岸骇[①]，鸣条随风吟[②]。静言幽谷底，长啸高山岑。急弦无懦响，亮节难为音。人生诚未易，曷云开此衿？眷我耿介怀，俯仰愧古今。

《尸子》曰："孔子至于胜母，莫矣而不宿；过于盗泉，渴矣而不饮，恶其名也。"〇江邃《文释》引《管子》曰："士怀耿介之心，不荫恶木之枝。"〇起用六字句，最见奇峭。此士衡变体。

---

① 骇：《文选》卷二十八作"骇"。

② 鸣：原作"呜"，误，据《文选》卷二十八改。

塘上行

江篱生幽渚，微芳不足宣。被蒙风云会，移居华池边。发藻玉台下，垂影沧浪泉。沾润既已渥，结根奥且坚。四节逝不处，繁华难久鲜。淑气与时殒，馀芳随风捐。天道有迁易，人理无常全。男欢智倾愚，女爱衰避妍。不惜微躯退，但惧苍蝇前。愿君广末光，照妾薄暮年。

亦是平韵，而音旨自婉。

拟明月何皎皎

安寝北堂上，明月入我牖。照之有馀辉，揽之不盈手。凉风绕曲房，寒蝉鸣高柳。踟蹰感物节，我行永已久。游宦会无成，离思难常守。

拟明月皎夜光

岁暮凉风发，昊天肃明明。招摇西北指，天汉东南倾。朗月照闲房，蟋蟀吟户庭。翻翻归雁集，嘒嘒寒蝉鸣。畴昔同宴友，翰飞戾高冥。服美改声听，居愉遗旧情。织女无机杼，大梁不架楹。

《尔雅》曰："大梁，昴星也。"末二句总言有名无实，与汉人原词意同。

招 隐 诗

明发心不夷，振衣聊踯躅。踯躅欲安之？幽人在浚谷。朝采南涧藻，夕息西山足。轻条象云构，密叶承翠幄[①]。激楚伫兰林，回芳薄秀木。山溜何泠泠，飞泉漱鸣玉。哀音附灵波，颓响赴曾曲。至乐非有假，安事浇淳朴？富贵苟难图，税驾从所欲。

必富贵难图而始税驾，见已晚矣。士衡进退，所以不无可议。

赠冯文罴

昔与二三子，游息承华南。拊翼同枝条，翻飞各异寻。苟无凌风翮，徘徊守故林。慷慨谁为感，愿言怀所钦。发轸清洛汭，驱马大河阴。伫立望朔途，悠悠迥且深。分索古所悲，志士多苦心。悲情临川结，苦言随风吟。愧无杂佩赠，良讯代兼金。夫子茂远猷，款诚寄惠音。

为顾彦先赠妇

辞家远行迈[②]，悠悠三千里。京洛多风尘，素衣化为缁。

---

① 承：《文选》卷二十二作“成”。

② 迈：《文选》卷二十四作“游”。

修身悼忧苦，感念同怀子。隆思乱心曲，沉欢滞不起。欢沉难克兴，心乱谁为理？愿假归鸿翼，翻飞浙江汜。

东南有思妇，长叹充幽闼。借问叹何为？佳人眇天末。游宦久不归，山川修且阔。形影参商乖，音息旷不达。离合非有常，譬彼弦与筈。愿保金石躯，慰妾长饥渴。

上章赠妇，下章妇答，古有此体。

赴洛道中作

总辔登长路，呜咽辞密亲。借问子何之，世网婴我身。永叹遵北渚，遗思结南津。行行遂已远，野途旷无人。山泽纷纡馀，林薄杳阡眠。虎啸深谷底，鸡鸣高树巅。哀风中夜流，孤兽更我前。悲情触物感，沉思郁缠绵。伫立望故乡，顾影凄自怜。

远游越山川，山川修且广。振策陟崇丘，安辔遵平莽[①]。夕息抱影寐，朝徂衔思往。顿辔倚高岩[②]，侧听悲风响。清露坠素辉，明月一何朗。抚枕不能寐，振衣独长想。

二章稍见凄切。

---

① 安：《文选》卷二十六作“案”，《艺文类聚》卷二十七作“按”。三字相通。此处“安”即按意。

② 高：《文选》卷二十六作“嵩”。按，六臣本《文选》卷二十六校：“五臣作高。”

陆　云

诗与士衡亦复伯仲。

谷　风

闲居外物，静言乐幽。绳枢增结，瓮牖绸缪。和神当春，清节为秋。天地则尔，户庭已悠。

“和神”二语，即《庄子》“暖然似春，凄然似秋”意。

为顾彦先赠妇

我在三川阳，子居五湖阴。山海一何旷，譬彼飞与沉。目想清慧姿，耳存淑媚音。独寐多远念，寤言抚空衿。彼美同怀子，非尔谁为心？

悠悠君行迈，茕茕妾独止。山河安可逾，永路隔万里。京室多妖冶，粲粲都人子。雅步擢纤腰，巧言发皓齿。佳丽良可美，衰贱焉足纪？远蒙眷顾言，衔恩非望始。

亦上章赠妇，下章妇答。

潘　岳

安仁诗品又在士衡之下，兹特取《悼亡》二诗，格虽不高，其情自深也。〇安仁党于贾后，谋杀太子遹，与有力焉。人品如此，诗安得佳？

○潘、陆诗如剪彩为花，绝少生韵，故所收从略。

悼亡诗

荏苒冬春谢，寒暑忽流易。之子归穷泉，重壤永幽隔。私怀谁克从，淹留亦何益？僶俛恭朝命，回心反初役。望庐思其人，入室想所历。帏屏无仿佛，翰墨有馀迹。流芳未及歇，遗挂犹在壁。怅恍如或存，周遑忡惊惕。如彼翰林鸟，双栖一朝只。如彼游川鱼，比目中路析。春风缘隙来，晨溜承檐滴[1]。寝息何时忘，沉忧日盈积。庶几有时衰，庄缶犹可击。

“周遑忡惊惕”五字[2]，颇不成句法。○“如彼翰林鸟”四语，反浅。

皎皎窗中月，照我室南端。清商应秋至，溽暑随节阑。凛凛凉风升，始觉夏衾单。岂曰无重纩，谁与同岁寒？岁寒无与同，明月何胧胧。展转眄枕席，长簟竟床空。床空委清尘，室虚来悲风。独无李氏灵，仿佛睹尔容。抚衿长叹息，不觉泪沾胸。沾胸安能已，悲怀从中起。寝兴目存形，遗音犹在耳。上惭东门吴，下愧蒙庄子。赋诗欲言志，此志难具纪。命也可奈何，长戚自令鄙！

《列子》曰：“魏有东门吴者，子死而不忧。”

---

① “晨溜”句：《文选》卷二十三作“晨霤承檐滴”，《玉台新咏》卷二作“晨霤依檐滴”。

② 忡：原作“冲”，误，据原诗改。

张　翰

杂　诗

暮春和气应，白日照园林。青条若总翠，黄花如散金。嘉卉亮有观，顾此难久耽。延颈无良途，顿足托幽深。荣与壮俱去，贱与老相寻。欢乐不照颜，惨怆发讴吟。讴吟何嗟及，古人可慰心。

唐人以“黄花如散金”命题试士，士多以黄花为菊，合式者不满其数。

左　思

钟嵘评左诗，谓“野于陆机而深于潘岳”，此不知太冲者也。太冲胸次高旷而笔力又复雄迈，陶冶汉魏，自制伟词，故是一代作手，岂潘、陆辈所能比埒？

杂　诗

秋风何冽冽，白露为朝霜。柔条旦夕劲，绿叶日夜黄。明月出云崖，皦皦流素光。披轩临前庭，嗷嗷晨雁翔。高志局四海，块然守空堂。壮齿不恒居，岁暮常慨慷。

咏史八首

弱冠弄柔翰，卓荦观群书。著论准《过秦》，作赋拟《子虚》。边城苦鸣镝，羽檄飞京都。虽非甲胄士，畴昔览《穰苴》。长啸激清风，志若无东吴。铅刀贵一割，梦想骋良图。左盼澄江湘，右盼定羌胡。功成不受爵，长揖归田庐。

东吴，孙吴也。此章自言。

郁郁涧底松，离离山上苗。以彼径寸茎，荫此百尺条。世胄蹑高位，英俊沉下僚。地势使之然，由来非一朝。金张藉旧业，七叶珥汉貂。冯公岂不伟，白首不见招。

荀悦《汉纪》曰："冯唐白首，屈于郎署。"

吾希段干木，偃息藩魏君。吾慕鲁仲连，谈笑却秦军。当世贵不羁，遭难能解纷。功成耻受赏，高节卓不群。临组不肯绁，对珪宁肯分。连玺曜前庭，比之犹浮云。

秦欲攻魏，司马康谏曰："段干木贤者，而魏礼之，毋乃不可乎？"秦君以为然，乃止。见《吕氏春秋》。○《幽通赋》曰："干木偃息以藩魏。"

济济京城内，赫赫王侯居。冠盖荫四术，朱轮竟长衢。朝集金张馆，暮宿许史庐。南邻击钟磬，北里吹笙竽。寂寂扬子宅，门无卿相舆。寥寥空宇中，所讲在玄虚。言论准宣尼，辞赋拟相如。悠悠百世后，英名擅八区。

皓天舒白日，灵景耀神州。列宅紫宫里，飞宇若云浮。峨峨高门内，蔼蔼皆王侯。自非攀龙客，何为欻来游？被褐出閶阖，高步追许由。振衣千仞冈，濯足万里流。

俯视千古。

荆轲饮燕市，酒酣气益震平声。哀歌和渐离，谓若傍无人。虽无壮士节，与世亦殊伦。高盼邈四海，豪右何足陈！贵者虽自贵，视之若埃尘。贱者虽自贱，重之若千钧。

主父宦不达，骨肉还相薄。买臣困樵采，伉俪不安宅。陈平无产业，归来翳负郭。长卿还成都，壁立何寥廓。四贤岂不伟，遗烈光篇籍。当其未遇时，忧在填沟壑。英雄有迍邅，由来自古昔。何世无奇才？遗之在草泽。

习习笼中鸟，举翮触四隅。落落穷巷士，抱影守空庐。出门无通路，枳棘塞中途。计策弃不收，块若枯池鱼。外望无寸禄，内顾无斗储。亲戚还相蔑，朋友日夜疏。苏秦北游说，李斯西上书。俛仰生荣华，咄嗟复凋枯。饮河期满腹，贵足不愿馀。巢林栖一枝，可为达士模。

言苏秦、李斯始不遇而继遇，终不得死所也，故有俯仰咄嗟之叹云。○太冲《咏史》，不必专咏一人，专咏一事。咏古人而己之性情俱见，此千秋绝唱也。后惟明远、太白能之。

招隐二首

杖策招隐士，荒途横古今。岩穴无结构，丘中有鸣琴。白云停阴冈，丹葩曜阳林。石泉漱琼瑶，纤鳞或浮沉。非必丝与竹，山水有清音。何事待啸歌，灌木自悲吟。秋菊兼糇粮，幽兰间重襟。踌躇足力烦，聊欲投吾簪。

经始东山庐，果下自成榛。前有寒泉井，聊可莹心神。峭蒨青葱间，竹柏得其真。弱叶栖霜雪，飞荣流馀津。爵服无常玩，好恶有屈伸。结绶生缠牵，弹冠去埃尘。惠连非吾屈，首阳非吾仁。相与观所尚，逍遥撰良辰。

“惠连”，柳下惠、少连也。

左贵嫔

啄木诗

南山有鸟，自名啄木。饥则啄树，暮则巢宿。无干于人，惟志所欲。性清者荣，性浊者辱。

学问语，无蒙腐气。

张　载

七哀诗

北芒何累累，高陵有四五。借问谁家坟？皆云汉世主。恭文遥相望，原陵郁膴膴。季世丧乱起，贼盗如豺虎。毁壤过一抔[1]，便房启幽户。珠柙离玉体，珍宝见剽虏。园寝化为墟，周墉无遗堵。蒙茏荆棘生，蹊径登童竖。狐兔窟其中，芜秽不复扫。叶。颓陇并垦发，萌隶营农圃[2]。昔为万乘君，今为丘中土。感彼雍门言，凄怆哀今古[3]。

《后汉书》曰："葬孝安皇帝于恭陵，葬文帝于文陵，葬光武皇帝于原陵。"〇《董卓传》：使吕布发诸帝陵及公卿以下冢墓，收其宝玉。

张　协

杂　诗

秋夜凉风起，清气荡暄浊。蜻蛚吟阶下，飞蛾拂明烛。君子从远役，佳人守茕独。离居几何时，钻燧忽改木。房栊

① 抔(pī)：土丘。
② 隶：原作"颣"，误，据《文选》卷二十三改。
③ 今古：《文选》卷二十三作"往古"。

无行迹，庭草萋以绿。青苔依空墙，蜘蛛网四屋。感物多所怀，沉忧结心曲。

朝霞迎白日，丹气临旸谷。翳翳结繁云，森森散雨足。轻风摧劲草，凝霜竦高木。密叶日夜疏，丛林森如束。畴昔叹时迟，晚节悲年促。岁莫怀百忧，将从季主卜。

昔我资章甫，聊以适诸越。行行入幽荒，瓯骆从祝发。穷年非所用，此货将安设？瓴甋夸玙璠，鱼目笑明月。不见郢中歌，能否居然别？《阳春》无和者，《巴人》皆下节。流俗多昏迷，此理谁能察！

《庄子》曰："楚人资章甫而适诸越，越人敦发文身，无所用之。"注云："敦，断也。"〇汉立骆摇为东海王，都东瓯。骆，一作"骆"。祝发，"祝"亦断也。

大火流坤维，白日驰西陆。浮阳映翠林，回飙扇绿竹。飞雨洒朝兰，轻露栖丛菊。龙蛰暄气凝，天高万物肃。弱条不重结，芳蕤岂再馥？人生瀛海内，忽如鸟过目。川上之叹逝，前修以自勖。

述职投边城，羁束戎旅间。下车如昨日，望舒四五圆。借问此何时？胡蝶飞南园。流波恋旧浦，行云思故山。闽越衣文蛇，胡马愿度燕。风土安所习[①]？由来有固然。

① 风土：《文选》卷二十九作"土风"。

结宇穷冈曲，耦耕幽薮阴。荒庭寂以闲，幽岫峭且深。凄风起东谷，有渰兴南岑。虽无箕毕期，肤寸自成霖。泽雉登垄雊，寒猿拥条吟。溪壑无人迹，荒楚郁萧森。投耒循岸垂，时闻樵采音。重基可拟志，回渊可比心。养真尚无为，道胜贵陆沉。游思竹素园，寄辞翰墨林。

陆沉，譬如无水而沉也。见《庄子》。○东观书见竹素[①]。

孙　楚

征西官属送于陟阳候作诗

征西扶风王骏。

晨风飘歧路，零雨被秋草。倾城远追送，饯我千里道。三命皆有极，咄嗟安可保？莫大于殇子，彭聃犹为夭[②]。吉凶如纠缠，忧喜相纷绕。天地为我炉，万物一何小！达人垂大观，诫此苦不早。乖离即长衢，惆怅盈怀抱。孰能察其心，鉴之以苍昊。齐契在今朝，守之与偕老。

---

① 按，“见”疑为“皆”之误。《文选》卷二十九“游思竹素园”句李善注：“《风俗通》曰：刘向为孝成皇帝典校书籍，皆先书竹，为易刊定，可缮写者以上素也。今东观书，竹素也。”素，绢帛。

② 聃：原作“眄”，误。按，老子名耳，字聃，故改。

黄帝曰:“上寿百二十,中寿百年,下寿八十,是谓三命。”○隐侯谓子荆“零雨”之章,指此。○送别诗以齐物作主,古人用意不专粘著,此亦一体。

曹　摅

感旧诗

富贵他人合,贫贱亲戚离。廉蔺门易轨,田窦相夺移。晨风集茂林,栖鸟去枯枝。今我唯困蒙,群士所背驰。乡人敦懿义,济济荫光仪。对宾颂有客,举觞咏露斯。临乐何所叹? 素丝与路歧。

殷浩坐废,韩康伯咏首二句,因而泣下。

王　讚

杂　诗

朔风动秋草,边马有归心。胡宁久分析,靡靡忽至今。王事离我志,殊隔过商参。昔往鸧鹒鸣,今来蟋蟀吟。人情怀旧乡[1],客鸟思故林。师涓久不奏,谁能宣我心!

起得雄杰。隐侯谓正长"朔风"之句,指此。

郭泰机

答傅咸

皦皦白素丝,织为寒女衣。寒女虽妙巧,不得秉杼机。天寒知运速,况复雁南飞。衣工秉刀尺,弃我忽若遗。人不取诸身,世事焉所希。况复已朝餐,曷由知我饥?

通体喻言,讽傅之不能荐己也。○老杜《白丝行》本此。

① 怀:原作"还",误,据《文选》卷二十九改。

古诗源卷八　晋诗

刘　琨

越石英雄失路，万绪悲凉，故其诗随笔倾吐，哀音无次，读者乌得于语句间求之？

答卢谌

琨顿首：损书及诗，备酸辛之苦言，畅经通之远旨，执玩反覆，不能释手，慨然以悲，欢然以喜。昔在少壮，未尝检括。远慕老庄之齐物，近嘉阮生之放旷，怪厚薄何从而生，哀乐何由而至。自顷辀张，困于逆乱，国破家亡，亲友凋残。负杖行吟，则百忧俱至；块然独坐，则哀愤两集。时复相与举觞对膝，破涕为笑，排终身之积惨，求数刻之暂欢。譬犹疾疢弥年，而欲以一丸销之①，其可得乎？夫才生于世，世实须才。和氏之璧，焉得独曜于郢握？夜光之珠，何得专玩于隋掌？天下之宝，当与天下共之。但分析之日，不能不怅恨耳！然后知聃、周之为虚诞，嗣宗之为妄作也。昔騄骥倚辀于吴阪，长鸣于良乐，知与不知也。百里奚愚于虞而智于秦，遇与不遇也。今君遇之矣，勗之而已！不复属意于文二十馀年矣。久废则无次，想必欲其一反，故称去声旨送一篇，适足以彰来诗之益美耳。琨顿首顿首。

① 以：《文选》卷二十五无此字。按，《艺文类聚》卷二十六有此字。

厄运初遘，阳爻在六。乾象栋倾，坤仪舟覆。横厉纠纷，群妖竞逐。火燎神州，洪流华域。彼黍离离，彼稷育育。哀我皇晋，痛心在目。其一。

天地无心，万物同途。祸淫莫验[①]，福善则虚。逆有全邑，义无完都。英蕊夏落，毒卉冬敷。如彼龟玉，韫椟毁诸。刍狗之谈，其最得乎？其二。

咨余软弱，弗克负荷。协平韵。愆衅仍彰，荣宠屡加。威之不建，祸延凶播。协平韵。忠陨于国，孝愆于家。斯罪之积，如彼山河。斯衅之深，终莫能磨。其三。

郁穆旧姻，嬿婉新婚。裹粮携弱，匍匐星奔。未辍尔驾，已隳我门。二族偕覆，三孽并根。长惭旧孤，永负冤魂。其四。

亭亭孤干，独生无伴。绿叶繁缛，柔条修罕。朝采尔实，夕捋尔竿。协，公旦切。竿翠丰寻，逸珠盈椀。实消我忧，忧急用缓。逝将去乎？庭虚情满。其五。

虚满伊何，兰桂移植。茂彼春林，瘁此秋棘。有鸟翻飞，不遑休息。匪桐不栖，匪竹不食。永戢东羽，翰抚西翼。我之敬之，废欢辍职。其六。

音以赏奏，味以殊珍。文以明言，言以畅神。之子之往，四美不臻。澄醪覆觞，丝竹生尘。素卷莫启，幄无谈宾。既孤我德，又阙我邻。其七。

光光段生，出幽迁乔[②]。资忠履信，武烈文昭。旍弓骍骍，舆马翘翘。乃奋长縻，是镨是镳。何以赠子？竭心公

① 淫：原作“因”，据《文选》卷二十五改。

② 幽：原作“谷”，据《文选》卷二十五改。

朝。何以叙怀？引领长谣。其八。

《前赵录》：刘聪僭即位于平阳，遣从弟曜攻晋，破洛阳。遣子粲攻长安，陷之。首章指国破。○《老子》云："天地不仁，以万物为刍狗。"二章谓天不祚晋。○《汉书》：王尊之子伯为京兆尹，软弱不胜。○"威之不建"二句，指为聪所败而父母遇害，己遭祸而播迁也。三章指家亡。○《晋书》：琨妻即谌之从母也。新婚，未详。○琨父母为令狐泥所害，谌父母为刘粲所害，故云："二族偕覆。"三孽，谓琨兄三子，或谓刘聪、刘曜、刘粲。玩下二句，恐说不去。四章指途中奔窜，申上章意。○五章托喻己有资于谌，而谌又将之段匹磾所也。逸珠，喻德。盈椀，多也。○六章喻谌之段所，犹凤之栖梧桐，食竹实，而己如秋棘之瘁，弥见可伤。○四美，顶上音、味、文、言。七章言己之孤特，亦申前意。○八章表段之忠信。见谌之托身得所，望其戮力王室，转危为安。收束通篇，感激豪宕。

重赠卢谌

握中有玄璧，本自荆山璆。惟彼太公望，昔在渭滨叟。平声。邓生何感激，千里来相求。白登幸曲逆，鸿门赖留侯。重耳任五贤，小白相射钩。苟能隆二伯，安问党与仇？中夜抚枕叹，相与数子游①。吾衰久矣夫，何其不梦周？谁云圣达节，知命故不忧？宣尼悲获麟，西狩涕孔丘。功业未及建，夕阳忽西流。时哉不吾与，去乎若云浮。朱实陨劲风，繁英落素秋。狭路倾华盖，骇驷摧双辀。何意百炼刚，化为绕指柔。

① 相：《文选》卷二十五作"想"。

邓生，邓禹也。二伯，桓、文也。数子，谓太公以下也。○“宣尼”二句，重复言之，与阮籍“多言焉所告，繁辞将诉谁”同一反覆申言之意。○拉杂繁会，自成绝调。

扶风歌

朝发广莫门，暮宿丹水山。左手弯繁弱，右手挥龙渊。顾瞻望宫阙，俯仰御飞轩。据鞍长叹息，泪下如流泉。系马长松下，发鞍高岳头。烈烈悲风起，泠泠涧水流。挥手长相谢，哽咽不能言。浮云为我结，归鸟为我旋。去家日已远，安知存与亡？慷慨穷林中，抱膝独摧藏。麋鹿游我前，猿猴戏我侧。资粮既乏尽，薇蕨安可食？揽辔命徒侣，吟啸绝岩中。君子道微矣，夫子故有穷。惟昔李骞期，寄在匈奴庭，忠信反获罪，汉武不见明。我欲竟此曲，此曲悲且长，弃置勿重陈，重陈令心伤。

悲凉酸楚，亦复不知所云。

卢　谌

答魏子悌

崇台非一干，珍裘非一腋。多士成大业，群贤济弘绩。

遇蒙时来会，聊齐朝彦迹。顾此腹背羽，愧彼排虚翮。寄身荫四岳，托好凭三益。倾盖虽终朝，大分迈畴昔。在危每同险，处安不异易。叶亦。俱涉晋昌艰，共更飞狐厄。恩由契阔生，义随周旋积。岂谓乡曲誉，谬充本州役。乖离令我感，悲欣使情惕。理以精神通，匪曰形骸隔。妙诗申笃好，清义贲幽赜[1]。恨无随侯珠，以酬荆文璧。

《韩诗外传》：晋平公游于河而叹曰："安得贤士，与之乐此也？"船人孟胥对曰："主君亦不好士耳，何患无士？"公曰："吾食客门左千人，右千人，何谓不好士乎？"对曰："鸿鹄一举千里，恃有六翮耳。背上之毛，腹下之毳[2]，益一把飞不加高，损一把飞不加下。今君之食客，亦有六翮在其中矣，将皆背上之毛、腹下之毳耶？"〇晋昌，郡名，时段匹磾为此职。谌在磾所，难斥言之，故曰晋昌也。石勒攻乐平，刘琨自代飞狐口奔安次。

时兴诗

亹亹圆象运，悠悠方仪廓。忽忽岁云暮，游原采萧藿。北逾芒与河，南临伊与洛。凝霜沾蔓草，悲风振林薄。撼撼芳叶零，蕊蕊芬华落。下泉激洌清，旷野增辽索。登高眺遐荒，极望无崖崿。形变随时化，神感因物作。澹乎至人心，恬然存玄漠。

蕊蕊，垂也。

① 贲：《文选》卷二十五作"贯"。

② 下：原作"中"，误，据《文选》卷二十五改。

谢　尚

大道曲

《乐府广题》曰："尚为镇西将军，尝著紫罗襦，据胡床，在市中佛国门楼上弹琵琶，作《大道曲》，市人不知为三公也。"

青阳二三月，柳青桃复红。车马不相识，音落黄埃中。

写喧杂之况如见。

郭　璞

赠温峤

人亦有言，松竹有林。及尔臭味，异苔同岑。言以忘得，交以澹成。匪同伊和，惟我与生。尔神余契，我怀子情。携手一豁，安知尘冥？

"异苔同岑"句，造语新俊。士衡《赠冯维熊》诗中亦有此意，而语特庸常。

游仙诗

《游仙诗》本有托而言，坎壈咏怀，其本旨也。钟嵘贬其少列仙之趣，谬矣。

京华游侠窟，山林隐遁栖。朱门何足荣？未若托蓬莱。临源挹清波[1]，陵冈掇丹荑。灵溪可潜盘，安事登云梯？漆园有傲吏，莱氏有逸妻。进则保龙见，退为触藩羝。高蹈风尘外，长揖谢夷齐。

进，谓仕进。言仕进者为保全身名之计，退则类触藩之羝，孰若高蹈风尘，从事于游仙乎？

青溪千馀仞，中有一道士。云生梁栋间，风出窗户里。借问此何谁？云是鬼谷子。翘迹企颍阳，临河思洗耳。阊阖西南来，潜波涣鳞起。灵妃顾我笑，粲然启玉齿。蹇修时不存，要之将谁使？

阊阖，指风言，言风至而波纹生。

翡翠戏兰苕，容色更相鲜。绿萝结高林，蒙茏盖一山。中有冥寂士，静啸抚清弦。放情凌霄外，嚼蕊挹飞泉。赤松临上游，驾鸿乘紫烟。左把浮丘袖，右拍洪崖肩。借问蜉蝣辈，宁知龟鹤年？

六龙安可顿，运流有代谢。时变感人思，已秋复愿夏。淮海变微禽，吾生独不化。虽欲腾丹溪，云螭非我驾。愧无鲁阳德，回日向三舍。临川哀年迈，抚心独悲吒。

---

① 挹：原作“浥”，误，据《文选》卷二十一改。

逸翮思拂霄，迅足羡远游。清源无增澜，安得运吞舟？珪璋虽特达，明月难闇投。潜颖怨青阳，陵苕哀素秋。悲来恻丹心，零泪缘缨流。

清源不能运吞舟之鱼，喻尘俗不足容乎仙也。○言世俗不欲求仙，而怨天施之偏，叹浮生之促，类潜颖怨青阳之晚臻，陵苕哀素秋之早至也。潜颖，在幽潜而结颖者。

杂县音爰寓鲁门，风暖将为灾。吞舟涌海底，高浪驾蓬莱。神仙排云出，但见金银台。陵阳挹丹溜，容成挥玉杯。姮娥扬妙音，洪崖颔其颐。升降随长烟，飘飖戏九垓。奇龄迈五龙，千岁方婴孩。燕昭无灵气，汉武非仙才。

杂县，即爰居也。○陵阳子明，乃仙去者。○五龙，皇后君也。昆弟五人，皆人面龙身，分治五方。○燕昭使人入海，求蓬莱、方丈、瀛洲。○超然而来，截然而止，须玩章法。

晦朔如循环，月盈已复魄[①]。蓐收清西陆，朱羲将由白。寒露拂陵苕，女萝辞松柏。蕣荣不终朝，蜉蝣岂见夕？圆丘有奇草，钟山出灵液。王孙列八珍，安期炼五石。长揖当途人，去来山林客。

《十洲记》曰："北海外有钟山，自生千岁芝及神草灵液。"○"王孙列八珍"以伤生，"安期炼五石"以延寿，谓优劣殊也。《抱朴子》曰："五石者，丹砂、雄黄、白矾石、曾青、磁石也。"

① 复：《文选》卷二十一作"见"。

曹　毗

夜听捣衣

寒兴御纨素，佳人理衣衾。冬夜清且永，皓月照堂阴。纤手叠轻素，朗杵叩鸣砧。清风流繁节，回飙洒微吟。嗟此嘉运速[①]，悼彼幽滞心。二物感余怀，岂但声与音！

二物承上二语。

王羲之

兰亭集诗

不独序佳，诗亦清超越俗。“寓目理自陈”，“适我无非新”，非学道有得者不能言也。序为人人通述，故不录。

仰视碧天际，俯瞰渌水滨。寥阒无涯观，寓目理自陈。大矣造化工，万殊莫不均。群籁虽参差，适我无非新。

有逸句云：“争先非吾事，静照在忘求。”附录于此。

---

① 嘉运：《玉台新咏》卷三作“往运”。

陶　潜

渊明以名臣之后，际易代之时，欲言难言，时时寄托，不独《咏荆轲》一章也。六朝第一流人物，其诗有不独步千古者耶！钟嵘谓其原出于应璩，成何议论？○清远闲放，是其本色，而其中自有一段渊深朴茂，不可几及处。唐人王、储、韦、柳诸公，学焉而得其性之所近。

停云四章

《停云》，思亲友也。樽湛新醪，园列初荣，愿言不从，叹息弥襟。

霭霭停云，濛濛时雨。八表同昏，平路伊阻。静寄东轩，春醪独抚。良朋悠邈[①]，搔首延伫。

停云霭霭，时雨濛濛。八表同昏，平陆成江。有酒有酒，闲饮东窗。愿言怀人，舟车靡从。

东园之树，枝条再荣。竞用新好，以招余情。人亦有言，日月于征。安得促席，说彼平生。

翩翩飞鸟，息我庭柯。敛翮闲止，好声相和。岂无他人，念子实多。愿言不获，抱恨如何。

时运四章

《时运》，游暮春也。春服既成，景物斯和，偶影独游，欣慨交心。

---

① 悠：原作“幽”，据《陶渊明集》改。

迈迈时运，穆穆良朝。袭我春服，薄言东郊。山涤馀霭，宇暖微霄。有风自南，翼彼新苗。

“翼”字写出性情。

洋洋平津，乃漱乃濯。邈邈遐景，载欣载瞩。称心而言，人亦易足。挥兹一觞，陶然自乐。

延目中流，悠悠清沂。童冠齐业，闲咏以归。我爱其静，寤寐交挥[①]。但恨殊世，邈不可追。

斯晨斯夕，言息其庐。花药分列，林竹翳如。清琴横床，浊酒半壶。黄唐莫逮，慨独在予。

晋人放达。陶公有忧勤语，有安分语，有自任语。○黄、农之感，寄意西山，此旨时或流露。

劝农六章

悠悠上古，厥初生人。傲然自足，抱朴含真。智巧既萌，资待靡因。谁其赡之？实赖哲人。

哲人伊何？时惟后稷。赡之伊何？实曰播殖。舜既躬耕，禹亦稼穑，远若周典，八政始食。

熙熙令音，猗猗原陆。卉木繁荣，和风清穆。纷纷士女，趣时竞逐。桑妇宵征，农夫野宿。

气节易过，和泽难久。冀缺携俪，沮溺结耦。相彼贤达，犹勤陇亩。矧伊众庶，曳裾拱手。

民生在勤，勤则不匮。宴安自逸，岁暮奚冀？儋石不

① 挥：原作“辉”，误，据《陶渊明集》改。

储，饥寒交至。顾尔俦列，能不怀愧？

孔耽道德，樊须是鄙。董乐琴书，田园不履。若能超然，投迹高轨。敢不敛衽，敬赞德美。

言能如孔子、董相，庶可不务陇亩耳。勉人意在言外领取。

命　子

嗟予寡陋，瞻望弗及。顾惭华鬓，负影只立。三千之罪，无后为急。我诚念哉，呱闻尔泣。

卜云嘉日，占亦良时。名汝曰俨，字汝求思。温恭朝夕，念兹在兹。尚想孔伋，庶其企而。

厉夜生子，遽而求火。凡百有心，奚特于我。既见其生，实欲其可。人亦有言，斯情无假。叶古。

日居月诸，渐免于孩。福不虚至，祸亦易来。夙兴夜寐，愿尔斯才。尔之不才，亦已焉哉！

酬丁柴桑二章

有客有客，爰来爰止。秉直司聪，于惠百里。餐胜如归，聆善若始。

可作箴规。

匪惟谐也，屡有良由。载言载眺，以写我忧。放欢一遇，既醉还休。实欣心期，方从我游。

归鸟四章

翼翼归鸟，晨去于林。远之八表，近憩云岑。和风不洽，翻翮求心。顾俦相鸣，景庇清阴。

翼翼归鸟，载翔载飞。虽不怀游，见林情依。遇云颉颃，相鸣而归。遐路诚悠，性爱无遗。

翼翼归鸟，驯林徘徊。岂思天路，欣及旧栖[①]。虽无昔侣，众声每谐。日夕气清，悠然其怀。

亦谐众声，自有旷怀。此是何等品格！

翼翼归鸟，戢羽寒条。游不旷林，宿则森标。晨风清兴，好音时交。矰缴奚施，已卷安劳。

他人学《三百篇》，痴而重，与风雅日远。此不学《三百篇》，清而腴，与风雅日近。

游斜川

辛丑岁正月五日，天气澄和，风物闲美。与二三邻曲，同游斜川。临长流，望层城[②]，鲂鲤跃鳞于将夕，水鸥乘和以翻飞。彼南阜者，名实旧矣，不复乃为嗟叹。若夫曾城，傍无依接，独秀中皋，遥想灵山[③]，有爱嘉名。欣对不足，率尔赋诗。悲日月之遂往，悼吾年之不留。各疏年纪乡里，以记其时日。

---

① 及：宋曾集刻本《陶渊明集》作“反”，下有校语“一作及”。

② 层城：《陶渊明集》卷二作“曾城”。按，曾，通“层”。

③ 想：原作“望”，据《陶渊明集》改。

开岁倏五日，吾生行归休。念之动中怀，及辰为兹游。气和天惟澄，班坐依远流。弱湍驰文鲂，闲谷矫鸣鸥。迥泽散游目，缅然睇曾丘。虽微九重秀，顾瞻无匹俦。提壶接宾侣，引满更献酬。未知从今去，当复如此不？中觞纵遥情，忘彼千载忧。且极今朝乐，明日非所求。

答庞参军

相知何必旧，倾盖定前言。有客赏我趣，每每顾林园。谈谐无俗调，所说圣人篇。或有数斗酒，闲饮自欢然。我实幽居士，无复东西缘。物新人惟旧，弱毫多所宣。情通万里外，形迹滞江山。君其爱体素，来会在何年？

五月旦作和戴主簿

虚舟纵逸棹，回复遂无穷。发岁始俯仰，星纪奄将中。南窗罕悴物，北林荣且丰。神渊泻时雨，晨色奏景风。既来孰不去，人理固有终。居常待其尽，曲肱岂伤冲[①]。迁化或夷险，肆志无窊隆。即事如已高，何必升华嵩？

① 冲：原作“忡”，误，据《陶渊明集》改。

九日闲居

余闲居，爱重九之名。秋菊盈园，而持醪靡由；空服九华，寄怀于言。

世短意常多，斯人乐久生。日月依辰至，举俗爱其名。露凄暄风息，气澈天象明。往燕无遗影，来雁有馀声。酒能祛百虑，菊为制颓龄。如何蓬庐士，空视时运倾！尘爵耻虚罍，寒华徒自荣。敛襟独闲谣，缅焉起深情。栖迟固多娱，淹留岂无成？

“世短意常多”，即所云“生年不满百，常怀千岁忧”也，炼得更简更遒。后人得古人片言，便衍作数语。

和刘柴桑

山泽久见招，胡事乃踌躇？直为亲旧故，未忍言索居。良辰入奇怀，挈杖还西庐。荒途无归人，时时见废墟。茅茨已就治，新畴复应畬。谷风转凄薄，春醪解饥劬。弱女虽非男，慰情良胜无。栖栖世中事，岁月共相疏。耕织称其用，过此奚所须。去去百年外，身名同翳如。

弱女非男，喻酒之薄也。

酬刘柴桑

穷居寡人用，时忘四运周。榈庭多落叶，慨然知已秋。新葵郁北牖，嘉穟养南畴[1]。今我不为乐，知有来岁不？命室携童弱，良日登远游。

和郭主簿二首

蔼蔼堂前林，中夏贮清阴。凯风因时来，回飙开我襟。息交游闲业，卧起弄书琴。园蔬有馀滋，旧谷犹储今。营已良有极，过足非所钦。舂秫作美酒，酒熟吾自斟。弱子戏我侧，学语未成音。此事真复乐，聊用忘华簪。遥遥望白云，怀古一何深！

“过足非所钦”，与“过此奚所须”，知足要言。一结悠然不尽。

和泽周三春，清凉素秋节。露凝无游氛，天高风景澈。陵岑耸逸峰，遥瞻皆奇绝。芳菊开林耀，青松冠岩列。怀此贞秀姿，卓为霜下杰。衔觞念幽人，千载抚尔诀。检素不获展，厌厌竟良月。

---

① 穟：同“穗”。

赠羊长史

左军羊长史衔使秦川，作此与之。

愚生三季后，慨然念黄虞。得知千载外，正赖古人书。贤圣留馀迹，事事在中都。岂忘游心目，关河不可逾。九域甫已一，逝将理舟舆。闻君当先迈，负疴不获俱。路若经商山，为我少踌躇。多谢绮与角，精爽今何如？紫芝谁复采，深谷久应芜。驷马无贳患，贫贱有交娱。清谣结心曲，人乖运见疏。拥怀累代下，言尽意不舒。

癸卯十二月中作与从弟敬远

寝迹衡门下，邈与世相绝。顾盼莫谁知，荆扉昼长闭。必结切。凄凄岁暮风，翳翳经日雪。倾耳无希声，在目皓已洁。劲气侵襟袖，箪瓢谢屡设。萧索空宇中，了无一可悦。历览千载书，时时见遗烈。高操非所攀，深得固穷节。平津苟不由，栖迟讵为拙？寄意一言外，兹契谁能别！

渊明咏雪，未尝不刻划，却不似后人粘滞。〇愚于汉人得两语，曰："前日风雪中，故人从此去。"于晋人得两语，曰："倾耳无希声，在目皓已洁。"于宋人得一语，曰："明月照积雪。"为千古咏雪之式。

始作镇军参军经曲阿作

弱龄寄事外,委怀在琴书。被褐欣自得,屡空常晏如。时来苟冥会,宛辔憩通衢。投策命晨装,暂与园田疏。眇眇孤舟逝,绵绵归思纡。我行岂不遥,登降千里馀。目倦川途异,心念山泽居。望云惭高鸟,临水愧游鱼。真想初在襟,谁谓形迹拘。聊且凭化迁,终返班生庐。

班固《幽通赋》曰:"终保己而贻则,止里仁之所庐。"

辛丑岁七月赴假还江陵夜行途中作

闲居三十载,遂与尘事冥。诗书敦宿好,林园无俗情。如何舍此去,遥遥至南荆。叩枻新秋月,临流别友生。凉风起将夕,夜景湛虚明。昭昭天宇阔,皛皛川上平。怀役不遑寐,中宵尚孤征。商歌非吾事,依依在耦耕。投冠旋旧墟,不为好爵萦。养真衡茅下,庶以善自名。

桃花源诗并记

晋太元中,武陵人捕鱼为业。缘溪行,忘路之远近。忽逢桃花林,夹岸数百步,中无杂树,芳草鲜美,落英缤纷。渔人甚异之。复前行,欲穷其林。林尽水源,便得一山。山有小口,仿佛若有光,便舍船从口入。初极狭,才通人。复行数十步,豁然开朗,土地平旷,屋舍俨然。有良田、美池、桑竹之属。阡陌交通，鸡犬相闻。其中往来种作，男女衣著，悉如外人。黄发垂髫，并怡然自乐。见渔人，乃大惊，问所从来。具答之。便要还家，设酒杀鸡作食。村中闻有此人，咸来问讯。自云先世避秦时乱，率妻子邑人来此绝境，不复出焉，遂与外人间隔。问今是何世，乃不知有汉，无论魏、晋。此人一一为具言所闻，皆叹惋。馀人各复延至其家，皆出酒食。停数日，辞去。此中人语云："不足为外人道也。"既出，得其船，便扶向路，处处志之。及郡下，诣太守说如此。太守即遣人随其往，寻向所志，遂迷不复得路。南阳刘子骥，高尚士也，闻之欣然欲往[①]，未果，寻病终。后遂无问津者。

嬴氏乱天纪，贤者避其世。黄绮之商山，伊人亦云逝。往迹浸复湮，来径遂芜废。相命肆农耕，日入从所憩。桑竹垂馀荫，菽稷随时艺。春蚕收长丝，秋熟靡王税。荒路暧交通，鸡犬互鸣吠。俎豆有古法，衣裳无新制。童孺纵行歌，斑白欢游诣。草荣识节和，木衰知风厉。虽无纪历志，四时自成岁。怡然有馀乐，于何劳智慧。奇踪隐五百，一朝敞神界。淳薄既异原，旋复还幽蔽。借问游方士，焉测尘嚣外。愿言蹑轻风，高举寻吾契。

此即羲皇之想也。必辨其有无，殊为多事。

归田园居五首

少无适俗韵，性本爱丘山。误落尘网中，一去三十年。

---

① 欲往：《陶渊明集》作"规往"。

羁鸟恋旧林，池鱼思故渊。开荒南野际，守拙归园田。方宅十馀亩，草屋八九间。榆柳荫后檐，桃李罗堂前。暧暧远人村，依依墟里烟。狗吠深巷中，鸡鸣桑树颠。户庭无尘杂，虚室有馀闲。久在樊笼里，复得返自然。

野外罕人事，穷巷寡轮鞅。白日掩荆扉，虚室绝尘想。时复墟曲中，披草共来往。相见无杂言，但道桑麻长。桑麻日已长，我土日已广。常恐霜霰至，零落同草莽。

种豆南山下，草盛豆苗稀。晨兴理荒秽，带月荷锄归。道狭草木长，夕露沾我衣。衣沾不足惜，但使愿无违。

久去山泽游，浪莽林野娱。试携子侄辈，披榛步荒墟。徘徊丘垄间，依依昔人居。井灶有遗处，桑竹残朽株。借问采薪者，此人皆焉如？薪者向我言，死后无复馀①。一世异朝市，此语真不虚。人生似幻化，终当归空无。

怅恨独策还，崎岖历榛曲。山涧清且浅，遇以濯我足。漉我新熟酒，只鸡招近局。日入室中暗，荆薪代明烛。欢来苦夕短，已复至天旭。

储、王极力拟之，然终似微隔，厚处朴处不能到也。

① 后：《陶渊明集》作“没”。

与殷晋安别

殷先作晋安南府长史掾，因居浔阳。后作太尉参军，移家东下，作此以赠。

游好非久长，一遇尽殷勤。信宿酬清话，益复知为亲。去岁家南里，薄作少时邻。负杖肆游从，淹留忘宵晨。语默自殊势，亦知当乖分。未谓事已及，兴言在兹春。飘飘西来风，悠悠东去云。山川千里外，言笑难为因。才华不隐世，江湖多贱贫。脱有经过便，念来存故人。

参军已为宋臣矣，题仍以前朝官名之，题目便不苟且。○“才华不隐世”，何等周旋！所云故者，无失其为故也，即此见古人忠厚。

古诗源卷九　晋诗

陶　潜下

乞　食

饥来驱我去，不知竟何之！行行至斯里，叩门拙言辞。主人解余意，遗赠副虚期[①]。谈谐终日夕[②]，觞至辄倾卮[③]。情欣新知欢，言咏遂赋诗。感子漂母惠，愧我非韩才。衔戢知何谢，冥报以相贻。

不必看作设言，愈妙。〇结言厚道。少陵受人一饭，终身不忘，俱古人不可及处。

诸人共游周家墓柏下

今日天气佳，清吹与鸣弹。感彼柏下人，安得不为欢？清歌散新声，绿酒开芳颜。未知明日事，余襟良已殚。

---

① 副虚期：宋曾集刻本《陶渊明集》作"岂虚来"，出校：一作"副虚期"，又作"岂虚期"。

② 谈谐：原作"谈话"，据《陶渊明集》改。

③ 卮：宋曾集刻本《陶渊明集》作"杯"，出校：一作"卮"。

移居二首

昔欲居南村，非为卜其宅。闻多素心人，乐与数晨夕。怀此颇有年，今日从兹役。弊庐何必广，取足蔽床席。邻曲时时来，抗言谈在昔。奇文共欣赏，疑义相与析。

春秋多佳日，登高赋新诗。过门更相呼，有酒斟酌之。农务各自归，闲暇辄相思。相思则披衣，言笑无厌时。此理将不胜，无为忽去兹。衣食当须纪，力耕不吾欺。

癸卯岁始春怀古田舍二首

在昔闻南亩，当年竟未践。屡空既有人，春兴岂自免？夙晨装吾驾，启途情已缅。鸟弄欢新节，冷风送馀善。寒竹被荒蹊，地为罕人远。是以植杖翁，悠然不复返。即理愧通识，所保讵乃浅。

先师有遗训，忧道不忧贫。瞻望邈难逮[1]，转欲志常勤。秉耒欢时务，解颜劝农人。平畴交远风，良苗亦怀新。虽未量岁功，即事多所欣。耕种有时息，行者无问津。日入相与归，壶浆劳近邻。长吟掩柴门，聊为陇亩民。

昔人问《诗经》何句最佳，或答曰："杨柳依依。"此一时兴到之言，

---

① 逮：原作"逯"，误，据《陶渊明集》改。

然亦实是名句。倘有人问陶公何句最佳，愚答云："平畴交远风，良苗亦怀新。"亦一时兴到也。

庚戌岁九月中于西田获早稻

人生归有道，衣食固其端。孰是都不营，而以求自安！开春理常业，岁功聊可观。晨出肆微勤，日入负耒还。山中饶霜露，风气亦先寒。田家岂不苦？弗获辞此难。四体诚乃疲，庶无异患干。盥濯息檐下，斗酒散襟颜。遥遥沮溺心，千载乃相关。但愿长如此，躬耕非所叹。

《移居》诗曰："衣食当须纪，力耕不吾欺。"①此云："人生归有道，衣食固其端。"又云："贫居依稼穑。"自勉勉人，每在耕稼，陶公异于晋人如此。

丙辰岁八月中于下潠田舍获

潠，音巽。

贫居依稼穑，戮力东林隈。不言春作苦，常恐负所怀。司田眷有秋，寄声与我谐。饥者欢初饱，束带候鸣鸡。扬楫越平湖，泛随清壑回。郁郁荒山里，猿声闲且哀。悲风爱静夜，林鸟喜晨开。曰余作此来，三四星火颓。姿年逝已老，其事未云乖。遥谢荷篠翁，聊得从君栖。

---

① "衣食"二句：原作"衣食终须记，力耕不我欺"，误，据前《移居》诗正文改。

饮　酒

余闲居寡欢，兼比夜已长，偶有名酒，无夕不饮。顾影独尽，忽焉复醉。既醉之后，辄题数句自娱，纸墨遂多。辞无诠次，聊命故人书之，以为欢笑尔[①]。

衰荣无定在，彼此更共之。邵生瓜田中，宁似东陵时。寒暑有代谢，人道每如兹。达人解其会，逝将不复疑。忽与一觞酒，日夕欢相持。

积善云有报，夷叔在西山。善恶苟不应，何事立空言？九十行带索，饥寒况当年。不赖固穷节，百世当谁传！

《伯夷传》大旨已尽于此。末二句，马迁所云"亦各从其志也"。

道丧向千载，人人惜其情。有酒不肯饮，但顾世间名。所以贵我身，岂不在一生。一生复能几[②]，倏如流电惊。鼎鼎百年内，持此欲何成？

结庐在人境，而无车马喧。问君何能尔，心远地自偏。采菊东篱下，悠然见南山。山气日夕佳，飞鸟相与还。此中有真意[③]，欲辨已忘言。

① 欢：原脱，据《陶渊明集》补。

② 复能：原作"能复"，据《陶渊明集》改。

③ 意：原作"味"，据《陶渊明集》改。

胸有元气，自然流出，稍著痕迹便失之。

秋菊有佳色，裛露掇其英。泛此忘忧物，遗我远世情。一觞虽独进，杯尽壶自倾。日入群动息，归鸟趋林鸣。啸傲东轩下，聊复得此生。

“遗我远世情”，陶集作“远我遗世情”，从陶集为妥。

清晨闻叩门，倒裳往自开。问子为谁欤，田父有好怀。壶浆远见候，疑我与时乖。褴缕茅檐下，未足为高栖。一世皆尚同，愿君汩其泥。深感父老言，禀气寡所谐。纡辔诚可学，违己讵非迷？且共欢此饮，吾驾不可回。

“禀气寡所谐”，“吾驾不可回”，说得斩绝。

在昔曾远游，直至东海隅。道路迥且长，风波阻中途。此行谁使然，似为饥所驱。倾身营一饱，少许便有馀。恐此非名计，息驾归闲居。

故人赏我趣，挈壶相与至。班荆坐松下，数斟已复醉。父老杂乱言，觞酌失行次。不觉知有我，安知物为贵？悠悠迷所留，酒中有深味！

超超名理。

少年罕人事，游好在六经[①]。行行向不惑，淹留遂无成。

① 在：原作“共”，误，据《陶渊明集》改。

竟抱固穷节，饥寒饱所更。敝庐交悲风，荒草没前庭。被褐守长夜，晨鸡不肯鸣。孟公不在兹，终以翳吾情。

羲农去我久，举世少复真。汲汲鲁中叟，弥缝使其淳。凤鸟虽不至，礼乐暂得新。洙泗辍微响，漂流逮狂秦[①]。诗书复何罪，一朝成灰尘！区区诸老翁，为事诚殷勤。如何绝世下，六籍无一亲！终日驰车走，不见所问津。若复不快饮，空负头上巾。但恨多谬误，君当恕醉人。

"弥缝"二字，该尽孔子一生。"为事诚殷勤"五字，道尽汉儒训诂。○末段忽然接入饮酒，此正是古人神化处。○晋人诗，旷达者征引老、庄，繁缛者征引班、扬，而陶公专用《论语》。汉人以下，宋儒以前，可推圣门弟子者，渊明也。康乐亦善用经语，而逊其无痕。

有会而作

旧谷既没，新谷未登，颇为老农，而值年灾，日月尚悠，为患未已。登岁之功，既不可希，朝夕所资，烟火裁通。旬日已来，始念饥乏。岁云夕矣，慨焉咏怀。今我不述，后生何闻哉？

弱年逢家乏，老至更长饥。菽麦实所羡，孰敢慕甘肥！惄如亚九饭，当暑厌寒衣。岁月将欲暮[②]，如何辛苦悲。常善粥者心，深恨蒙袂非。嗟来何足吝，徒没空自遗。斯滥岂彼志，固穷夙所归。馁也已矣夫，在昔余多师。

① 逮：原作"逯"，误，据《陶渊明集》改。
② 暮：原作"慕"，误，据《陶渊明集》改。

拟古

荣荣窗下兰，密密堂前柳。初与君别时，不谓行当久。出门万里客，中道逢嘉友。未言心先醉，不在接杯酒。兰枯柳亦衰，遂令此言负。多谢诸少年，相知不忠厚。意气倾人命，离隔复何有！

辞家夙严驾，当往志无终。问君今何行[①]？非商复非戎。闻有田子春，节义为士雄。斯人久已死，乡里习其风。生有高世名，既没传无穷。不学狂驰子，直在百年中。

田子春名畴，刘虞之臣。虞尽忠汉室，为公孙瓒所害，畴扫地而盟，誓欲复仇。后瓒已灭，乌桓已破，曹操欲加以封爵，畴不受，至欲自刎以明志。

仲春遘时雨，始雷发东隅。众蛰各潜骇，草木纵横舒[②]。翩翩新来燕，双双入我庐。先巢故尚在，相将还旧居。自从分别来，门庭日荒芜。我心固匪石，君情定何如。

迢迢百尺楼，分明望四荒。暮作归云宅，朝为飞鸟堂。山河满目中，平原独茫茫。古时功名士，慷慨争此场[③]。一旦百岁后，相与还北邙。松柏为人伐，高坟互低昂。颓基无遗主，游魂在何方？荣华诚足贵，亦复可怜伤！

---

① 行：原作“有”，误，据《陶渊明集》改。

② 纵：《陶渊明集》作“从”。按，从，通“纵”。

③ 慷慨：原作“慨慷”，据《陶渊明集》改。

东方有一士，被服常不完。三旬九遇食，十年著一冠。辛苦无此比，常有好容颜。我欲观其人，晨去越河关。青松夹路生，白云宿檐端。知我故来意，取琴为我弹：上弦惊《别鹤》，下弦操《孤鸾》。愿留就君住，从今至岁寒。

辛苦而有好容，所谓身困道亨也。

日暮天无云，春风扇微和。佳人美清夜，达曙酣且歌。歌竟长叹息，持此感人多。皎皎云间月，灼灼叶中华。岂无一时好，不久当如何！

少时壮且厉，抚剑独行游。谁言行游近，张掖至幽州。饥食首阳薇，渴饮易水流。不见相知人，惟见古时丘。路边两高坟，伯牙与庄周。此士难再得，吾行欲何求？

首阳、易水，托意显然。

种桑长江边，三年望当采。枝条始欲茂，忽值山河改。柯叶自摧折，根株浮沧海。春蚕既无食，寒衣欲谁待？本不植高原，今日复何悔！

欲言难言，陶公诗根本节目，全在此种。

杂　诗

人生无根蒂，飘如陌上尘。分散逐风转，此已非常身。落地为兄弟，何必骨肉亲。得欢当作乐，斗酒聚比邻。盛年不重来，一日难再晨。及时当勉励，岁月不待人。

白日沦西阿，素月出东岭。遥遥万里辉，荡荡空中景。风来入房户，夜中枕席冷。气变悟时易，不眠知夕永。欲言无予和，挥杯劝孤影。日月掷人去，有志不获骋。念此怀悲凄，终晓不能静。

代耕本非望，所业在田桑。躬亲未曾替，寒馁常糟糠。岂期过满腹，便愿饱粳粮。御冬足大布，粗絺以应阳。正尔不能得，哀哉亦可伤！人皆尽获宜，拙生失其方。理也可奈何，且为陶一觞。

咏贫士

万族各有托，孤云独无依。暧暧空中灭，何时见馀晖。朝霞开宿雾，众鸟相与飞。迟迟出林翮，未夕复来归。量力守故辙，岂不寒与饥？知音苟不存，已矣何所悲。

凄厉岁云暮，拥褐曝前轩。南圃无遗秀，枯条盈北园。倾壶绝馀沥，窥灶不见烟。诗书塞座外，日昃不遑研。闲居非陈厄，窃有愠见言。何以慰我怀，赖古多此贤。

荣叟老带索，欣然方弹琴。原生纳决履，清歌畅高音[①]。

---

① 高音：《陶渊明集》作“商音”。

重华去我久，贫士世相寻。敝襟不掩肘，藜羹常乏斟。岂忘袭轻裘，苟得非所钦。赐也徒能辩，乃不见吾心。

袁安困积雪，邈然不可干。阮公见钱入，即日弃其官。刍藁有常温，采莒足朝餐。岂不实辛苦，所惧非饥寒。贫富常交战[①]，道胜无戚颜。至德冠邦闾，清节映西关。

"所惧非饥寒""所乐非穷通"二语可书座右。

仲蔚爱穷居，绕宅生蒿蓬。翳然绝交游，赋诗颇能工。举世无知者，止有一刘龚。此士胡独然，实由罕所同。介焉安其业[②]，所乐非穷通。人事固以拙，聊得长相从。

刘龚，刘向之孙。○不惧饥寒，达天安命，陶公人品不在季次、原宪下，而概以晋人视之，何耶？○"所乐非穷通"，本《庄子》。

咏荆轲

燕丹善养士，志在报强嬴。招集百夫良，岁暮得荆卿。君子死知己，提剑出燕京。素骥鸣广陌，慷慨送我行。雄发指危冠，猛气冲长缨。饮饯易水上，四座列群英。渐离击悲筑，宋意唱高声。萧萧哀风逝，淡淡寒波生。商音更流涕，羽奏壮士惊。心知去不归，且有后世名。登车何时顾，飞盖入秦庭。凌厉越万里，逶迤过千城。图穷事自至，豪主

① 常：原作"当"，据《陶渊明集》改。

② 介：原作"分"，误，据《陶渊明集》改。

正怔营。惜哉剑术疏，奇功遂不成！其人虽已没，千载有馀情。

英气勃发，情见乎词。

读山海经

孟夏草木长，绕屋树扶疏。众鸟欣有托，吾亦爱吾庐。既耕亦已种，时还读我书。穷巷隔深辙，颇回故人车。欢言酌春酒，摘我园中蔬。微雨从东来，好风与之俱。泛览《周王传》，流观《山海图》。俯仰终宇宙，不乐复何如？

观物观我，纯乎元气。

拟挽歌词

荒草何茫茫，白杨亦萧萧。严霜九月中，送我出远郊。四面无人居，高坟正嶕峣。马为仰天鸣，风为自萧条。幽室一已闭，千年不复朝。千年不复朝，贤达将奈何[①]。向来相送人，各自还其家。亲戚或馀悲，他人亦已歌。死去何所道，托体同山阿。

即所谓"万岁更相送，圣贤莫能度"也。音调弥响，哀思弥深。

---

① 将：《陶渊明集》作"无"。

谢　混

游西池

悟彼蟋蟀唱，信此劳者歌。有来岂不疾，良游常蹉跎。逍遥越城肆，愿言屡经过。回阡被陵阙，高台眺飞霞。惠风荡繁囿，白云屯曾阿。景仄鸣禽集[①]，水木湛清华。褰裳顺兰沚，徙倚引芳柯。美人愆岁月，迟暮独如何？无为牵所思，南荣戒其多。

《韩诗》云："《伐木》废，朋友之道缺，劳者歌其事。诗人伐木，自苦其事，故以为文。"○《庄子》：庚桑楚谓南荣趎曰："全汝形，抱汝生，无使汝思虑营营。"

吴隐之

酌贪泉诗

《晋书》：隐之为广州刺史，未至州十里，地名石门，有水曰"贪泉"。饮者怀无厌之欲。隐之酌而饮之，因赋此诗。及在州，清操愈厉。

---

① 仄：《文选》卷二十二作"昃"。按，景仄、景昃意同，均谓日影西斜。

古人云此水，一歃怀千金。试使夷齐饮，终当不易心。

庐山诸道人

游石门诗

石门在精舍南十馀里，一名障山。基连大岭，体绝众阜，辟三泉之会，并立而开流，倾岩玄映其上，蒙形表于自然，故因以为名。此虽庐山之一隅，实斯地之奇观。皆传之于旧俗，而未睹者众。将由悬濑险峻，人兽迹绝，径回曲阜，路阻行难，故罕经焉。释法师以隆安四年仲春之月，因咏山水，遂杖锡而游。于时交徒同趣三十馀人，咸拂衣晨征，怅然增兴。虽林壑幽邃，而开途竞进，虽乘危履石，并以所悦为安。既至，则援木寻葛，历险穷崖，猿臂相引，仅乃造极。于是拥胜倚岩，详观其下，始知七岭之美，蕴奇于此。双阙对峙其前，重岩映带其后，峦阜周回以为障，崇岩四营而开宇。其中则有石台、石池，宫馆之象，触类之形，致可乐也。清泉分流而合注，渌渊镜净于天池；文石发彩，焕若披面；柽松芳草，蔚然光目，其为神丽，亦已备矣。斯日也，众情奔悦，瞩览无厌。游观未久，而天气屡变。霄雾尘集，则万象隐形；流光回照，则众山倒影。开阖之际[①]，状有灵焉，而不可测也。乃其将登，则翔禽拂翮，鸣猿厉响。归云回驾，想羽人之来仪；哀声相和，若玄音之有寄。虽仿佛犹闻，而神以之畅；虽乐不期欢，而欣以永日。当其冲豫自得，信有味焉，

---

① 阖：原作“阙”，误，据《古诗纪》卷四十七改。

而未易言也。退而寻之，夫崖谷之间，会物无主，应不以情而开兴。引人致深若此，岂不以虚明朗其照，闲邃笃其情耶？并三复斯谈，犹昧然未尽。俄而太阳告夕，所存已往，乃悟幽人之玄览，达恒物之大情。其为神趣，岂山水而已哉！于是裴徊崇岭，流目四瞩，九江如带，丘阜成垤。因此而推，形有巨细，智亦宜然，乃喟然叹宇宙虽遐，古今一契。灵鹫邈矣，荒途日隔，不有哲人，风迹虽存，应深悟远，慨然长怀。各欣一遇之同欢，感良辰之难再，情发于中，遂共咏之云耳。

超兴非有本，理感兴自生。忽闻石门游，奇唱发幽情。褰裳思云驾，望崖想曾城。驰步乘长岩，不觉质有轻。矫首登云阙，眇若凌太清。端居运虚轮，转彼玄中经。神仙同物化，未若两俱冥。

一序奇情深理，发而为文，无禅习气，亦无文士气。诗复清洒不滓。

惠　远

庐山东林杂诗

崇岩吐清气，幽岫栖神迹。希声奏群籁，响出山溜滴。有客独冥游，径然忘所适。挥手抚云门，灵关安足辟？流心叩玄扃，感至理弗隔。孰是腾九霄，不奋冲天翮。妙同趣自均，一悟超三益。

高僧诗,自有一种清奥之气。唐时诗僧以引用内典为长,便染成习气,不可向迩矣。

帛道猷

陵峰采药触兴为诗

连峰数千里,修林带平津。云过远山翳,风至梗荒榛。茅茨隐不见,鸡鸣知有人。闲步践其径,处处见遗薪。始知百代下,故有上皇民。

谢道韫

登山

峨峨东岳高,秀极冲青天。岩中间虚宇,寂寞幽以玄。非工复非匠,云构发自然。气象尔何物,遂令我屡迁。逝将宅斯宇,可以尽天年。

赵　整[1]

谏　歌

秦王坚与慕容垂夫人同辇游后庭，宦官赵整歌云云。坚改容谢之，命夫人下辇。

不见雀来入燕室，但见浮云蔽白日。

无名氏

短兵篇

剑为短兵，其势险危。疾逾飞电，回旋应规。武节齐声，或合或离。电发星骛，若景若差。兵法攸众，军容是仪。

独漉篇

独漉独漉，水深泥浊。泥浊尚可，水深杀我。雍雍双雁，游戏田畔。我欲射雁，念子孤散。翩翩浮萍，得风摇轻。

① 按，原有小字“附苻秦诗”，实未附，故删之。

我心何合？与之同并。空床低帷，谁知无人？夜衣锦绣，谁别伪真？刀鸣箾中[1]，倚床无施。父冤不报，欲活何为？猛虎斑斑，游戏山间。虎欲杀人，不避豪贤。

英爽直追汉人。

晋白纻舞歌诗

轻躯徐起何洋洋，高举两手白鹄翔。宛若龙转乍低昂，凝停善睐容仪光。如推若引留且行，随世而变诚无方。舞以尽神安可忘，晋世方昌乐未央。质如轻云色如银，爱之遗谁赠佳人。制以为袍馀作巾，袍以光躯巾拂尘。丽服在御会佳宾，醪醴盈樽美且淳。清歌徐舞降祇神，四座欢乐胡可陈！

阳春白日风花香，趋步明玉舞瑶珰。声发金石媚笙簧，罗袿徐转红袖扬。清歌流响绕凤梁，如矜若思凝且翔。转盼遗精艳辉光，将流将引双雁行。欢来何晚意何长，明君御世永歌昌。

极写舞态，中忽入"晋世方昌乐未央""明君御世永歌昌"等句，此乐府体。

① 箾：古同"鞘"。

滟豫

《国史补》云：蜀之三峡，最号峻急，四月、五月尤险，故行者歌之。一作"滟豫"，峡中之滩也。

滟豫大如马，瞿唐不可下。滟预大如象[①]，瞿唐不可上。

女儿子

巴东三峡猿鸣悲，夜鸣三声泪沾衣。

《古今乐录》曰："《女儿子》，倚歌也。"三峡，谓广溪峡、巫峡、西陵峡也。林木高茂，猿鸣至清，行者闻之，莫不怀土。○说猿声之悲始此。

我欲上蜀蜀水难，蹋蹀珂头腰环环。

三峡谣

《水经注》曰："峡中有滩，名曰黄牛。岩石既高，江湍纡回，虽途经信宿，犹望见之。故行者谣云。"

朝见黄牛，暮见黄牛。三朝三暮，黄牛如故。

四语中写尽纡回沿溯之苦。

---

① 滟预：同前"滟豫"。也作滟预、滟滪、滟豫。

陇上歌

《晋书》：刘曜围陈安于陇城，安败走，曜使将军平先追之。平先斩安于涧曲①。安善于抚下，吉凶夷险，与众共之，及死，陇上为之歌。

陇上壮士有陈安，躯干虽小腹中宽，爱养将士同心肝。䯄骢父马铁锻鞍，七尺大刀奋如湍。丈八蛇矛左右盘，十荡十决无当前。百骑俱出如云浮，追者千万骑悠悠。战始三交失蛇矛，弃我䯄骢窜岩幽，为我外援而悬头。西流之水东流河，一去不还奈子何！

中极状其勇。一结悠然，馀哀不尽。○"百骑俱出"二句，见死于敌兵之多，非战罪也。本词无，赵书有，今从增入。

来罗

郁金黄花标，下有同心草。草生已日长，人生日就老。

作蚕丝

春蚕不应老，昼夜常怀丝。何惜微躯尽，缠绵自有时。

缠绵温厚，不同《子夜》《读曲》等歌。

① 先：原脱，据《晋书》补。

休洗红二章

休洗红，洗多红色澹。不惜故缝衣，记得初按茜。人寿百年能几何，后来新妇今为婆。

休洗红，洗多红在水。新红裁作衣，旧红番作里。回黄转绿无定期，世事返复君所知。

“回黄转绿”，字极生新，要知是善用经语。

安东平

凄凄烈烈，北风为雪。船道不通，步道断绝。

惠帝元康中京洛童谣

见《晋书·五行志》。

南风起兮吹白沙，遥望鲁国何嵯峨，千岁髑髅生齿牙！

南风，贾后字也。白，晋行也。沙门，太子小字也。鲁，贾谧国也。言后与谧为乱，以危太子，而赵王因衅以篡夺也。

惠帝时洛阳童谣

见《晋书》。明年而石勒反。

邺中女子莫千妖，前至三月抱胡腰。

风俗奢淫过甚，必有兵戈之惨继之，千秋炯戒也。

惠帝大安中童谣

见《晋书·五行志》："后中原大乱，宗藩多绝，唯琅邪、汝南、西阳、南顿、彭城同至江东，而元帝嗣统矣。"

五马浮渡江，一马化为龙。

绵州巴歌

豆子山，打瓦鼓。扬平山，撒白雨。下白雨，取龙女。织得绢，二丈五。一半属罗江，一半属玄武。

古诗源卷十　宋诗

孝武帝

宋人诗日流于弱，古之终而律之始也。无鲍、谢二公，恐风雅无色。○孝武诗时有巧思。

自君之出矣

自君之出矣，金翠闇无精。思君如日月，回还昼夜生。

南平王铄

白纻曲

仙仙徐动何盈盈，玉腕俱凝若云行。佳人举袖辉青蛾，掺掺擢手映鲜罗。状似明月泛云河，体如轻风动流波。

晋曲似拙，然气味极厚，此但觉其鲜秀矣。风气升降，作者不能自主。

拟行行重行行

眇眇陵长道,遥遥行远之。回车背京里,挥手从此辞。堂上流尘生,庭中绿草滋。寒螿翔水曲,秋兔依山基。芳年有华月,佳人无还期。日夕凉风起,对酒长相思。悲发江南调,忧委子衿诗。卧觉明灯晦,坐见轻纨缁。泪容不可饰,幽镜难复持。愿垂薄暮景,照妾桑榆时。

颇臻古意。

何承天

雉子游原泽篇

雉子游原泽,幼怀耿介心。饮啄虽勤苦,不愿栖园林。古有避世士,抗志青霄岑。浩然寄卜肆,挥棹通川阴。逍遥风尘外,散发抚鸣琴。卿相非所盼,何况于千金。功名岂不美,宠辱亦相寻。冰炭结六府,忧虞缠胸襟。当世须大度,量己不克任。三复泉流诫,自警良已深。

颜延之

颜诗，惠休品为镂金错采，然镂刻太甚，填缀求工，转伤真气。中间如《五君咏》《秋胡行》，皆清真高逸者也。〇士衡长于敷陈，延之长于镂刻，然亦缘此为累。《诗》云“穆如清风”，是为雅音。

应诏宴曲水作诗八章

《宋略》曰：“文帝元嘉十一年三月丙申，禊饮于乐游苑，且祖江夏王义恭、衡阳王义季，有诏，会者赋诗。”

道隐未形，治彰既乱。帝迹悬衡，皇流共贯。惟王创物，永锡洪算。仁固开周，义高登汉。

祚融世哲，业光列圣。太上正位，天临海镜。制以化裁，树之形性。惠浸萌生，信及翔泳。

太上，谓文帝也。

崇虚非征，积实莫尚。岂伊人和，实灵所贶。日完其朔，月不掩望。航琛越水，辇賮逾嶂。

賮，同“赆”。言远夷纳贡也。

帝体丽明，仪辰作贰。君彼东朝，金昭玉粹。德有润身，礼不愆器。柔中渊映，芳猷兰秘。

帝体，太子也。《记》曰：“长子正体于上。”〇《诗传》曰：“仪，匹也。辰，北辰也。”

昔在文昭，今惟武穆。于赫王宰，方旦居叔。有晬叡蕃，爰履奠牧。宁极和钧，屏京维服。

王宰，谓王为宰辅。比之周旦而亦居叔也，指江夏、衡阳二王。

朏魄双交，月气参变。开荣洒泽，舒虹烁电。化际无间，皇情爰眷。伊思镐饮，每惟洛宴。

“朏魄双交”，谓月之三日也。“月气参变”，谓三月也。此说入修禊。

郊饯有坛，君举有礼。幕帷兰甸，画流高陛。分庭荐乐，析波浮醴。豫同夏谚，事兼出济。

仰阅丰施，降惟微物。三妨储隶，五尘朝黻。途泰命屯，恩充报屈。有悔可悛，滞瑕难拂。

微物，自谓也。三妨、五尘，谓己所历之官位。○八章次序有法，追金琢玉，不妨沉闷，义山所谓句奇语重者耶？

郊祀歌

夤威宝命，严恭帝祖。炳海表岱，系唐胄楚。灵监睿文，民属睿武。奄受敷锡，宅中拓宇。亘地称皇[1]，罄天作主。月窟来宾，日际奉土。开元首正，礼交乐举。六典联事，九官列序。有牷在涤，有絜同“洁”在俎。荐飨王衷，以答神祐。

《尚书》曰：“海岱及淮惟徐州。”《东京赋》曰：“系唐统，接汉绪。”沈约《宋书》曰：“高祖，彭城人，楚元王之后也。”彭城，徐州之境。○窟，同“窟”。

维圣飨帝，维孝飨亲。皇乎备矣，有事上春。礼行宗祀，敬达郊禋。金枝中树，广乐四陈。陟配在京，降德

① 皇：原作“王”，误，据《文选》卷二十七改。

在民[①]。奔精昭夜，高燎炀晨[②]。阴明浮烁，沈崇深沦。告成大报，受厘元神。月御按节，星驱扶轮。遥兴远驾，曜曜振振。

奔精，星流也。○宋为水德而主辰，故阴明之宿，浮烁而扬光。沈崇，所祭沉沦而深静也[③]。崇，祭名。○“月御”二句，言天神降而月御为之按节，星驱为之扶轮也。

赠王太常

玉水记方流，璇源载圆折。蓄宝每希声，虽秘犹彰徹。聆龙瞭音砌九渊，闻凤窥丹穴。历听岂多士，屑然覯时哲。舒文广国华，敷言远朝列。德辉灼邦懋，芳风被乡耋。侧同幽人居，郊扉常昼闭。必列切。林闾时晏开，亟回长者辙。庭昏见野阴，山明望松雪。静惟浃群化，徂生入穷节。豫往诚欢歇，悲来非乐阕。属美谢繁翰，遥怀具短札。

《尸子》曰：“凡水，其方折者有玉，其圆折者有珠。”○瞭，察也。○用笔太重，非诗人本色。

夏夜呈从兄散骑车长沙

散骑，字敬宗。车长沙，字仲远。

---

① 降德：原作“降聽”，据《文选》卷二十七改。典出《礼记・内则》：“降德于众兆民。”降德，谓赐予恩惠。

② 炀：原作“扬”，据《文选》卷二十七改。

③ 深静：《文选》卷二十七作“沉静”。

炎天方埃郁，暑晏阕尘纷。独静阙偶坐，临堂对星分。侧听风薄木，遥睇月开云。夜蝉当夏急，阴虫先秋闻。岁候初过半，荃蕙岂久芬？屏居恻物变，慕类抱情殷。九逝非空思，七襄无成文。

《楚词》曰："惟郢路之辽辽兮，魂一夕而九逝。"

北使洛

《宋书》曰："延之洛阳道中作。文辞藻丽，为谢晦、傅亮所赏。"

改服饬徒旅，首路跼险艰。振楫发吴洲，秣马陵楚山。途出梁宋郊，道由周郑间。前登阳城路，日夕望三川。在昔辍期运，经始阔圣贤。伊瀔绝津济，台馆无尺椽。宫陛多巢穴，城阙生云烟。王猷升八表，嗟行方暮年。阴风振凉野，飞云瞀穷天[①]。临途未及引，置酒惨无言。隐闵徒御悲，威迟良马烦。游役去芳时，归来屡徂諐。蓬心既已矣，飞薄殊亦然。

《抱朴子》曰："闻之前志，圣人生率阔五百岁。"○黍离之感，行役之悲，情旨畅越。

五君咏五首

竹林七贤，山涛、王戎以贵显被斥。

① 飞云：《文选》卷二十七作"飞雪"。

阮步兵籍

阮公虽沦迹，识密鉴亦洞。沉醉似埋照，寓辞类托讽。长啸若怀人，越礼自惊众。物故不可论，途穷能无恸？

嵇中散康

中散不偶世，本自餐霞人。形解验默仙，吐论知凝神。立俗迕流议，寻山洽隐沦。鸾翮有时铩，龙性谁能驯？

《桓子新论》曰："圣人皆形解仙去。"

刘参军伶

刘伶善闭关，怀情灭闻见。鼓钟不足欢，荣色岂能眩？韬精日沉饮，谁知非荒宴？颂酒虽短章，深衷自此见。

《老子》曰："善闭者，无关键而不可开。"言道德内充，情欲俱闭也。

阮始平咸

仲容青云器，实禀生民秀。达音何用深？识微在金奏。郭奕已心醉，山公非虚觏。屡荐不入官，一麾乃出守。

阮咸哀乐至到，过绝于人，太原郭奕见之心醉。○山涛《启事》曰："咸若在官之职，必妙绝于时。"

向常侍秀

向秀甘澹薄，深心托豪素。探道好渊玄，观书鄙章句。交吕既鸿轩，攀嵇亦凤举。流连河里游，恻怆山阳赋。

秀尝与嵇康偶锻于洛邑，与吕安灌园于山阳。

秋胡诗九首

椅梧倾高凤，寒谷待鸣律。影响岂不怀，自远每相匹。婉彼幽闲女，作嫔君子室。峻节贯秋霜，明艳侔朝日。嘉运既我从，欣愿自此毕。

椅梧伫凤鸟之来仪，寒谷待吹律而成煦。言夫妇之相匹，如影响之相思也。

燕居未及好，良人顾有违。脱巾千里外，结绶登王畿。戒徒在昧旦，左右来相依。驱车出郊郭，行路正威迟。存为久离别，没为长不归。

嗟余怨行役，三陟穷晨暮。严驾越风寒，解鞍犯霜露。原隰多悲凉，回飙卷高树。离兽起荒蹊，惊鸟纵横去。悲哉游宦子，劳此山川路！

《卷耳》诗："陟彼崔嵬"，"陟彼高冈"，"陟彼砠矣"，故曰"三陟"。

超遥行人远，宛转年运徂。良时为此别，日月方向除。

孰知寒暑积，僶俛见荣枯。岁暮临空房，凉风起坐隅。寝兴日已寒，白露生庭芜。

一章至四章，言宦仕于外，己之靡日不思也。

勤役从归愿，反路遵山河。昔辞秋未素，今也岁载华。蚕月欢时暇，桑野多经过。佳人从所务，窈窕援高柯。倾城谁不顾，弭节停中阿。

年往诚思劳，路远阔音形。虽为五载别，相与昧平生。舍车遵往路，凫藻驰目成。南金岂不重，聊自意所轻。义心多苦调，密比金玉声。

五章至六章，言遇于桑下，秋胡子下车，与之以金也。○班彪《冀州赋》曰："感凫藻以进乐。"

高节难久淹，朅来空复辞。迟迟前途尽，依依造门基。上堂拜嘉庆，入室问何之。日暮行来归[1]，物色桑榆时。美人望昏至，惭叹前相持。

此章言其母使人呼其妇至，乃向采桑者也。

有怀谁能已？聊用申苦难[2]。离居殊年载，一别阻河关。春来无时豫，秋至恒早寒[3]。明发动愁心，闺中起长叹。惨凄岁方晏，日落游子颜。

① 来：《文选》卷二十一作"采"。
② 苦难：原作"苦言"，据《文选》卷二十一改。
③ 早：原作"蚤"，据《文选》卷二十一改。下同。

言情之惨凄，在乎岁之方晏；日之将落，愈思游子之颜。此章申言五载中思慕情事。○前章说“相持”矣，以常情言，宜即出愤语，此却申言离居之苦，急处用缓承，正是节奏之妙。

高张生绝弦，声急由调起。自昔枉光尘，结言固终始。如何久为别，百行諐古“愆”字诸已？君子失明义，谁与偕没齿？愧彼《行露》诗，甘之长川汜。

高张生于绝弦，喻立节期于效命。声急由乎调起，喻词切兴于恨深。○《易》曰：“归妹，人之终始也。”○无古乐府之警健，然章法绵密，布置稳顺，在延之为上乘矣。

谢灵运

前人评康乐诗，谓“东海扬帆，风日流利”，此不甚允。大约经营惨淡，钩深索隐，而一归自然；山水闲适，时遇理趣，匠心独运，少规往则。建安诸公都非所屑，况士衡以下。○陶诗合下自然，不可及处在真在厚。谢诗追琢而返于自然，不可及处在新在俊。千古并称，厥有由夫。○陶诗高处在不排，谢诗胜处在排，所以终逊一筹。○刘勰《明诗篇》曰：“老、庄告退，而山水方滋。”见游山水诗以康乐为最。

从游京口北固应诏

从宋武帝。

玉玺诫诚信，黄屋示崇高。事为名教用，道以神理超。昔闻汾水游，今见尘外镳。鸣笳发春渚，税銮登山椒。张组眺倒景同"影"。列筵瞩归潮。远岩映兰薄，白日丽江皋。原隰荑绿柳，墟囿散红桃。皇心美阳泽，万象咸光昭。顾己枉维絷，抚志惭场苗。工拙各所宜，终以返林巢。曾是萦旧想，览物奏长谣。

《庄子》曰："尧见四子藐姑射之山，汾水之阳。"〇理语入诗而不觉其腐，全在骨高。

述祖德诗二首

序曰：太元中，王父龛定淮南，负荷世业，尊主隆人①。逮贤相徂谢②，君子道消，拂衣蕃岳，考卜东山，事同乐生之时，志期范蠡之举。

〇王父，谓玄也。龛，同戡，胜也。龛定淮南，谓败苻坚事。

达人贵自我，高情属天云。兼抱济物性，而不缨垢氛。段生蕃魏国，展季救鲁人。弦高犒晋师，仲连却秦军。临组乍不绁，对珪宁肯分。惠物辞所赏，励志故绝人。苕苕历千载，遥遥播清尘。清尘竟谁嗣，明哲垂经纶。委讲辍道论，改服康世屯。屯难既云康，尊主隆斯民。

弦高犒秦师，在晋之道。晋，音晋。见《吕氏春秋》。诸本为"晋"，字之误也，因改正。

---

① 尊：原作"専"，误，据《文选》卷十九改。

② 逮：原作"逯"，据《文选》卷十九改。

中原昔丧乱，丧乱岂解已。崩腾永嘉末，逼迫太元始。河外无反正，江介有蹶圮[①]。万邦咸震慑，横流赖君子。拯溺由道情，龛暴资神理。秦赵欣来苏，燕魏迟文轨。贤相谢世运，远图因事止。高揖七州外，拂衣五湖里。随山疏濬潭，傍岩艺枌梓。遗情舍尘物，贞观丘壑美。

蹶圮，《诗》曰："日蹶国百里。"《尔雅》曰："圮，败覆也。"《庄子》曰："夫道有情有性。"

九日从宋公戏马台集送孔令

季秋边朔苦，旅雁违霜雪。凄凄阳卉腓，皎皎寒潭洁。良辰感圣心，云旗兴暮节。鸣笳戾朱宫，兰卮献时哲。饯晏光有孚，和乐隆所缺。在宥天下理，吹万群方悦。归客遂海隅，脱冠谢朝列。弭棹薄枉渚，指景待乐阕。河流有急澜，浮骖无缓辙。岂伊川途念，宿心愧将别。彼美丘园道，喟焉伤薄劣。

《诗序》曰："《鹿鸣》废，则和乐缺矣。"〇《庄子》曰："闻在宥天下，不闻在治天下也。"郭象曰："宥使自在，则治也。"〇《庄子》：南郭子綦曰："夫吹万不同，而使其自已也。"司马彪曰："言天气吹煦，长养万物，形气不同。已，止也，使各得其性而止。"

邻里相送至方山

祇役出皇邑，相期憩瓯越。解缆及流潮，怀旧不能发。

① 江介：原作"江分"，据《文选》卷十九改。

析析就衰林，皎皎明秋月。含情易为盈，遇物难可歇。积疴谢生虑[1]，寡欲罕所阙。资此永幽栖，岂伊年岁别[2]。各勉日新志，音尘慰寂蔑。

“解缆”二句，别绪低徊。“含情”二句，触境自得。

过始宁墅

束发怀耿介，逐物遂推迁。违志似如昨，二纪及兹年。缁磷谢清旷，疲苶惭贞坚。拙疾相倚薄，还得静者便。剖竹守沧海，枉帆过旧山。山行穷登顿，水涉尽洄沿。岩峭岭稠叠，洲萦渚连绵。白云抱幽石，绿筿媚清涟。葺宇临回江，筑观基层巅。挥手告乡曲，二载期归旋[3]。且为树枌槚，无令孤愿言。

登顿、沿洄，非老于游山水者不知。○《左传》：初，季孙为己树六槚于蒲圃东门之外。杜注曰：“槚，自为榇也。”○始宁县，谢公故宅及墅在焉。兹因之官过此，故有末四句。

七里濑

羁心积秋晨，晨积展游眺。孤客伤逝湍，徒旅苦奔峭。石浅水潺湲，日落山照曜。荒林纷沃若，哀禽相叫啸。遭物

---

① 疴：《文选》卷二十作“痾”。

② 年岁：原作“千岁”，据《文选》卷二十改。

③ 二载：《文选》卷二十六作“三载”。

悼迁斥,存期得要妙。既秉上皇心,岂屑末代诮。目睹严子濑,想属任公钓。谁谓古今殊[1],异代可同调。

登池上楼

在永嘉郡。

潜虬媚幽姿,飞鸿响远音。薄霄愧云浮,栖川怍渊沉。进德智所拙,退耕力不任。狥禄反穷海,卧疴对空林[2]。衾枕昧节候,褰开暂窥临。倾耳聆波澜,举目眺岖嵚。初景革绪风,新阳改故阴。池塘生春草,园柳变鸣禽。祁祁伤豳歌,萋萋感楚吟。索居易永久,离群难处心。持操岂独古,无闷征在今。

虬以深潜而保真,鸿以高飞而远害,今以婴世网,故有愧虬与鸿也。薄霄,顶"飞鸿"。栖川,顶"潜虬"。○《楚词》曰:"款秋冬之绪风。"○"池塘生春草",偶然佳句,何必深求?权德舆解为"王泽竭,候将变",何句不可穿凿耶?

游 南 亭

亦永嘉郡。

---

① 古今:原作"今古",据《文选》卷二十六改。

② 疴:《文选》卷二十二作"痾"。

时竟夕澄霁，云归日西驰。密林含馀清，远峰隐半规。久痗昏垫苦，旅馆眺郊岐。泽兰渐被径，芙蓉始发池。未厌青春好，已睹朱明移。戚戚感物叹，星星白发垂。药饵情所止，衰疾忽在斯。逝将候秋水，息景偃旧崖。我志谁与亮？赏心惟良知。

起先用写景，第六句点出眺郊岐，此倒插法也，少陵往往用之。○良知，谓良友。

游赤石进泛海[1]

首夏犹清和，芳草亦未歇。水宿淹晨暮，阴霞屡兴没。周览倦瀛壖，况乃凌穷发。川后时安流，天吴静不发。扬帆采石华，挂席拾海月。溟涨无端倪，虚舟有超越。仲连轻齐组，子牟眷魏阙。矜名道不足，适己物可忽。请附任公言，终然谢夭伐。

张衡《归田赋》"仲春令月，时和气清"，指二月言。此言首夏，犹之清和，芳草亦未歇也。后人以四月为清和，谬矣。○《临海志》曰："石华，附石而生。海月，大如镜，白色。"○《庄子》曰："孔子围于陈，太公任往吊之，曰：'直木先伐，甘泉先竭。子其意者，饰智以惊愚，修身以明污，昭昭若揭日月而行，故不免也。'"

登江中孤屿

在永嘉江心。

① 泛：《文选》卷二十二作"帆"。

江南倦历览，江北旷周旋。怀新道转迥，寻异景不延。乱流趋正绝，孤屿媚中川。云日相辉映，空水共澄鲜。表灵物莫赏，蕴真谁为传？想像昆山姿，缅邈区中缘。始信安期术，得尽养生年。

“怀新道转迥”，谓贪寻新境，忘其道之远也。“寻异景不延”，谓往前探奇，当前妙景不能少迁延也。深于寻幽者知之。十字字字耐人咀味。〇“乱流”二句，谓截流而渡，忽得孤屿。余尝游金焦，诵此二句，愈觉其妙。

登永嘉绿嶂山诗

裹粮杖轻策，怀迟上幽室。行源径转远，距陆情未毕。澹潋结寒姿，团栾润霜质。涧委水屡迷，林迥岩逾密。眷西谓初月，顾东疑落日。践夕奄昏曙，蔽翳皆周悉。蛊上贵不事，履二美贞吉。幽人常坦步，高尚邈难匹。颐阿竟何端，寂寂寄抱一。恬如既已交，缮性自此出。

“眷西”四句，言深入苍翠中，几不知旦暮，左眺右瞻，疑误日月也。然此诗过于雕镂，渐失天趣，取其用意之佳耳。

斋中读书

昔余游京华，未尝废丘壑。矧乃归山川，心迹双寂漠。虚馆绝诤讼，空庭来鸟雀。卧疾丰暇豫，翰墨时间作。怀抱观古今，寝食展戏谑。既笑沮溺苦，又哂子云阁。执戟亦以疲，耕稼岂云乐。万事难并欢，达生幸可托。

《楚词》曰："野寂漠其无人。"漠，同"寞"，○"子云阁"，强押。

田南树园激流植援

命题简古。

樵隐俱在山，由来事不同。不同非一事，养疴亦园中[①]。中园屏氛杂[②]，清旷招远风。卜室倚北阜，启扉面南江。激涧代汲井，插槿当列墉。群木既罗户，众山亦当窗。靡迤趋下田，迢递瞰高峰。寡欲不期劳，即事罕人功。惟开蒋生径，永怀求羊踪。赏心不可忘，妙善冀能同。

郭象注《庄》曰："妙善同，故无往而不冥也。"[③]"同"字重韵。

石壁精舍还湖中作

昏旦变气候，山水含清晖。清晖能娱人，游子憺忘归。出谷日尚早，入舟阳已微。林壑敛暝色，云霞收夕霏。芰荷迭映蔚，蒲稗相因依。披拂趋南径，愉悦偃东扉。虑澹物自轻，意惬理无违。寄言摄生客，试用此道推。

---

① 疴：《文选》卷三十作"痾"。

② 氛：原作"纷"，据《文选》卷三十改。

③ 往：原作"住"，误，据《文选》卷三十改。

登石门最高顶

晨策寻绝壁，夕息在山栖。疏峰抗高馆，对岭临回溪。长林罗户穴，积石拥阶基。连岩觉路塞，密竹使径迷。来人忘新术，去子惑故蹊。活活夕流驶，噭噭夜猿啼。沉冥岂别理，守道自不携。心契九秋干，目玩三春荑。居常以待终，处顺故安排。惜无同怀客，共登青云梯。

石门新营所住四面高山回溪石濑茂林修竹

跻险筑幽居，披云卧石门。苔滑谁能步，葛弱岂可扪？袅袅秋风过，萋萋春草繁。美人游不还，佳期何由敦？芳尘凝瑶席，清醑满金尊。洞庭空波澜，桂枝徒攀翻。结念属霄汉，孤景莫与谖。俯濯石下潭，仰看条上猿。早闻夕飙急，晚见朝日暾。崖倾光难留，林深响易奔。感往虑有复，理来情无存。庶持乘日车，得以慰营魂。匪为众人说，冀与智者论。

"早闻"二句，总见光景之不同。"感往"二句，言悲感已往，而夭寿纷错，故虑有回复；妙理若来，而物我俱丧，故情无所存。○《庄子》"牧马篇"[①]，童子谓黄帝曰："有长者教予曰：'若乘日之车而游襄城之野'。"○《楚辞》曰："载营魂而升霞。"

① 牧马篇：指《庄子·徐无鬼》中黄帝问牧马童子如何治天下一段文字。

于南山往北山经湖中瞻眺

朝旦发阳崖，景落憩阴峰。舍舟眺回渚，停策倚茂松。侧径既窈窕，环洲亦玲珑。俯视乔木杪，仰聆大壑漴。石横水分流，林密蹊绝踪。解音蟹作竟何感，升长皆丰容。初篁苞绿箨，新蒲含紫茸。海鸥戏春岸，天鸡弄和风。抚化心无厌，览物眷弥重。不惜去人远，但恨莫与同。孤游非情叹，赏废理谁通？

《易》曰："天地解而雷雨作，雷雨作而百果草木皆甲坼。"又曰："地中生木，升。"诗中用经，无如谢公者。

从斤竹涧越岭溪行

猿鸣诚知曙，谷幽光未显。岩下云方合，花上露犹泫。逶迤傍隈隩，迢递陟陉岘。过涧既厉急，登栈亦陵缅。川渚屡经复，乘流玩回转。蘋萍泛沉深，菰蒲冒清浅。企石挹飞泉，攀林摘叶卷。想见山阿人，薜萝若在眼。握兰勤徒结，折麻心莫展。情用赏为美，事昧竟谁辨？观此遗物虑，一悟得所遣。

"过涧既厉急"，用以衣涉水事。○枣据《逸民赋》曰："握春兰兮遗芳。"《楚辞》曰："折疏麻兮瑶华，将以遗兮离居。"此云"勤徒结"①，"心莫展"，言欲赠友而末由也。承上二句看便明。

---

① 勤徒结：原作"徒勤结"，误，据原诗改。

过白岸亭诗

拂衣遵沙垣，缓步入蓬屋。近涧涓密石，远山映疏木。空翠难强名，渔钓易为曲。援萝聆青崖，春心自相属。交交止栩黄，呦呦食苹鹿。伤彼人百哀，嘉尔承筐乐。荣悴迭去来，穷通成休戚。未若常疏散，万事恒抱朴。

凡物可以名则浅矣。“难强名”，神于写空翠者。〇“止栩黄”，言黄鸟止于栩也，然终未妥。

初去郡

为永嘉守二年，称疾去职，还始宁。

彭薛裁知耻，贡公未遗荣。或可优贪竞，岂足称达生？伊余秉微尚，拙讷谢浮名。庐园当栖岩，卑位代躬耕。顾己虽自许，心迹犹未并。无庸方周任[①]，有疾象长卿。毕娶类尚子，薄游似邴生。恭承古人意，促装返柴荆。牵丝及元兴，解龟在景平。负心二十载，于今废将迎。理棹遄还期，遵渚骛修坰。溯溪终水涉，登岭始山行。野旷沙岸净，天高秋月明。憩石挹飞泉，攀林搴落英。战胜臞者肥，鉴止流归停。即是羲唐化，获我击壤情！

《汉书》曰：“广德当宣，近于知耻。”谓彭宣、薛广德也。贡公，指贡

① 方：《文选》卷二十六作“妨”。

禹。○郇生，谓曼容，养志自修，为官不肯过六百石，辄自免去。○子夏曰："吾入见先王之义则荣之，出见富贵又荣之。二者战于胸臆，故臞。今见先王之义战胜，故肥也。"○《文子》曰："莫监于流潦，而监于止水。"

夜宿石门诗

朝搴苑中兰，畏彼霜下歇。暝还云际宿，弄此石上月。鸟鸣识夜栖，木落知风发。异音同至听，殊响俱清越。妙物莫为赏，芳醑谁与伐？美人竟不来，阳阿徒晞发。

"异音同至听"，"空翠难强名"，皆谢公独造语。

入彭蠡湖口

客游倦水宿，风潮难具论。洲岛骤回合，圻岸屡崩奔。乘月听哀猿，浥露馥芳荪。春晚绿野秀，岩高白云屯。千念集日夜，万感盈朝昏。攀崖照石镜，牵叶入松门。三江事多往，九派理空存。灵物吝珍怪，异人秘精魂。金膏灭明光，水碧缀流温[1]。徒作千里曲，弦绝念弥敦。

入华子冈是麻源第三谷

南州实炎德，桂树凌寒山。铜陵映碧涧，石磴泻红泉。

---

① 缀：六臣本《文选》卷二十六注云："五臣作'辍'。"按，缀，通"辍"。

既枉隐沦客，亦栖肥遁贤。险径无测度，天路非术阡。遂登群峰首，邈若升云烟。羽人绝仿佛，丹丘徒空筌。图牒复摩灭，碑版谁闻传？莫辨百代后，安知千载前？且申独往意，乘月弄潺湲。恒充俄顷用，岂为古今然！

岁暮

殷忧不能寐，苦此夜难颓。明月照积雪，朔风劲且哀。运往无淹物，年逝觉已催。阙文。

古诗源卷十一　宋诗

谢　瞻

答灵运

夕霁风气凉，闲房有馀清。开轩灭华烛，月露皓已盈。独夜无物役，寝者亦云宁。忽获愁霖唱，怀劳奏所诚。叹彼行旅艰，深兹眷言情。伊余虽寡慰，殷忧暂为轻。牵率酬嘉藻，长揖愧吾生。

九日从宋公戏马台集送孔令诗

宋高祖游戏马台送孔靖，命僚佐赋诗，瞻作冠于一时。

风至授寒服，霜降休百工。繁林收阳彩，密苑解华丛。巢幕无留燕，遵渚有来鸿。轻霞冠秋日，迅商薄清穹。圣心眷嘉节，扬銮戾行宫。四筵沾芳醴，中堂起丝桐。扶光迫西汜，欢馀宴有穷。逝矣将归客，养素克有终。临流怨莫从，欢心叹飞蓬。

《淮南子》曰："日出旸谷拂扶桑。"《楚辞》曰："出自旸谷，次于蒙汜。"○时晋帝尚存，而崇媚宋公至此，视渊明有馀惭矣。《康乐篇》亦然。

谢惠连

谢宣远诗，一味镂刻，失自然之致。《咏张子房》作，为生硬之尤者，虽当时推重，删之。

捣　衣

衡纪无淹度，晷运倏如催。白露滋园菊，秋风落庭槐。肃肃莎鸡羽，烈烈寒螀啼。夕阴结空幕，宵月皓中闺。美人戒裳服，端饰相招携。簪玉出北房，鸣金步南阶。榈高砧响发，楹长杵声哀。微芳起两袖，轻汗染双题。纨素既已成，君子行未归。裁用笥中刀，缝为万里衣。盈箧自予手，幽缄俟君开。腰带准畴昔，不知今是非。

《汉书》曰："用昏建者杓，夜半建者衡。"衡，斗之中央也。○一结能作情语，不入纤靡。

西陵遇风献康乐

我行指孟春，春仲尚未发。趣途远有期，念离情无歇。成装候良辰，漾舟陶嘉月。瞻途意少悰，还顾情多阙。

《楚辞》曰："陶嘉月兮总驾。"陶，喜也。

哲兄感仳别，相送越坰林。饮饯野亭馆，分袂澄湖阴。凄凄留子言，眷眷浮客心。回塘隐舻枻，远望绝形音。

靡靡即长路，戚戚抱遥悲。悲遥但自弭，路长当语谁？行行道转远，去去情弥迟。昨发浦阳汭，今宿浙江湄。

屯云蔽曾岭，惊风涌飞流。零雨润坟泽[1]，落雪洒林丘。浮氛晦崖巘，积素成原畴。曲汜薄停旅，通川绝行舟。

临津不得济，伫楫阻风波。萧条洲渚际，气色少谐和。西瞻兴游叹，东睇起凄歌。积愤成疢痗，无萱将如何！

雅音徘徊，清婉可诵。

秋　怀

平生无志意，少小婴忧患。如何乘苦心，矧复值秋晏。皎皎天月明，奕奕河宿烂。萧瑟含风蝉，寥唳度云雁。寒商动清闺，孤灯暖幽幔。耿介繁虑积，展转长宵半。夷险难预谋，倚伏昧前算。虽好相如达，不同长卿慢。颇悦郑生偃，无取白衣宦。未知古人心，且从性所玩。宾至可命觞，朋来当染翰。高台骤登践，清浅时陵乱[2]。颓魄不再圆，倾羲无两旦。金石终销毁，丹青暂雕焕。各勉玄发欢，无贻白首叹。因歌遂成赋，聊用布亲串。

虽好相如之达，而不同其慢，颇悦郑均之偃仰，而无取其为白衣尚书，故下云"且从性所玩"也。○《汲冢纪年》：懿王元年，天再旦于郑。○串，音惯，读作"穿"上声者非。

---

① 坟：原作"蕡"，乃"墳(坟)"字之误，据《文选》卷二十五改。

② "清浅"句：陵乱，原作"历乱"，据《文选》卷二十三改。清浅，《三谢诗》作"清波"。

泛湖归出楼中望月

日落泛澄瀛，星罗游轻桡。憩榭面曲汜[1]，临流对回潮。辍策共骈筵，并坐相招要。哀鸿鸣沙渚，悲猿响山椒。亭亭映江月，飗飗出谷飙。斐斐气幂岫，泫泫露盈条。近瞩祛幽蕴，远视荡喧嚣。晤言不知罢，从夕至清朝。

谢　庄

北宅秘园

夕天霁晚气，轻霞澄暮阴。微风清幽幌，馀日照青林。收光渐窗歇，穷园自荒深。绿池翻素景，秋怀响寒音。伊人傥同爱，弦酒共栖寻。

栖寻，谓同"栖息"，同"游寻"也。○诸谢诗独详康乐，馀所收从略。

---

① 榭：原作"树"，据《文选》卷二十三改。

鲍　照

明远乐府，如《五丁凿山》，开人世所未有，后太白往往效之。五言古亦在颜、谢之间。〇抗音吐怀，每成亮节。其高处远轶机、云，上追操、植。〇五言古，雕琢与谢公相似，自然处不及。

代东门行

代，犹拟也。

伤禽恶弦惊，倦客恶离声。离声断客情，宾御皆涕零。涕零心断绝，将去复还诀。一息不相知，何况异乡别？遥遥征驾远，杳杳白日晚。居人掩闺卧，行子夜中饭。野风吹草木[①]，行子心肠断。食梅常苦酸，衣葛常苦寒。丝竹徒满座，忧人不解颜。长歌欲自慰，弥起长恨端。

"食梅常苦酸"一联，与《青青河畔草》篇忽入"枯桑知天风，海水知天寒"，一种神理。

代放歌行

蓼虫避葵堇，习苦不言非。小人自龌龊，安知旷士怀。鸡鸣洛城里，禁门平旦开。冠盖纵横至，车骑四方来[②]。素带曳长飙，华缨结远埃。日中安能止，钟鸣犹未归。夷世不

---

① 草木：《文选》卷二十八作"秋木"。

② 骑：原作"马"，据《文选》卷二十八改。

可逢，贤君信爱才。明虑自天断，不受外嫌猜。一言分珪爵，片善辞草莱。岂伊白璧赐，将起黄金台。今君有何疾，临路独迟回。

《楚词》曰："蓼虫不徙乎葵藿。"言蓼虫处辛辣，食苦恶，不徙葵藿，食甘美也。○"素带"二语，写尽富贵人尘俗之状，汉诗中所谓"冠带日相索"也。

代白头吟

直如朱丝绳，清如玉壶冰。何惭宿昔意，猜恨坐相仍。人情贱恩旧，世议逐衰兴。毫发一为瑕，丘山不可胜。食苗实硕鼠，点白信苍蝇。凫鹄远成美，薪刍前见陵。申黜褒女进，班去赵姬升。周王日沦惑，汉帝益嗟称。心赏犹难恃[①]，貌恭岂易凭。古来共如此，非君独抚膺。

"凫鹄远成美"，言鸡以近而忘其美，鹄以所从来远而觉其美也。用田饶答鲁哀公语意。○"薪刍前见陵"，陵，侵也。即譬如积薪，后来者处上意。

代东武吟

主人且勿喧，贱子歌一言。仆本寒乡士，出身蒙汉恩。始随张校尉，占募到河源。后逐李轻车，追虏穷塞垣。密途亘万里，宁岁犹七奔。肌力尽鞍甲，心思历凉温。将军既下

---

① 赏：原作"伤"，据《文选》卷二十八改。

世，部曲亦罕存。时事一朝异，孤绩谁复论？少壮辞家去，穷老还入门。腰镰刈葵藿，倚杖牧鸡豚。昔如鞲上鹰，今似槛中猿。徒结千载恨，空负百年怨。平声。弃席思君幄，疲马恋君轩。愿垂晋主惠，不愧田子魂。

张校尉，谓张骞。李轻车，谓李蔡。〇七奔，《左传》：吴入州来，子重、子反于是乎一岁七奔命。〇弃席，用晋文公事；疲马，用田子方事。俱见《韩诗外传》[①]。

代出自蓟北门行

羽檄起边亭，烽火入咸阳。征师屯广武，分兵救朔方。严秋筋竿劲，虏阵精且强[②]。天子按剑怒，使者遥相望。雁行缘石径，鱼贯度飞梁。箫鼓流汉飔，旌甲被胡霜。疾风冲塞起，沙砾自飘扬。马毛缩如蝟，角弓不可张。时危见臣节，世乱识忠良。投躯报明主，身死为国殇。

明远能为抗壮之音，颇似孟德。

代鸣雁行

邕邕鸣雁鸣始旦，齐行命侣入云汉。中夜相失群离乱，留连徘徊不忍散。憔悴仪容君不知，辛苦风霜亦何为？

---

① 韩诗外传：原作“韩书外传”。按，古无此书，只有《韩诗外传》，故改。

② 虏：原作“胡”，据《乐府诗集》卷六十一改。

代淮南王

淮南王，好长生，服食炼气读仙经。琉璃作碗牙作盘，金鼎玉匕合神丹。合神丹，戏紫房，紫房彩女弄明珰，鸾歌凤舞断君肠。朱城九门门九闺，愿逐明月入君怀。入君怀，结君佩，怨君恨君恃君爱。筑城思坚剑思利，同盛同衰莫相弃。

怨、恨、爱并在一句中，是乐府句法。下筑城句，是乐府神理。

代春日行

献岁发，吾将行。春山茂，春日明。园中鸟，多嘉声。梅始发，桃始青。泛舟舻，齐棹惊。奏《采菱》，歌《鹿鸣》。微风起，波微生。弦亦发，酒亦倾。入莲池，折桂枝。芳袖动，芬叶披。两相思，两不知。

声情骀宕。末六字比"心悦君兮君不知"更深。

代白纻舞歌辞四首

系奉诏作。

吴刀楚制为佩袆，纤罗雾縠垂羽衣。含商咀徵歌《露晞》，珠履飒沓纨袖飞。凄风夏起素云回，车怠马烦客忘归，兰膏明烛承夜辉。

桂宫柏寝拟天居，朱爵文窗韬绮疏。象床瑶席镇犀渠，雕屏匼匝组帷舒。秦筝赵瑟挟笙竽，垂珰散珮盈玉除，停觞不御欲谁须[①]？

三星参差露沾湿，弦悲管清月将入[②]。寒光萧条候虫急，荆王流叹楚妃泣。红颜难长时易戢，凝华结藻久延立，非君之故岂安集？

池中赤鲤庖所捐，琴高乘去腾上天[③]。命逢福世丁溢恩，簪金藉绮升曲筵[④]。恩厚德深委如山，洁诚洗志期暮年，乌白马角宁足言？

拟行路难

奉君金卮之美酒，瑇瑁玉匣之雕琴，七彩芙蓉之羽帐，九华蒲萄之锦衾。红颜零落岁将暮，寒光宛转时欲沉。愿君裁悲且减思，听我抵节行路吟。不见柏梁铜雀上，宁闻古时清吹音。

---

① 御：《乐府诗集》卷五十五作“语”。

② 弦：原作“丝”，误，据《乐府诗集》卷五十五改。

③ 乘去：《乐府诗集》卷五十五作“乘云”。

④ 曲筵：原作“曲弦”，误，据《乐府诗集》卷五十五改。

洛阳名工铸为金，博山千斫复万镂，上刻秦女携手仙。承君清夜之欢娱，列置帏里明烛前。外发龙鳞之丹彩，内含麝芬之紫烟。如今君心一朝异，对此长叹终百年。

璇闺玉墀上椒阁，文窗绣户垂罗幕。中有一人字金兰，被服纤罗采芳藿。春燕参差风散梅，开帏对景弄春爵。含歌揽涕恒抱愁，人生几时得为乐。宁作野中之双凫，不愿云间之别鹤。

泻水置平地，各自东西南北流。人生亦有命，安能行叹复坐愁？酌酒以自宽，举杯断绝歌路难。心非木石岂无感，吞声踯躅不敢言。

妙在不曾说破，读之自然生愁。○起手无端而下，如黄河落天走东海也。若移在中间，犹是恒调。

对案不能食，拔剑击柱长叹息。丈夫生世会几时，安能蹀躞垂羽翼？弃置罢官去，还家自休息。朝出与亲辞，暮还在亲侧。弄儿床前戏，看妇机中织。自古圣贤尽贫贱，何况我辈孤且直！

家庭之乐，岂宦游可比？明远乃亦不免俗见耶！江淹《恨赋》亦以“左对孺人，顾弄稚子”为恨。功名中人，怀抱尔尔。

愁思忽而至，跨马出北门。举头四顾望，但见松柏园，荆棘郁蹲蹲。中有一鸟名杜鹃，言是古时蜀帝魂。声音哀苦鸣不息，羽毛憔悴似人髡。飞走树间啄虫蚁，岂忆往日天子尊。念此死生变化非常理，中心恻怆不能言。

中庭五株桃，一株先作花。阳春妖冶二三月，从风簸荡落西家。西家思妇见悲惋，零泪沾衣抚心叹。初我送君出户时，何言淹留节回换。床席生尘明镜垢，纤腰瘦削发蓬乱。人生不得恒称意，惆怅倚徙至夜半。

剉蘖染黄丝，黄丝历乱不可治。我昔与君始相值，尔时自谓可君意。结带与君言，死生好恶不相置。今朝见我颜色衰，意中索寞与先异。还君金钗玳瑁簪，不忍见之益愁思。

悲凉跌宕，曼声促节，体自明远独创。

梅花落

中庭杂树多，偏为梅咨嗟。问君何独然？念其霜中能作花，霜中能作实。摇荡春风媚春日，念尔零落逐寒风，徒有霜华无霜质。

以“花”字联上“嗟”字成韵，以“实”字联下“日”字成韵，格法甚奇。

登黄鹤矶

木落江渡寒，雁还风送秋。临流断商弦，瞰川悲棹讴。适郢无东辕，还夏有西浮。三崖隐丹磴，九派引沧流。泪竹感湘别，弄珠怀汉游。岂伊药饵泰，得夺旅人忧。

出语苍坚，发端有力。

日落望江赠荀丞

旅人乏愉乐，薄暮增思深。日落岭云归，延颈望江阴。乱流灇大壑，长雾匝高林。林际无穷极，云边不可寻。惟见独飞鸟，千里一扬音。推其感物情，则知游子心。君居帝京内，高会日挥金。岂念慕群客，咨嗟恋景沉。

吴兴黄浦亭庾中郎别

风起洲渚寒，云上日无辉。连山眇烟雾，长波迥难依。旅雁方南过，浮客未西归。已经江海别，复与亲眷违。奔景易有穷，离袖安可挥？欢觞为悲酌，歌服成泣衣。温念终不渝，藻志远存追。役人多牵滞，顾路惭奋飞[①]。昧心附远翰，炯言藏佩韦。

赠傅都曹别

轻鸿戏江潭，孤雁集洲沚。邂逅两相亲，缘念共无已。风雨好东西，一隔顿万里。追忆栖宿时，声容满心耳。落日

① 惭：原作“暂”，误，据《鲍参军集》改。

川渚寒，愁云绕天起。短翮不能翔，徘徊烟雾里。

行京口至竹里

高柯危且竦，锋石横复仄。复涧隐松声，重崖伏云色。冰闭寒方壮，风动鸟倾翼。斯志逢凋严，孤游值曛逼。兼途无憩鞍，半菽不遑食。君子树令名，细人效命力。不见长河水，清浊俱不息。

上浔阳还都道中作

昨夜宿南陵，今旦入芦洲。客行惜日月，崩波不可留。侵星赴早路，毕景逐前俦。鳞鳞夕云起，猎猎晚风遒。腾沙郁黄雾，翻浪扬白鸥。登舻眺淮甸，掩泣望荆流。绝目尽平原，时见远烟浮。倏忽坐还合[1]，俄思甚兼秋。未尝违户庭，安能千里游？谁令乏古节，贻此越乡忧。

发后渚

江上气早寒，仲秋始霜雪。从军乏衣粮，方冬与家别。萧条背乡心，凄怆清渚发。凉埃晖平皋，飞潮隐修樾。孤光

① 倏忽：《文选》卷二十七作“倏悲”。

独徘徊，空烟视升灭。途随前峰远，意逐后云结。华志分驰年，韶颜惨惊节。推琴三起叹，声为君断绝。

琢句宁生涩，不肯凡近。

咏史

五都矜财雄，三川养声利。百金不市死[①]，明经有高位。京城十二衢，飞甍各鳞次。仕子彯华缨，游客竦轻辔。明星晨未晞，轩盖已云至。宾御纷飒沓，鞍马光照地。寒暑在一时，繁华及春媚。君平独寂莫，身世两相弃。

陶朱公曰："吾闻千金之子，不死于市。"〇住得斗绝，昔人所谓勒舞马势也。

拟古

鲁客事楚王，怀金袭丹素。既荷主人恩，又蒙令尹顾。日晏罢朝归，舆马塞衢路。宗党生光辉[②]，宾仆远倾慕。富贵人所欲，道德亦何惧？南国有儒生，迷方独沦误。伐木清江湄，设置守毚兔。

十五讽诗书，篇翰靡不通。弱冠参多士，飞步游秦宫。侧睹君子论，预见古人风。两说穷舌端，五车摧笔锋。羞当

① 百金：原作"千金"，据《文选》卷二十一改。

② 光辉：《文选》卷三十一作"光华"。

白璧贶，耻受聊城功。晚节从世务，乘障远和戎。解佩袭犀渠，卷袠奉卢弓。始愿力不足，安知今所终？

《韩诗外传》：楚襄王遣使者持金千斤、白璧百双，聘庄子为相，庄子不许。

幽并重骑射，少年好驰逐。毡带佩双鞬，象弧插雕服。兽肥春草短，飞鞚越平陆。朝游雁门上，暮还楼烦宿。石梁有馀劲，惊雀无全目。汉虏方未和，边城屡翻覆。留我一白羽，将以分符竹。

《阚子》曰："宋景公使弓人为弓，九年乃成。公援弓东面而射之，矢逾于西霜之山，集于彭城之东，其馀力益劲，犹饮羽于石梁。"○《帝王世纪》曰："羿与吴贺北游，贺使羿射雀，羿曰：'生之乎？杀之乎？'贺曰：'射其左目。'羿中其右目，抑首而愧，终身不忘。"

凿井北陵隈，百丈不及泉。生事本澜漫，何用独精坚？幼壮重寸阴，衰暮及轻年。放驾息朝歌，提爵止中山。日夕登城隅，周回视洛川。街衢积冻草，城郭宿寒烟。繁华悉何在？宫阙久崩填。空谤齐景非，徒称夷叔贤。

末即贤愚同尽意。

河畔草未黄，胡雁已矫翼。秋蛩扶户吟，寒妇成夜织。去岁征人还，流传旧相识。闻君上陇时，东望久叹息。宿昔改衣带，朝旦异容色。念此忧如何，夜长愁更多。明镜尘匣中，瑶琴生网罗。

"扶户吟"，扶，犹依也。

蜀汉多奇山，仰望与云平。阴崖积夏雪，阳谷散秋荣。朝朝见云归，夜夜闻猿鸣。忧人本自悲，孤客易伤情。临堂设樽酒，留酌思平生。石以坚为性，君勿惭素诚。

《拟古》诸作，得陈思、太冲遗意。

绍古辞

橘生湘水侧，菲陋人莫传。逢君金华宴，得在玉几前。三川穷名利，京洛富妖妍。恩荣难久恃，隆宠易衰偏。观席妾凄怆，睹翰君泫然。徒抱忠孝志，犹为葑菲迁。

昔与君别时，蚕妾初献丝。何言年月驶，寒衣已捣治。绦绣多废乱，篇帛久尘缁。离心壮为剧，飞念如悬旗。石席我不爽，德音君勿欺。

易旌为旗，古人亦有此种强押。

瑟瑟凉海风，竦竦寒山木。纷纷羁思盈，慊慊夜弦促。访言山海路，千里歌《别鹤》。弦绝空咨嗟，形音谁赏录？辛苦异人状，美貌改如玉。徒畜巧言鸟，不解心款曲。

学刘公幹体

胡风吹朔雪，千里度龙山。集君瑶台上，飞舞两楹前。兹晨自为美，当避艳阳天。艳阳桃李节，皎洁不成妍。

过铜山掘黄精[1]

土肪闷中经，水芝韬内策。宝饵缓童年，命药驻衰历。矧蓄终古情，重拾烟雾迹。羊角栖断云，榼口流隘石。铜溪昼森沉，乳窦夜涓滴。既类风门磴，复像天井壁。蹀蹀寒叶离，瀼瀼秋水积。松色随野深，月露依草白。空守江海思，岂愧梁郑客[2]？得仁古无怨，顺道今何惜？

清而幽，谢公诗中无此一种。此唐人先声也。

秋　夜

遁迹避纷喧，货农栖寂寞。荒径驰野鼠，空庭聚山雀。既远人世欢，还赖泉卉乐。折柳樊场圃，负绠汲潭壑。霁旦见云峰，风夜闻海鹤。江介早寒来，白露先秋落。麻垄方结叶，瓜田已扫箨。倾晖忽西下，回景思华幕。攀萝席中轩，临觞不能酌。终古自多恨，幽悲共沦铄。

玩月城西门廨中

始见西南楼[3]，纤纤如玉钩。末映西北墀，娟娟似蛾眉。

---

① 过：原作“遇”，据《初学记》卷二十改。

② 愧：《鲍参军集》作“怀”。

③ “始见”句：见，《鲍参军集》作“出”。楼，原作“流”，据《文选》卷三十改。

蛾眉蔽珠栊，玉钩隔锁窗。三五二八时，千里与君同。夜移衡汉落，裴徊帷户中。归华先委露，别叶早辞风。客游厌苦辛，仕子倦飘尘。休澣自公日，宴慰及私辰。蜀琴抽《白雪》，郢曲发《阳春》。肴干酒未阕，金壶起夕沦。回轩驻轻盖，留酌待情人。

少陵所云俊逸，应指此种。

鲍令晖

代葛沙门妻郭小玉作

明月何皎皎，垂幌照罗茵。若共相思夜，知同忧怨晨。芳华岂矜貌，霜露不怜人。君非青云逝，飘迹事咸秦。妾持一生泪，经秋复度春。

题书后寄行人

自君之出矣，临轩不解颜。砧杵夜不发，高门昼恒关。帐中流熠燿，庭前华紫兰。杨枯识节异，鸿归知客寒。游用暮冬尽，除春待君还。

“杨枯”十字作意。

吴迈远

胡笳曲

轻命重意气，古来岂但今。缓颊献一说，扬眉受千金。边风落寒草，鸣笳随飞禽。越情结楚思，汉耳听胡音。既怀离俗伤，复悲朝光侵。日当故乡没，遥见浮云阴。

古意赠今人

寒乡无异服，毡褐代文练。日月望君归[①]，年年不解綖。荆扬春早和，幽蓟犹霜霰。北寒妾已知，南心君不见。谁为道辛苦？寄情双飞燕。形迫杼煎丝，颜落风催电。容华一朝改，惟馀心不变。

"北寒"、"南心"，巧于著词。

长相思

晨有行路客，依依造门端。人马风尘色，知从河塞还。时我有同栖，结宦游邯郸。将不异客子，分饥复共寒。烦君尺帛书，寸心从此殚。遣妾长憔悴，岂复歌笑颜。檐隐千霜树，庭枯十载兰。经春不举袖，秋落宁复看。一见愿道意，

① 日月：《艺文类聚》卷四十二、《乐府诗集》卷六十作"月月"。

君门已九关。虞卿弃相印,担簦为同欢。闺阴欲早霜,何事空盘桓?

王　微

杂　诗

思妇临高台,长想凭华轩。弄弦不成曲,哀歌送苦言。箕帚留江介,良人处雁门。讵忆无衣苦,但知狐白温。日暗牛羊下,野雀满空园。孟冬寒风起,东壁正中昏。朱火独照人,抱景自愁怨。谁知心曲乱,所思不可论。

王僧达

答颜延年

长卿冠华阳,仲连擅海阴。珪璋既文府,精理亦道心。君子耸高驾,尘轨实为林。崇情符远迹,清气溢素襟。结游略年义,笃顾弃浮沉。寒荣共偃曝,春酝时献斟。聿来岁序暄，轻云出东岑。麦垄多秀色，杨园流好音。欢此乘日暇，忽忘逝景侵。幽衷何用慰，翰墨久谣吟。栖凤难为条，淑贶非所临。诵以永周旋，匣以代兼金。

亦着意追琢，答颜诗与颜体相似。〇《庄子》曰：“忘年忘义，振于无境。”

和琅玡王依古

少年好驰侠，旅宦游关源。既践终古迹，聊讯兴亡言。隆周为薮泽，皇汉成山樊。久没离宫地，安识寿陵园？仲秋边风起，孤蓬卷霜根。白日无精景，黄沙千里昏。显轨莫殊辙，幽途岂异魂？圣贤良已矣，抱命复何怨！

寿陵，景帝陵也。

沈庆之

侍宴诗

《南史》云：“孝武令群臣赋诗。庆之有口辩，手不能书。上令作赋，庆之曰：‘臣请口授师伯。’上令颜师伯执笔，庆之云云。上甚悦，众坐并称其词意之美。”

微生遇多幸，得逢时运昌。朽老筋力尽，徒步还南冈。

辞荣此圣世，何愧张子房。

武臣诗不嫌其直，与曹景宗诗并传。

陆　凯

赠范晔诗

《荆州记》曰：凯与范晔交善，自江南寄梅花一枝与晔，赠诗云云。

折花逢驿使[①]，寄与陇头人。江南无所有，聊赠一枝春。

汤惠休

怨诗行

明月照高楼，含君千里光。巷中情思满，断绝孤妾肠。悲风荡帷帐，瑶翠坐自伤。妾心依天末，思与浮云长。啸歌视秋草，幽叶岂再扬？暮兰不待岁，离华能几芳？愿作张女引，流悲绕君堂。君堂严且秘，绝调徒飞扬。

① 花：《全芳备祖》前集卷一作“梅”。

只一起便是绝唱，文通“碧云”之句庶足相拟。○禅寂人作情语，转觉入微，微处亦可证禅也。○颜延之谓惠休制作，委巷间歌谣耳①，方当误后生，岂因其近于艳耶？

刘　俣

诗一首

城上草，植根非不高，所恨风霜早。

似谣。

渔　父

答孙缅歌

《南史》：浔阳太守孙缅遇渔父，与论用世之道。渔父曰：“仆山海狂人，不达世务，未辨贫贱，无论荣贵。”乃歌云云。于是悠然鼓枻而去。

竹竿籊籊，河水浟浟。相忘为乐，贪饵吞钩。非夷非

① “委巷”后原衍一“巷”字，据《南史》卷三十四删。

惠，聊以忘忧。

东方先生曰："首阳为拙，柳下为工，此斟酌于工拙之间。"

宋人歌

《南史》：檀道济，宋之良将，为敌所畏。宋主疑而杀之，宋人作歌。

可怜白符鸠，枉杀檀江州。

石城谣

《南史》：袁粲谋举兵诛齐高帝，褚渊发其谋。粲遇害，而渊独辅政。百姓语曰：

可怜石头城，宁为袁粲死，不作褚渊生。

青溪小姑歌

蒋侯妹。

日暮风吹，叶落依枝。丹心寸意，愁君未知。

古诗源卷十二　齐诗　梁诗

齐诗

谢　朓

玄晖灵心秀口，每诵名句，渊然泠然，觉笔墨之中，笔墨之外，别有一段深情妙理。○康乐每板拙，玄晖多清俊，然诗品终在康乐下，能清不能厚也。

江上曲

易阳春草出，踟蹰日已暮。莲叶尚田田，淇水不可渡。愿子淹桂舟，时同千里路。千里既相许，桂舟复容与。江上可采菱，清歌共南楚。

同谢谘议咏铜雀台

繐帷飘井干，樽酒若平生。郁郁西陵树，讵闻鼓吹声。芳襟染泪迹，婵娟空复情。玉座犹寂寞，况乃妾身轻！

笑魏武也，而托之于树，何等含蕴！可悟立言之妙。

玉阶怨

夕殿下珠帘，流萤飞复息。长夜缝罗衣，思君此何极！

竟是唐人绝句，在唐人中为最上者。

金谷聚

渠碗送佳人，玉杯邀上客。车马一东西，别后思今夕。

别离情事，以澹澹语出之，其情自深。苏、李诗亦不作蹙蹶声也。

入朝曲

《隋王鼓吹曲》十首之一。

江南佳丽地，金陵帝王州。逶迤带绿水，迢递起朱楼。飞甍夹驰道，垂杨荫御沟。凝笳翼高盖，叠鼓送华辀。献纳云台表，功名良可收。

同王主簿有所思

佳期期未归，望望下鸣机。徘徊东陌上，月出行人稀。

即景含情，怨在言外。

京路夜发

自丹阳之宣城郡。

扰扰整夜装，肃肃戒徂两。晓星正寥落，晨光复泱漭[1]。犹沾馀露团，稍见朝霞上。故乡邈已夐，山川修且广。文奏方盈前，怀人去心赏。敕躬每跼蹐，瞻恩惟震荡。行矣倦路长，无由税归鞅。

和徐都曹出新亭渚

徐勉有《昧旦出新亭渚》诗。

宛洛佳遨游，春色满皇州。结轸青郊路，回瞰苍江流。日华川上动，风光草际浮。桃李成蹊径，桑榆荫道周。东都已俶载，言归望绿畴。

游敬亭山

兹山亘百里，合沓与云齐。隐沦既已托，灵异居然栖。上干蔽白日，下属带回溪。交藤荒且蔓，樛枝耸复低。独鹤

① 泱漭：《文选》卷二十七作“泱莽”。

方朝唳，饥鼯此夜啼。渫云已漫漫，夕雨亦凄凄。我行虽纡组，兼得寻幽蹊。缘源殊未极，归径窅如迷。要欲追奇趣，即此凌丹梯。皇恩竟已矣，兹理庶无暌。

游东田

戚戚苦无悰，携手共行乐。寻云陟累榭，随山望菌阁。远树暖阡阡，生烟纷漠漠。鱼戏新荷动，鸟散馀花落。不对芳春酒，还望青山郭。

暂使下都夜发新林至京邑赠西府同僚

大江流日夜，客心悲未央。徒念关山近，终知返路长。秋河曙耿耿，寒渚夜苍苍。引领见京室，宫雉正相望。金波丽鳷鹊，玉绳低建章。驱车鼎门外，思见昭丘阳。驰晖不可接，何况隔两乡。风云有鸟道，江汉限无梁。常恐鹰隼击，时菊委严霜。寄言罻罗者，寥廓已高翔。

成王定鼎于郏鄏，其南门曰“鼎门”。○一起滔滔莽莽，其来无端。望京一段，眷恋不已。○“秋河”六语，应“关山近”。“驱车”六语，应“返路长”。时朓被谗而去，故有末二语，言已翔乎寥廓，罗者无如何也。用长卿《难父老》篇语意。

酬王晋安

稍稍枝早劲[1]，涂涂露晚晞[2]。南中荣橘柚，宁知鸿雁飞。拂雾朝青阁，日旰坐彤闱。怅望一途阻，参差百虑依。春草秋更绿，公子未西归。谁能久京洛？缁尘染素衣。

《楚辞》曰："白露纷以涂。"涂，谓厚也。○鸿雁南栖衡阳，不入晋安之郡，故曰"宁知"。晋安，即今之泉州。

郡内高斋闲望答吕法曹

郡为宣城郡。

结构何迢递，旷望极高深。窗中列远岫，庭际俯乔林。日出众鸟散，山暝孤猿吟。已有池上酌，复此风中琴。非君美无度，孰为劳寸心。惠而能好我，问以瑶华音。若遗金门步，见就玉山岑。

新亭渚别范零陵云

洞庭张乐地，潇湘帝子游。云去苍梧野，水还江汉流。停骖我怅望，辍棹子夷犹。广平听方籍，茂陵将见求。心事

---

① 稍稍：《谢宣城集》卷三作"梢梢"。按，稍稍，通"梢梢"。

② 晞：原作"稀"，误，据《文选》卷二十六改。

俱已矣，江上徒离忧。

言范同广平而声听方籍，已当居茂陵之下，将因彼而求见也。郭衰为广平太守。

之宣城郡出新林浦向板桥

江路西南永，归流东北骛。天际识归舟，云中辨江树。旅思倦摇摇，孤游昔已屡。既欢怀禄情，复协沧洲趣。嚣尘自兹隔，赏心于此遇。虽无玄豹姿，终隐南山雾。

在郡卧病呈沈尚书

尚书，约也。

淮阳股肱守，高卧犹在兹。况复南山曲，何异幽栖时？连阴盛农节，籉笠聚东菑。高阁常昼掩，荒阶少诤辞。珍簟清夏室，轻扇动凉飔。嘉鲂聊可荐，渌蚁方独持。夏李沉朱实，秋藕折轻丝。良辰竟何许，夙昔梦佳期。坐啸徒可积，为邦岁已期。弦歌终莫取，抚几令自嗤。

南阳太守弘农成瑨①，任功曹岑晊，时人语曰："南阳太守岑公孝，弘农成瑨但坐啸②。"

---

①② 成瑨：原作"成璠"，误，据《文选》卷二十六改。

晚登三山还望京邑

灞涘望长安，河阳视京县。白日丽飞甍，参差皆可见。馀霞散成绮，澄江静如练。喧鸟覆春洲，杂英满芳甸。去矣方滞淫，怀哉罢欢宴。佳期怅何许，泪下如流霰。有情知望乡，谁能鬒不变？

直中书省

紫殿肃阴阴，彤庭赫弘敞。风动万年枝，日华承露掌。玲珑结绮钱，深沉映朱网。红药当阶翻，苍苔依砌上。兹言翔风池，鸣珮多清响。信美非吾室，中园思偃仰。朋情以郁陶，春物方骀荡。安得凌风翰，聊恣山泉赏。

《东宫旧事》曰："窗有四面，结绮连钱。"

宣城郡内登望

借问下车日，匪直望舒圆。寒城一以眺，平楚正苍然。山积陵阳阻，溪流春谷泉。威纡距遥甸，巉岩带远天。切切阴风暮，桑柘起寒烟。怅望心已极，惝怳魂屡迁。结发倦为旅，平生早事边。谁规鼎食盛，宁要狐白鲜？方弃汝南诺，言税辽东田。

“寒城”一联格高，朱子亦赏之。○《续汉书》曰：“汝南太守宗资任用范滂，时人谣曰：‘汝南太守范孟博，南阳宗资主画诺。’”○《魏志》曰：“管宁闻公孙度令行海外，遂至辽东。”

高斋视事

馀雪映青山，寒雾开白日。暧暧江村见，离离海树出。披衣就清盥，凭轩方秉笔。列俎归单味，连驾止容膝。空为大国忧，纷诡谅非一。安得扫蓬径，锁吾愁与疾！

起四句写雪后入神。

落日怅望

昧旦多纷喧，日晏未遑舍。落日馀清阴，高枕东窗下。寒槐渐如束，秋菊行当把。借问此何时？凉风怀朔马。已伤暮归客，复思离居者。情嗜幸非多，案牍偏为寡。既乏琅玡政，方憩洛阳社。

移病还园示亲属

疲策倦人世，敛性就幽蓬。停琴伫凉月，灭烛听归鸿。凉菲乘暮析，秋华临夜空。叶低知露密，崖断识云重。折荷葺寒袂，开镜眄衰容。海暮腾清气，河关秘栖冲。烟衡时未歇，芝兰去相从。

送江兵曹檀主簿朱孝廉还上国

方舟泛春渚，携手趋上京。安知慕归客，讵意山中情。香风蕊上发，好鸟叶间鸣。挥袂送君已，独此夜琴声。

秋　夜

秋夜促织鸣，南邻捣衣急。思君隔九重，夜夜空伫立。北窗轻幔垂，西户月光入。何知白露下，坐视阶前湿。谁能长分居？秋尽冬复及。

和何议曹郊游

春心澹容与，挟弋步中林。朝光映红萼，微风吹好音。江隍得清赏，山际果幽寻。未尝远离别，知此惬归心。流泝终靡已，嗟行方至今。

和王著作融八公山

谢玄败苻坚处。

二别阻汉坻，双峤望河澳。兹岭复巑岏，分区奠淮服。东限琅玡台，西距孟诸陆。阡眠起杂树，檀栾荫修竹。日隐涧疑空，云聚岫如复。出没眺楼雉，远近送春目。戎州昔乱华，素景沦伊谷。阽危赖宗衮，微管寄明牧。长蛇固能剪，奔鲸自此曝。道峻芳尘流，业遥年运倏。平生仰令图，吁嗟命不淑。浩荡别亲知，连翩戒征轴。再远馆娃宫，两去河阳谷。风烟四时犯，霜雨朝夜沐。春秀良已凋，秋场庶能筑。

戎州乱华，谓苻坚。素景，谓晋以金德王也。○宗衮，谓谢安。明牧，谓谢玄。微管，即"微管仲，吾其被发左衽"意。古人引用，多割截者。○长蛇、奔鲸，喻苻坚、苻融也。"平生仰令图"以下，皆朓自谓。○小谢诗俱极流利，而此篇及和伏武昌作，典重质实，俱宗仰康乐。

和伏武昌登孙权故城

伏曼容为武昌太守。

炎灵遗剑玺，当途骇龙战。圣期缺中壤，霸功兴寓县。鹊起登吴山，凤翔凌楚甸。衿带穷岩险，帷帟音亦尽谋选。北拒溺骖镳，西龛收组练。江海既无波，俯仰流英眄。衮冕类禋郊，卜揆崇离殿。钓台临讲阅，樊山开广宴。文物共葳蕤，声明且葱蒨。三光厌分景，书轨欲同荐。参差世祀忽，寂寞市朝变。舞馆识馀基，歌梁想遗啭[①]。故林衰木平，芳池秋草遍。雄图怅若兹，茂宰深遐睠。幽客滞江皋，从赏乖

① 啭：《文选》卷三十作"转"。

缨弁。清卮阻献酬，良书限闻见。幸藉芳音多，承风采馀绚。于役倘有期，鄂渚同游衍。

炎灵，谓汉。当途，谓魏。言当道而高大者，魏也。○“帷帝尽谋选”，言帷帐共事者皆善谋而诸侯之选也。○北拒，谓御曹操。西龛，谓败西蜀。“龛”与“勘”同[①]。○《周礼》曰：“王祀昊天上帝，则服大裘而冕。祀五帝亦如之。”卜揆，即卜云其吉，揆之以日，言作室也。○《三国名臣颂》曰：“三光参分，宇宙暂隔。”此言厌分景者，几欲混一天下也。“参差世祀忽”以下，指亡国后说。○茂宰，谓伏武昌。幽客，自谓。○《墨子》曰：“墨子献书于惠王。王受而读之曰：‘此良书也。’”此指武昌原作。○宣城系遥和，非共登城者，玩末二句自见。

新治北窗和何从事

国小暇日多，民淳纷务屏。辟牖期清旷，开帘候风景。泱泱日照溪，团团云去岭。岧峣兰橑峻，骈阗石路整。池北树如浮，竹外山犹影。自来弥弦望，及君临箕颍。清文蔚且咏，微言超已领。不见城壕侧，思君朝夕顷。回舟方在辰，何以慰延颈？

和江丞北戍琅琊城

春城丽白日，阿阁跨层楼。苍江忽渺渺，驱马复悠悠。京洛多尘雾，淮济未安流。岂不思抚剑，惜哉无轻舟！夫君

① 勘：《文选》卷三十作“戡”。按，勘，通“戡”。

良自勉,岁暮勿淹留。

和王中丞闻琴

凉风吹月露,圆景动清阴。蕙风入怀抱,闻君此夜琴。萧瑟满林听,轻鸣响涧音。无为澹容与,蹉跎江海心。

离　夜

玉绳隐高树,斜汉耿层台。离堂华烛尽,别幌清琴哀。翻潮尚知恨,客思渺难裁。山川不可尽,况乃故人杯。

王 孙 游

绿草蔓如丝,杂树红英发。无论君不归,君归芳已歇。

临溪送别

怅望南浦时,徙倚北梁步。叶上凉风初,日隐轻霞暮。荒城迥易阴,秋溪广难渡。沫泣岂徒然,君子行多露。

王　融

渌水曲

湛露改寒司，交莺变春旭。琼树落晨红，瑶塘水初渌。日霁沙溆明，风泉动华烛。遵渚泛兰觞，乘漪弄清曲。斗酒千金轻，寸阴百年促。何用尽欢娱，王度式如玉。

巫山高

想像巫山高，薄暮阳台曲。烟霞乍舒卷，猿鸟时断续。彼美如可期，寤言纷在瞩。怃然坐相思，秋风下庭绿。

萧咨议西上夜集

徘徊将所爱，惜别在河梁。衿袖三春隔，江山千里长。寸心无远近，边地有风霜。勉哉勤岁暮，敬矣事容光。山中殊未怿，杜若空自芳。

和王友德元古意二首

游禽暮知返，行人独未归。坐销芳草气，空度明月辉。

嚬容入朝镜，思泪点春衣。巫山彩云没，淇上绿杨稀。待君竟不至，秋雁双双飞。

霜气下孟津，秋风度函谷。念君凄以寒，当轩卷罗縠。纤手废裁缝，曲鬓罢膏沐。千里不相闻，寸心郁纷蕴平声。况复飞萤夜，木叶乱纷纷。

张　融

别　诗

白云山上尽，清风松下歇。欲识离人悲，孤台见明月。

刘　绘

有 所 思

别离安可再，而我更重之。佳人不相见，明月空在帷。共御满堂酌，独敛向隅眉。中心乱如雪，宁知有所思？

孔稚圭

游太平山

石险天貌分，林交日容缺。阴涧落春荣，寒岩留夏雪。

阴森。

陆　厥

临江王节士歌

木叶下，江波连，秋月照浦云歇山。秋思不可裁，复带秋叶来。秋风来已寒，白露惊罗纨。节士慷慨发冲冠，弯弓挂若木，长剑竦云端。

江孝嗣

北戍琅玡城诗

驱马一连翩，日下情不息。芳树似佳人，惆怅余何极。

薄暮苦羁愁，终朝伤旅食。丈夫许人世，安得顾心忆[①]？按剑勿复言，谁能耕与织？

东昏时百姓歌

《金陵志》：东昏侯即台城阅武堂为芳乐苑，又于苑中立店肆，以潘妃为市令。

阅武堂，种杨柳。至尊屠肉，潘妃沽酒。

梁诗

武　帝

逸　民

如垄生木，木有异心。如林鸣鸟，鸟有殊音。如江游鱼，鱼有浮沉。岩岩山高，湛湛水深，事迹易见，理相难寻。

渊渊浑浑，不类齐梁风格。

① 忆：《谢宣城集》卷四附作“臆”。按，忆、臆在此处均可作“意”解。

西洲曲

一作晋辞。

忆梅下西洲，折梅寄江北。单衫杏子红，双鬓鸦雏色。西洲在何处？两桨桥头渡。日暮伯劳飞，风吹乌桕树。树下即门前，门中露翠钿。开门郎不至，出门采红莲。采莲南塘秋，莲花过人头。低头弄莲子，莲子青如水。置莲怀袖中，莲心彻底红。忆郎郎不至，仰首望飞鸿。飞鸿满西洲，望郎上青楼。楼高望不见，尽日阑干头。阑干十二曲，垂手明如玉。卷帘天自高，海水摇空绿。海水梦悠悠，君愁我亦愁。南风知我意，吹梦到西洲。

续续相生，连跗接萼，摇曳无穷，情味愈出。○似绝句数首攒簇而成，乐府中又生一体。初唐张若虚、刘希夷七言古发源于此。

拟青青河畔草

幕幕绣户丝，悠悠怀昔朝。昔期久不归，乡国旷音徽。音徽空结迟，半寝觉如至。既寤了无形，与君隔平生。月似云掩光，叶似霜摧老。当途竟自容，莫肯为妾道。

河中之水歌

一作晋辞。

河中之水向东流，洛阳女儿名莫愁。莫愁十三能织绮，十四采桑南陌头。十五嫁为卢家妇，十六生儿字阿侯。卢家兰室桂为梁，中有郁金苏合香。头上金钗十二行，足下丝履五文章。珊瑚挂镜烂生光，平头奴子擎履箱。人生富贵何所望？恨不早嫁东家王。

东飞伯劳歌

一作古辞。

东飞伯劳西飞燕，黄姑织女时相见。谁家儿女对门居，开颜发艳照里闾。南窗北牖挂明光，罗帏绮帐脂粉香。女儿年纪十五六，窈窕无双颜如玉。三春已暮花从风，空留可怜谁与同？

何许骀宕！

天安寺疏圃堂

乘和荡犹豫，此焉聊止息。连山去无限，长洲望不极。

参差照光彩，左右皆春色。晻暖瞩游丝，出没看飞翼。其乐信难忘，儵然宁有适。

藉　田

寅宾始出日，律中方星鸟。千亩土膏紫，万顷陂色缥。严驾伫霞昕，浥露逗光晓。启行天犹暗，伐鼓地未悄。苍龙发蟠蜿，青旂引窈窕。仁化洽孩虫，德令禁胎夭。耕藉乘月映，遗滞指秋杪。年丰廉让多，岁薄礼节少。公卿秉耒耜，庶甿荷锄耰同“扰”。一人惭百王，三推先亿兆[①]。

典重肃穆，能与题称。

简文帝

诗至萧梁，君臣上下惟以艳情为娱，失温柔敦厚之旨，汉魏遗轨荡然扫地矣，故所选从略。

折 杨 柳

杨柳乱成丝，攀折上春时。叶密鸟飞碍，风轻花落迟。城高短箫发，林空画角悲。曲中无别意，并是为相思。

---

① 亿：原作“忆”，误，据《初学记》卷十四改。

"风轻花落迟"五字隽绝。

临高台

高台半行云，望望高不极。草树无参差，山河同一色。仿佛洛阳道，道远难别识。玉阶故情人，情来共相忆。

"山河同一色"，自是登高远望神理。少陵《登塔》云："俯视但一气，焉能辨皇州？"更觉雄跨数倍。

纳凉

斜日晚骎骎，池塘生半阴。避暑高梧侧，轻风时入襟。落花还就影，惊蝉乍失林。游鱼吹水沫，神蔡上荷心。翠竹垂秋采，丹枣映疏砧。无劳夜游曲，寄此托微吟。

元　帝

咏阳云楼檐柳

杨柳非花树，依楼自觉春。枝边通粉色，叶里映红巾。带日交帘影，因吹扫席尘。拂檐应有意，偏宜桃李人。

咏杨柳者，唐人佳句甚多，然不如梁元二语有天然之致。○“落星依远戍，斜月半平林”，二语澹远可风，摘录于此。

折杨柳

巫山巫峡长，垂柳复垂杨。同心且同折，故人怀故乡。
山似莲花艳，流如明月光。寒夜猿声彻，游子泪沾裳。

连上篇，此种音节竟是五言近体矣。古诗之亡，亡于齐、梁之间，唐陈射洪起而廓清之。文得昌黎，诗得射洪，挽回之功不小。

沈　约

家令诗，较之鲍、谢，性情声色俱逊一格矣。然在萧梁之代，亦推大家。以边幅尚阔，词气尚厚，能存古诗一脉也。尔时江屯骑、何水曹各自成家，可以鼎足。○水部名句极多，然渐入近体。

临高台

高台不可望，望远使人愁。连山无断绝，河水复悠悠。
所思竟何在？洛阳南陌头。可望不可见，何用解人忧？

夜夜曲

河汉纵且横，北斗横复直。星汉空如此，宁知心有忆。

孤灯暖不明,寒机晓犹织。零泪向谁道?鸡鸣徒叹息。

新安江至清浅深见底贻京邑游好

眷言访舟客,兹川信可珍。洞彻随清浅,皎镜无冬春。千仞写高树,百丈见游鳞。沧浪有时浊,清济涸无津。岂若乘斯去,俯映石磷磷。纷吾隔嚣滓,宁假濯衣巾。愿以潺湲水,沾君缨上尘。

直学省愁卧

学省,国学也。

秋风吹广陌,萧瑟入南闱。愁人掩轩卧,高窗时动扉。虚馆清阴满,神宇暖微微。网虫垂户织,夕鸟傍楣飞。缨珮空为忝,江海事多违。山中有桂树,岁暮可言归。

诗品自在,是《文选》体。

宿 东 园

陈王斗鸡道,安仁采樵路。东郊岂异昔,聊可闲余步。野径既盘纡,荒阡亦交互。槿篱疏复密,荆扉新且故。树顶鸣风飙,草根积霜露。惊麏去不息,征鸟时相顾。茅栋啸愁鸱，平冈走寒兔。夕阴带层阜，长烟引轻素。飞光忽我遒，岂止岁云暮。若蒙西山药，颓龄倘能度。

潘岳诗曰："出自东郊，忧心摇摇。遵彼莱田，言采其樵。"○西山药，见魏文诗。

别范安成

生平少年日，分手易前期。及尔同衰暮，非复别离时。勿言一尊酒，明日难重持。梦中不识路，何以慰相思？

一片真气流出，句句转，字字厚，去《十九首》不远。

伤谢朓

吏部信才杰，文峰振奇响。调与金石谐，思逐风云上。岂言陵霜质，忽随人事往。尺璧尔何冤，一旦同丘壤。

三四语能状谢朓之诗。

石塘濑听猿

噭噭夜猿鸣，溶溶晨雾合。不知声远近，惟见山重沓。既欢东岭唱，复伫西岩答。

游沈道士馆

秦皇御宇宙，汉帝恢武功。欢娱人事尽，情性犹未充。锐意三山上，托慕九霄中。既表祈年观，复立望仙宫。宁为心好道，直由意无穷。曰余知止足，是愿不须丰。遇可淹留处，便欲息微躬。山嶂远重叠，竹树近蒙茏。开襟濯寒水，解带临清风。所累非物外，为念在玄空。朋来握石髓，宾至驾轻鸿。都令人径绝，惟使云路通。一举凌倒景，同影。无事适华嵩。寄言赏心客，岁暮尔来同。

谷永曰："遇风轻举，登遐倒景。"言身在日月之上，日月反从下照，故其景倒也。○"欢娱人事尽"十字、"宁为心好道"十字，从来富贵人慕神仙之故，断得确，说得尽。

早发定山

夙龄爱远壑，晚莅见奇山。标峰彩虹外，置岭白云间。倾壁忽斜竖，绝顶复孤圆。归海流漫漫[①]，出浦水溅溅。野棠开未落，山樱发欲然。忘归属兰杜，怀禄寄芳荃。眷言采三秀，徘徊望九仙。

通体对耦，亦成一格。

---

① "归海"句：原作"归流海漫漫"，据《文选》卷二十七改。

冬节后至丞相第诣世子车中作

《齐书》：豫章王嶷薨，赠丞相、扬州牧，长子廉为世子。

廉公失权势，门馆有虚盈。贵贱犹如此，况乃曲池平。高车尘未灭，珠履故馀声。宾阶绿钱满，客位紫苔生。谁当九原上，郁郁望佳城！

《史记·廉颇传》曰："廉颇失势之时，故客尽去。及复为将，又复至。"

奉和竟陵王经刘瓛墓

表闾钦逸轨，式墓礼真魂[①]。化途终眇默，神理暖犹存。尘经未辍幌，高衡已委门。日芜子云舍，徒望董生园。华阴无遗布，楚席有灵樽。玄泉倘能慰，长夜且勿论。

"华阴"句，用王烈遗盗牛者布事。

① "式墓"句：《谢宣城集》卷四作"轼墓礼贞魂"。按，式，通"轼"，即以手抚轼，以表敬意。

古诗源卷十三　梁诗

江　淹

文通颇能修饬，而风骨未高。

从冠军建平王登庐山香炉峰

广成爱神鼎，淮南好丹经。此山具鸾鹤，往来尽仙灵。瑶草正翕赩，玉树信葱青。绛气下萦薄，白云上杳冥。中座瞰蜿虹，俯伏视流星。不寻遐怪极，则知耳目惊。日落长沙渚，曾阴万里生。藉兰素多意，临风默含情。方学松柏隐，羞逐市井名。幸承光诵末，伏思托后旂。

望荆山

奉诏至江汉，始知楚塞长。南关绕桐柏，西岳出鲁阳。寒郊无留影，秋日悬清光。悲风挠重林，云霞肃川涨。岁晏君如何，零泪沾衣裳。玉柱空掩露，金尊坐含霜。一闻《苦寒》奏，再使《艳歌》伤。

萧瑟。

古离别

《杂拟》共三十首，今存五首。

远与君别者，乃至雁门关。黄云蔽千里，游子何时还？送君如昨日，檐前露已团。不惜蕙草晚，所悲道里寒。君在天一涯，妾身长别离。愿一见颜色，不异琼树枝。兔丝及水萍，所寄终不移。

《淮南子》曰："夫萍树根于水，木树根于土，天地性也。"此借以表己志之贞。

班婕妤咏扇

纨扇如团月，出自机中素。画作秦王女，乘鸾向烟雾。彩色世所重，虽新不代故。窃愁凉风至，吹我玉阶树。君子恩未毕，零落在中路。

刘太尉琨伤乱

皇晋遘阳九，天下横氛雾。秦赵值薄蚀，幽并逢虎据。伊余荷宠灵，感激徇驰骛。虽无六奇术，冀与张韩遇。甯戚扣角歌，桓公遭乃举。荀息冒险难，实以忠贞故。空令日月逝，愧无古人度。饮马出城壕，北望沙漠路。千里何萧条，白日隐寒树。投袂既愤懑，抚枕怀百虑。功名惜未立，玄发已改素。时哉苟有会，治乱惟冥数。

末段悲壮，去太尉不远。

陶徵君潜田居[1]

种苗在东皋，苗生满阡陌。虽有荷锄倦，浊酒聊自适。日暮巾柴车，路闇光已夕。归人望烟火，稚子候檐隙。问君亦何为，百年会有役[2]。但愿桑麻成，蚕月得纺绩。素心正如此，开径望三益。

得彭泽之清逸矣。

休上人怨别

西北秋风至，楚客心悠哉。日暮碧云合，佳人殊未来。露彩方泛艳，月华始徘徊。宝书为君掩，瑶琴讵能开？相思巫山渚，怅望阳云台。高罏绝沉燎，绮席生浮埃。桂水日千里，因之平生怀。

有佳句。

---

① 此首曾被误为陶渊明诗而收入《陶渊明集》。

② 役：原作“没”，据《文选》卷三十一改。

效阮公诗

岁暮怀感伤，中夕弄清琴。戾戾曙风急，团团明月阴。孤云出北山，宿鸟惊东林。谁谓人道广，忧慨自相寻。宁知霜雪后，独见松竹心。

少年学击剑，从师至幽州。燕赵兵马地，唯见古时丘。登城望山水，平原独悠悠。寒暑有往来，功名安可留？

若木出海外，本自丹水阴。群帝共上下，鸾鸟相追寻。千龄犹旦夕，万世更浮沉。岂与异乡士，瑜瑕论浅深。

昔余登大梁，西南望洪河。时寒原野旷，风急霜露多。仲冬正惨切，日月少精华。落叶纵横起，飞鸟时相过。搔首广川阴，怀归思如何！常愿反初服，闲步颍水阿。

宵月辉西极，女圭映东海。佳丽多异色，芬葩有奇采。绮缟非无情，光阴命谁待？不与风雨变，长共山川在。人道则不然，消散随风改。

能脱当时俳偶之习，然较之阮公，相去不可数计。

范　云

有所思

如何有所思，而无相见时。宿昔梦颜色，阶庭寻履綦。高张更何已，引满终自持。欲知忧能老，为视镜中丝。

赠张徐州谡

田家樵采去，薄暮方来归。还闻稚子说，有客款柴扉。傧从皆珠玳，裘马悉轻肥。轩盖照墟落，传瑞生光辉。疑是徐方牧，既是复疑非。思旧昔言有，此道今已微。物情弃疵贱，何独顾衡闱？恨不具鸡黍，得与故人挥。怀情徒草草，泪下空霏霏。寄书云间雁，为我西北飞。

既是疑非，跌宕有神。

送沈记室夜别

桂水澄夜氛，楚山清晓云。秋风两乡怨，秋月千里分。寒枝宁共采，霜猿行独闻。扪萝正忆我，折桂方思君。

之零陵郡次新亭

江干远树浮，天末孤烟起。江天自如合，烟树还相似。沧流未可源，高帆去何已。

别　诗

洛阳城东西，长作经时别。昔去雪如花，今来花似雪。

自然得之，故佳。后人学步，便觉有意。

任　昉

赠郭桐庐出溪口见候余既未至郭仍进村维舟久之郭生乃至

朝发富春渚，蓄意忍相思。涿令行春返，冠盖溢川坻。望久方来萃，悲欢不自持。沧江路穷此，湍险方自兹。叠嶂易成响，重以夜猿悲。客心幸自弭，中道遇心期。亲好自斯绝，孤游从此辞。

如题转落，不见痕迹。长题以此种为式。

赠徐徵君

促生悲永路，早交伤晚别。自我隔容徽，于焉徂岁月。情非山河阻，意似江湖悦。东皋有儒素，杳与荣名绝。曾是违赏心，曷用箴余缺？眇焉追平生，尘书废不阅。信此伊能已，怀抱岂暂辍。何以表相思，贞松擅严节。

别萧咨议衍

离烛有穷辉，别念无终绪。歧言未及申，离目已先举。揆景巫衡阿，临风长楸浦。浮云难嗣音，裴徊怅谁与？傥有关外驿，聊访狎鸥渚。

出郡传舍哭范仆射

三首之一。

与子别几辰，经途不盈旬。弗睹朱颜改，徒想平生人。宁知安歌日，非君撤瑟晨。已矣余何叹，辍舂哀国均。

“宁知安歌日”一联，令人几不敢言欢娱，情辞极为深宛。

丘　迟

侍宴乐游苑送张徐州应诏

诘旦阊阖开，驰道闻风吹。轻荑承玉辇，细草藉龙骑。风迟山尚响，雨息云犹积。音渍。巢空初鸟飞，荇乱新鱼戏。实惟北门重，匪亲孰为寄？参差别念举，肃穆恩波被。小臣信多幸，投生岂酬义！

《史记》：齐威王曰："吾使有黔夫者，使守徐州，则燕人祭北门。"故知与徐州关合，非寻常征引。〇《西征赋》曰："岂生命之易投。"

旦发渔浦潭

渔潭雾未开，赤亭风已飏。棹歌发中流，鸣鞞响沓嶂。村童忽相聚，野老时一望。诡怪石异象，嶔绝峰殊状。森森荒树齐，析析寒沙涨。藤垂岛易陟，崖倾屿难傍。信是永幽栖，岂徒暂清旷。坐啸昔有委，卧治今可尚。

柳　恽

江南曲

汀洲采白蘋，日暖江南春。洞庭有归客，潇湘逢故人。故人何不返？春花复应晚。不道新知乐，只言行路远。

赠吴均

寒云晦沧洲，奔潮溢南浦。相思白露亭，永望秋风渚。心知别路长，谁谓若燕楚！关候日辽绝，如何附行旅。愿作野飞鸟，飘然自轻举。

捣衣诗

孤衾引思绪，独枕怆忧端。深庭秋草绿，高门白露寒。思君起清夜，促柱奏幽兰。不怨飞蓬苦，徒伤蕙草残。

行役滞风波，游人淹不归。亭皋木叶下，陇首秋云飞。寒园夕鸟集，思牖草虫悲。嗟矣当春服，安见御冬衣？

鹤鸣劳永叹，采菉伤时暮。念君方远游，望妾理纨素。秋风吹绿潭，明月悬高树。佳人饰净容，招携从所务。

步櫩杳不极，离堂肃已扃。轩高夕杵散，气爽夜砧鸣。

瑶华随步响，幽兰逐袂生。踟蹰理金翠[1]，容与纳宵清。

捣衣，只于末首正点。以上写情。

庾肩吾

奉和春夜应令

春牖对芳洲，珠帘新上钩。烧香知夜漏，刻烛验更筹。天禽下北阁，织女入西楼。月皎疑非夜，林疏似更秋。水光悬荡壁，山翠下添流。讵假西园宴，无劳飞盖游。

写景娟秀。一结是应令体。

乱后行经吴御亭

御亭一回望，风尘千里昏。青袍异春草，白马即吴门。獯戎鲠伊洛，杂种乱轘辕。辇道同关塞，王城似太原。休明鼎尚重，秉礼国犹存。殷牖爻虽赜，尧城吏转尊。泣血悲东走，横戈念北奔。方凭七庙略，誓雪五陵冤。人事今如此，天道共谁论？

御亭，吴大帝所建，在晋陵。别本作“邮亭”，误。

---

① 踟蹰：原作“蹰踟”，误，据《玉台新咏》卷五改。

咏长信宫中草

委翠似知节，含芳如有情。全由履迹少，并欲上阶生。

“并欲”字，唐人多此种字法。

经陈思王墓

公子独忧生，丘垄擅馀名。采樵枯树尽，犁田荒隧平。宁追宴平乐，讵想谒承明。旦余来锡命，兼言事结成。飘飖河朔远，贴飙飔风鸣。雁与云俱阵，沙将蓬共惊。枯桑落古社，寒鸟归孤城。陇水哀笳曲，渔阳惨鼓声。离家来远客，安得不伤情？

庾肩吾、张正见，其诗声色臭味俱备。诗之佳者，在声色臭味之俱备，如庾如张是也。诗之高者，在声色臭味之俱无，如陶渊明是也。〇梁、陈、隋间人，专工琢句，如庾肩吾《泛舟后湖》“残虹收度雨，缺岸上新流”、张正见《赋得白云临浦》“疏叶临嵇竹，轻鳞入郑船”、江总《赠人》“露洗山扉月，霜开石路烟”、隋炀帝“鸟击初移树，鱼寒欲隐苔”，皆成名俊。然比之“池塘生春草”、“天际识归舟”等句，痕迹宛然矣。于此足觇风气。

吴　均

答柳恽

清晨发陇西，日暮飞狐谷。秋月照层岭，寒风扫高木。雾露夜侵衣，关山晓催轴。君去欲何之？参差间原陆。一见终无缘，怀悲空满目。

酬别江主簿屯骑

有客告将离，赠言重兰蕙。泛舟当泛济，结交当结桂。济水有清源，桂树多芳根。毛公与朱亥，俱在信陵门。赵瑟凤皇柱，吴醥金罍樽。我有北山志，留连为报恩。夫君皆逸翮，抟景复陵骞。白云间海树，秋日暗平原。寒虫鸣趯趯，落叶飞翻翻。何用赠分首，自有北堂萱。

“结交当结桂”，桂即当君子看。

主人池前鹤

本自乘轩者，为君阶下禽。摧藏多好貌，清唳有奇音。稻粱惠既重，华池遇亦深。怀恩未忍去，非无江海心。

酬周参军

日暮忧人起，倚户怅无欢。水传洞庭远，风送雁门寒。江南霜雪重，相如衣服单。沉云隐乔树，细雨灭层峦。且当对樽酒，朱弦永夜弹。

春　咏

春从何处来，拂水复惊梅。云障青锁闼，风吹承露台。美人隔千里，罗帏闭不开。无由得共语，空对相思杯。

一起飘逸。

山中杂诗

山际见来烟，竹中窥落日。鸟向檐上飞，云从窗里出。

四句写景，自成一格。

何　逊

仲言诗虽乏风骨，而情词宛转，浅语俱深，宜为沈、范心折。○阴、何并称，然何自远胜。

日夕望江山赠鱼司马

溢城带溢水，溢水萦如带。日夕望高城，耿耿青云外。城中多宴赏，丝竹常繁会。管声已流悦，弦声复凄切。歌黛惨如愁，舞腰凝欲绝。仲秋黄叶下，长风正骚屑。早雁出云归，故燕辞檐别。昼悲在异县，夜梦还洛汭。洛汭何悠悠，起望西南楼。的的帆向浦，团团月映洲。谁能一羽化，轻举逐飞浮？

音响得之《西洲》。

道中赠桓司马季珪

晨缆虽同解，晚洲阻共入。犹如征鸟飞，差池不可及。本愿申羁旅，何言异翔集。君渡北江时，讵令南浦泣。

入西塞示南府同僚

露清晓风冷，天曙江光爽。薄云岩际出，初月波中上。黯黯连嶂阴，骚骚急沫响。回查急碍浪，群飞争戏广。伊余本羁客，重暌复心赏。望乡虽一路，怀归成二想。在昔爱名山，自知欢独往。情游乃落魄，得性随怡养。年事以蹉跎，生平任浩荡。方还让夷路，谁知羡鱼网？

赠诸游旧

弱操不能植，薄技竟无依。浅智终已矣，令名安可希？扰扰从役倦，屑屑身事微。少壮轻年月，迟暮惜光辉。一途今未是，万绪昨如非。新知虽已乐，旧爱尽睽违。望乡空引领，极目泪沾衣。旅客长憔悴，春物自芳菲。岸花临水发，江燕绕樯飞。无由下征帆，独与暮潮归。

送韦司马别

送别临曲渚，征人慕前侣。离言虽欲繁，离思终无绪。悯悯分手毕，萧萧行帆举。举帆越中流，望别上高楼。予起南枝怨，子结北风愁。逦逦山蔽日，汹汹浪隐舟。隐舟邈已远，裴徊落日晚。归衢并驾奔，别馆空筵卷。想子敛眉去，知予衔泪返。衔泪心依依，薄暮行人稀。暧暧入塘港，蓬门已掩扉。帘中看月影，竹里见萤飞。萤飞飞不息，独愁空转侧。北窗倒长簟，南邻夜闻织。弃置勿复陈，重陈长叹息。

每于顿挫处蝉联而下，一往情深。

别沈助教

可怜玉匣剑，复此飞凫舄。未觉爱生憎，忽见双成只。

一朝别笑语，万事成畴昔。道遒若波澜，人生异金石。愿君深自爱，共念悲无益。

与苏九德别

宿昔梦颜色，咫尺思言宴。何况杳来期，各在天一面。踟蹰暂举酒，倏忽不相见。春草似青袍，秋月如团扇。三五出重云，当知我忆君。萋萋若被径，怀抱不相闻。

末四句分顶秋月、春草，随手成法，无所不可。

宿南洲浦

幽栖多暇豫，从役知辛苦。解缆及朝风，落帆依暝浦。违乡已信次，江月初三五。沉沉夜看流，渊渊朝听鼓。霜洲渡旅雁，朔飙吹宿莽。夜泪坐淫淫，是夕偏怀土。

和萧咨议岑离闺怨

晓河没高栋，斜月半空庭。窗中度落叶，帘外隔飞萤。含悲下翠帐，掩泣闭金屏。昔期今未返，春草寒复青。思君无转易，何异北辰星。

临行与故游夜别

历稔共追随，一旦辞群匹。复如东注水，未有西归日。夜雨滴空阶，晓灯暗离室。相悲各罢酒，何时同促膝？

与胡兴安夜别

居人行转轼，客子暂维舟。念此一筵笑，分为两地愁。露湿寒塘草，月映清淮流。方抱新离恨，独守故园秋。

慈姥矶

暮烟起遥岸，斜日照安流。一同心赏夕，暂解去乡忧。野岸平沙合，连山远雾浮。客悲不自已，江上望归舟。

己不能归而望他舟之归，情事黯然。

相送

客心已百念，孤游重千里。江暗雨欲来，浪白风初起。

王　籍

入若耶溪

艅艎何泛泛，空水共悠悠。阴霞生远岫，阳景逐回流。蝉噪林逾静，鸟鸣山更幽。此地动归念，长年悲倦游。

隽语①，当时传诵，以为文外独绝。

刘　峻

自江州还入石头诗

鼓枻浮大川，延睇洛城观。洛城何郁郁，杳与云霄半。前望苍龙门，斜瞻白鹤馆。槐垂御沟道，柳缀金堤岸。迅马晨风趋，轻与流水散。高歌梁尘下，绁瑟荆禽乱。我思江海游，曾无朝市玩。忽寄灵台宿，空轸及关叹。仲子入南楚，伯鸾出东汉。何敢栖树枝，取毙王孙弹？

---

① 指“蝉噪林逾静，鸟鸣山更幽”二句。原刻本此二句每字旁均加圈。

刘孝绰

古意

燕赵多佳丽，白日照红妆。荡子十年别，罗衣双带长。春楼怨难守，玉阶空自伤。复此归飞燕，衔泥绕曲房。差池入绮幕，上下傍雕梁。故居犹可念，故人安可忘？相思昏望绝，宿昔梦容光。魂交忽在御，转侧定他乡。徒然顾枕席，谁与同衣裳？空使兰膏夜，炯炯对繁霜。

陶弘景

诏问山中何所有赋诗以答

答齐高帝诏。

山中何所有？岭上多白云。只可自怡悦，不堪持寄君。

即“独寐寤宿，永矢勿告”意。

寒夜怨

夜云生，夜鸿惊，凄切嘹唳伤夜情。空山霜满高烟平，铅华沉照帐孤明。寒月微，寒风紧。愁心绝，愁泪尽。情人不胜怨，思来谁能忍？

音节近词。“空山”七字却高。

曹景宗

光华殿侍宴赋竞病韵

景宗破魏师凯旋，帝于光华殿宴饮联句。景宗启求赋诗，时韵已尽，惟馀“竞”“病”二字。景宗操笔而成，帝深叹赏，朝贤惊嗟累日。

去时儿女悲，归来笳鼓竞。借问行路人，何如霍去病？

徐　悱

古意酬到长史溉登琅玡城

在润州江宁县西北十八里。

甘泉警烽候，上谷抵楼兰。此江称豁险，兹山复郁盘。表里穷形胜，襟带尽岩峦。修篁壮下属，危楼峻上干。登陴越遐望，回首见长安。金沟朝灞浐，甬道入鸳鸾。鲜车骛华毂，汗马跃银鞍。少年负壮气，耿介立冲冠。怀纪燕山石，思开函谷丸。岂如灞上戏，羞取路傍观。寄言封侯者，数奇良可叹。

在尔时已为高响。

虞　羲

咏霍将军北伐

拥旄为汉将，汗马出长城。长城地势险，万里与云平。凉秋八九月，胡骑入幽并。飞狐白日晚，瀚海愁云生。羽书时断绝，刁斗昼夜惊。乘墉挥宝剑，蔽日引高旍。云屯七萃士，鱼丽六郡兵。胡笳关下思，羌笛陇头鸣。骨都先自詟，日逐次亡精。玉门罢斥堠，甲第始修营。位登万庾积，功立百行成。天长地自久，人道有亏盈。未穷激楚乐，已见高台倾。当令麟阁上，千载有雄名。

《汉书》：匈奴有骨都侯，有日逐王。○雍门周说孟尝君曰："千秋万岁后，高台既已倾，曲池又已平。"○不为纤靡之习所囿，居然杰作。

卫敬瑜妻王氏

孤燕诗

《南史》：贞女所居户有巢燕，常双飞来去。后忽孤飞，贞女感其偏栖，乃以缕系脚为志。后岁，此燕更来，犹带前缕，女复为诗曰：

昔年无偶去，今春犹独归。故人恩义重，不忍复双飞。

贞洁语出以和婉，愈能感人。

乐府歌辞[1]

企 喻 歌

以下《横吹曲》,乃北音也。

男儿欲作健,结伴不须多。鹞子经天飞,群雀两向波。

前行看后行,齐著铁裲裆。前头看后头,齐著铁钰鉾。

男儿可怜虫,出门怀死忧。尸丧狭谷中,白骨无人收。

有同袍、同泽之风。

幽州马客吟歌辞

快马常苦瘦,勦儿常苦贫。黄禾起羸马,有钱始作人。

琅玡王歌辞

新买五尺刀,悬著中梁柱。一日三摩挲,剧于十五女。

客行依主人,愿得主人强。猛虎依深山,愿得松柏长。

---

① 此标题原无,据下收作品体裁补。

正意在前，喻意在后，古人往往有之。

懀马高缠鬃，遥知身是龙。谁能骑此马？惟有广平公。

按《晋书》，广平公姚弼，兴之子，泓之弟也。

钜鹿公主歌辞

官家出游雷大鼓，细乘犊车开后户。

车前女子年十五，手弹琵琶玉节舞。

钜鹿公主殷照女，皇帝陛下万几主。

陇头歌辞

朝发欣城，暮宿陇头。寒不能语，舌卷入喉。

奇语①。

陇头流水，鸣声幽咽。遥望秦川，心肠断绝。

此章同汉辞。

---

① 指"寒不能语，舌卷入喉"二句。原刻本此二句每字旁均加圈。

折杨柳歌辞

上马不捉鞭，反折杨柳枝。蹀座吹长笛，愁杀行客儿。

遥看孟津河，杨柳郁婆娑。我是虏家儿[①]，不解汉儿歌。

健儿须快马，快马须健儿。跸跋黄尘下，然后别雄雌。

木兰诗

唧唧复唧唧，木兰当户织。不闻机杼声，惟闻女叹息。问女何所思，问女何所忆，女亦无所思，女亦无所忆。昨夜见军帖，可汗大点兵，军书十二卷，卷卷有爷名。阿爷无大儿，木兰无长兄，愿为市鞍马，从此替爷征。东市买骏马，西市买鞍鞯，南市买辔头，北市买长鞭。朝辞爷娘去，暮宿黄河边。不闻爷娘唤女声，但闻黄河流水鸣溅溅。旦辞黄河去，暮至黑水头。不闻爷娘唤女声，但闻燕山胡骑声啾啾。万里赴戎机，关山度若飞。朔气传金柝，寒光照铁衣。将军百战死，壮士十年归。归来见天子，天子坐明堂。策勋十二转，赏赐百千强。可汗问所欲，“木兰不用尚书郎，愿驼千里足[②]，送儿还故乡。”爷娘闻女来，出郭相扶将。阿姊闻妹来一作“阿妹闻姊

---

① 虏：原作“掳”，避清朝讳，据《乐府诗集》卷二十五改回。

② “愿驼”句：驼，原作“馳”，同“驼”。此句一作“愿借明馳（驼）千里足”。

来”，当户理红妆。小弟闻姊来，磨刀霍霍向猪羊。开我东阁门，坐我西阁床，脱我战时袍，著我旧时裳。当窗理云鬓，对镜帖花黄。出门看火伴，火伴始惊惶[①]。同行十二年，不知木兰是女郎。雄兔脚扑朔，雌兔眼迷离。两兔傍地走，安能辨我是雄雌？

事奇诗奇，卑靡时得此，如凤皇鸣，庆云见，为之快绝。○唐人韦元甫有《拟木兰诗》一篇，后人并以此篇为韦作，非也。韦系中唐人。杜少陵《草堂》一篇，后半全用此诗章法矣。断以梁人作为允。

捉搦歌

华阴山头百丈井，下有流水徹骨冷。可怜女子能照影，不见其馀见斜领。

黄桑柘屐蒲子履，中央有丝两头系。小时怜母大怜婿，何不早嫁论家计！

---

①　始：《乐府诗集》卷二十五作“皆”。

古诗源卷十四　陈诗　隋诗

陈诗

阴　铿

渡青草湖

亦作庾信诗。

洞庭春溜满，平湖锦帆张。沅水桃花色，湘流杜若香。穴去茅山近，江连巫峡长。带天澄迥碧，映日动浮光。行舟逗远树，度鸟息危樯。滔滔不可测，一苇讵能航。

广陵岸送北使

行人引去节，送客舣归舻。即是观涛处，仍为郊赠衢。汀洲浪已息，邗江路不纡。亭嘶背枥马，樯转向风乌。海上春云杂，天际晚帆孤。离舟对零雨，别渚望飞凫。定知能下泪，非但一杨朱。

江津送刘光禄不及

依然临送渚，长望倚河津。鼓声随听绝，帆势与云邻。泊处空馀鸟，离亭已散人。林寒正下叶，钓晚欲收纶。如何相背远，江汉与城闉。

和傅郎岁暮还湘州

苍茫岁欲晚，辛苦客方行。大江静犹浪，扁舟独且征。棠枯绛叶尽，芦冻白花轻。戍人寒不望，沙禽迥未惊。湘波各深浅，空轸念归情。

开 善 寺

鹫岭春光遍，王城野望通。登临情不极，萧散趣无穷。莺随入户树，花逐下山风。栋里归云白，窗外落晖红。古石何年卧，枯树几春空？淹留昔未及，幽桂在芳丛。

诗至于陈，专工琢句，古诗一线绝矣。少陵绝句云："颇学阴何苦用心。"又《赠太白》云："李侯有佳句，往往似阴铿。"此特赏其句，非取其格也。

徐　陵

出自蓟北门行

蓟北聊长望，黄昏心独愁。燕山对古刹，代郡隐城楼。屡战桥恒断，长冰堑不流。天云如地阵，汉月带胡秋。渍土泥函谷，挼绳缚凉州。平生燕颔相，会自得封侯。

巧句①。

别毛永嘉

愿子厉风规，归来振羽仪。嗟余今老病，此别空长离。白马君来哭，黄泉我讵知。徒劳脱宝剑，空挂陇头枝。

似达愈悲，《孝穆集》中不易多得。

关 山 月

关山三五夜，客子忆秦川。思妇高楼上，当窗应未眠。星旗映疏勒，云阵上祁连。战气今如此，从军复几年？

---

① 指“天云如地阵，汉月带胡秋”二句。原刻本此二句每字旁均加圈。

周弘让

留赠山中隐士

行行访名岳，处处必留连。遂至一岩里，灌木上参天。忽见茅茨屋，暧暧有人烟。一士开门出，一士呼我前。相看不道姓，焉知隐与仙？

清真似陶诗一派，陈、隋时得之大难。

周弘正

还草堂寻处士弟

四时易荏苒，百龄倏将半。故老多零落，山僧尽凋散。宿树倒为查，旧水侵成岸。幽寻属令弟，依然归旧馆。感物自多伤，况乃春莺乱。

江　总

遇长安使寄裴尚书

传闻合浦叶，远向洛阳飞。北风尚嘶马，南冠独不归。去云目徒送，离琴手自挥。秋蓬失处所，春草屡芳菲。太息关山月，风尘客子衣。

入摄山栖霞寺

净心抱冰雪，暮齿逼桑榆。太息波川迅，悲哉人世拘！岁华皆采获，冬晚共严枯。濯流济八水，开襟入四衢。兹山灵妙合，当与天地俱。石濑乍深浅，崖烟递有无。缺碑横古隧，盘木卧荒途。行行备履历，步步怜威纡。高僧迹共远，胜地心相符。樵隐各有得，丹青独不渝。寺僧犹有朗、诠二师、居士明绍、治中萧畛塑像图。遗风伫芳桂，比德喻生刍。寄言长往客，凄然伤鄙夫。

薄有清气，急当收入。〇总持更有《游摄山诗》，中云："荷衣步林泉，麦气凉昏晓。"亦佳句也。

南还寻草市宅

入隋后南还之作。

红颜辞巩洛，白首入镮辕。乘春行故里，徐步采芳荪。径毁悲求仲，林残忆巨源。见桐犹识井，看柳尚知门。花落空难遍，莺啼静易喧。无人访语默，何处叙寒温？百年独如此，伤心岂复论！

并州羊肠坂

三春别帝乡，五月度羊肠。本畏车轮折，翻嗟马骨伤。惊风起朔雁，落照尽胡桑。关山定何许，徒御惨悲凉。

于长安归还扬州九月九日行薇山亭赋韵

心逐南云逝，形随北雁来。故乡篱下菊，今日几花开？

哭鲁广达

为韩擒虎所执遇害者。

黄泉虽抱恨，白日自留名。悲君感义死，不作负恩生。

不嫌自污，真情可悯。

闺怨篇

寂寂青楼大道边，纷纷白雪绮窗前。池上鸳鸯不独自，帐中苏合还空然。屏风有意障明月，灯火无情照独眠。辽西水冻春应少，蓟北鸿来路几千。愿君关山及早度，照妾桃李片时妍。

竟似唐律，稍降则为填词矣。学者当防其渐。

张正见

秋日别庾正员

征途愁转旆，连骑惨停镳。朔气凌疏木，江风送上潮。青雀离帆远，朱鸢别路遥。唯有当秋月，夜夜上河桥。

遇好句不十分卑弱者，亦便收入。钞诗者至此，眼界放下几许矣。

关山月

岩间度月华，流彩映山斜。晕逐连城璧，轮随出塞车。唐蓂遥合影，秦桂远分花。欲验盈虚驶，方知道路赊。

秦置桂林。言桂林之花远分于月中也。

何　胥

被使出关

出关登陇坂，回首望秦川。绛水通西晋，机桥指北燕。奔流下激石，古木上参天。莺啼落春后，雁度在秋前。平生屡此别，肠断自催年。

“莺啼”一联，极言风景之异。

韦　鼎

长安听百舌

万里风烟异，一鸟忽相惊。那能对远客，还作故乡声！

陈　昭

昭君词

跨鞍今永诀，垂泪别亲宾。汉地随行尽，胡关逐望新。

交河拥塞雾，陇日暗沙尘。唯有孤明月，犹能远送人。

雅音。

北魏诗附

刘　昶

断　句

《南史》：昶兵败奔魏，弃母、妻，惟携妾一人，骑马自随，在道慷慨为断句。

白云满鄣来，黄尘暗天起。关山四面绝，故乡几千里。

常　景

司马相如

《北史》：景淹滞门下，积岁不至显官，以蜀司马相如、王褒、严君平、杨子云皆有高才而无重位，乃托意以赞之。

长卿有艳才，直致不群性。郁若春烟举，皎如秋月映。游梁虽好仁，仕汉常称病。清贞非我事，穷达委天命。

王　褒

王子挺秀质，逸气干青云。明珠既绝俗，白鹄信惊群。才世苟不合，遇否途自分。空枉碧鸡命，徒献金马文。

汉宣帝遣王褒祀金马碧鸡之神，褒中道卒，故曰"空枉"，曰"徒献"云。

严君平

严君性沉静，立志明霜雪。味道综微言，端蓍演妙说。才屈罗仲口，位结李强舌。素尚迈金贞，清标陵玉彻[①]。

扬　雄

蜀江导清流，扬子挹馀休。含光绝后彦，覃思邈前修。世轻久不赏，玄谈物无求。当途谢权宠，置酒得闲游。

不及《五君咏》者，颜作能写性情，此只引得故实也。以气体大方，收之。

---

① 陵玉彻：《初学记》卷十七作"凌玉澈"。

温子昇

从驾幸金墉城

兹城实佳丽，飞甍自相并。胶葛拥行风，岧峣闲流景。御沟属清洛，驰道通丹屏。湛淡水成文，参差树交影。长门久已闭，离宫一何静。细草缘玉阶，高枝荫桐井。微微夕渚暗，肃肃暮风冷。神行扬翠旂，天临肃清警。伊臣从下列，逢恩信多幸。康衢虽已泰，弱力将安骋？

略有三谢之体。

捣　衣

长安城中秋夜长，佳人锦石捣流黄。香杵纹砧知近远，传声递响何凄凉。七夕长河烂，中秋明月光。蠮螉塞边逢候雁，鸳鸯楼上望天狼。

直是唐人。

胡　叟

示陈伯达

《北史》：叟入沮渠牧犍，牧犍遇之不重，乃为诗示伯达云。

群犬吠新客，佞暗排疏宾。直途既已塞，曲路非所遵。望卫惋祝鮀，眄楚悼灵均[①]。何用宣忧怀？托翰寄辅仁。

"辅仁"是康乐一种用法。其词太直，在北朝取其风格。

胡太后

杨白花

《梁书》：杨华少有勇力，容貌雄伟，魏太后逼通之。华惧及祸，乃率其部曲降梁。太后思之，为作《杨白花歌》，使宫人连臂蹋足歌之，声甚凄惋。

阳春二三月，杨柳齐作花。春风一夜入闺闼，杨花飘荡落南家。含情出户脚无力，拾得杨花泪沾臆。春去秋来双

① 眄：《魏书》列传第四十作"眄"。

燕子，愿衔杨花入窠里。

音韵缠绵，令读者忘其秽亵。后人作此题，竟赋杨花，失其旨矣。柳子厚一篇，若隐若露，剧佳。

杂歌谣辞[①]

咸阳王歌

《北史》：后魏咸阳王禧谋逆，伏诛后，宫人为之歌。其歌流于江表，北人在南者，弦管奏之，莫不泣下。

可怜咸阳王，奈何作事误。金床玉几不能眠，夜踏霜与露。洛水湛湛弥岸长，行人那得渡？

深情出以婉节，自能动人。一时文人诗浅率无味，愧宫中女子多矣！

李波小妹歌

《魏书》：广平人李波，宗族强盛，残掠不已，百姓为之语云云。刺史李安世诱波等杀之，州内肃然。

① 此标题原无，据下收作品体裁补。

李波小妹字雍容，褰裙逐马如卷蓬，左射右射必叠双。妇女尚如此，男子安可逢？

北齐诗附

邢　卲

思公子

绮罗日减带，桃李无颜色。思君君未归，归来岂相识？

祖　珽

挽　歌

昔日驱驷马，谒帝长杨宫。旌悬白云外，骑猎红尘中。今来向漳浦，素盖转悲风。荣华与歌笑，万里尽成空。

郑公超

送庾羽骑抱

旧宅青山远，归路白云深。迟暮难为别，摇落更伤心。空城落日影，迥地浮云阴。送君自有泪，不假听猿吟。

翻得新①。

萧 悫

上之回

发轫城西畤，回舆事北游。山寒石道冻，叶下故宫秋。朔路传清警，边风卷画旒。岁馀巡省毕，拥仗返皇州。

声律俱谐，唐音中之佳者。

和崔侍中从驾经山寺

钩陈夜警徼，河汉晓参横。游骑腾文马，前驱转翠旌。野禽喧曙色，山树动秋声。云表金轮见，岩端画栱明。塔疑

① 指“送君自有泪，不假听猿吟”二句。原刻本此二句每字旁均加圈。

从地涌，盖似积香成。泉高下溜急，松古上枝平。仪台多北思，丽藻蔚缘情。自嗤非照乘，何以继连城。

秋　思

清波收潦日，华林鸣籁初。芙蓉露下落，杨柳月中疏。燕帏缃绮被，赵带流黄裾。相思阻音息，结梦感离居。

"芙蓉"一联，不从雕琢而得，自是佳句。

颜之推

古　意

十五好诗书，二十弹冠仕。楚王赐颜色，出入章华里。作赋凌屈原，读书夸左史。数从明月宴，或侍朝云祀。登山摘紫芝，泛江采绿芷。歌舞未终曲，风尘暗天起。吴师破九龙，秦兵割千里。孤兔穴宗庙，霜露沾朝市。璧入邯郸宫，剑去襄城水。未获殉陵墓，独生良足耻。悯悯思旧都，恻恻怀君子。白发窥明镜，忧伤没馀齿。

直述中怀，转见古质。

从周入齐夜度砥柱

侠客重艰辛，夜出小平津。马色迷关吏，鸡鸣起戍人。露鲜华剑彩，月照宝刀新。问我将何去？北海就孙宾。

《后汉书》：中常侍唐衡，兄唐玹，尽杀赵岐家属。岐逃难江湖间，匿名卖饼。时孙嵩察岐非常人，曰："我北海孙宾硕。"因藏岐复壁中数年。诸唐后灭，岐因赦乃免。

冯淑妃

感琵琶弦

本齐后主后，为周师所获，以赐代王达。侍王弹琵琶，因弦断作诗。

虽蒙今日宠，犹忆昔时怜。欲知心断绝，应看膝上弦。

斛律金

敕勒歌

《北史》：北齐神武，使斛律金唱《敕勒》，自和之。

敕勒川，阴山下，天似穹庐，笼盖四野。天苍苍，野茫茫，风吹草低见牛羊。

莽莽而来，自然高古，汉人遗响也。

杂歌谣辞[1]

童　谣

《北史·齐本纪》：后魏末，文宣未受禅时，有童谣。按，蕖然两头[2]，于文为高。“河边羖䍽”，水边羊，帝名也。

一束蕖，两头然[3]，河边羖䍽飞上天。

① 此标题原无，据下收作品体裁补。

②③ 然：通“燃”。

北周诗附

庾 信

陈、隋间人，但欲得名句耳。子山于琢句中，复饶清气，故能拔出于流俗中，所谓轩鹤立鸡群者耶。〇子山诗固是一时作手，以造句能新，使事无迹，比何水部似又过之。武陵陈胤倩谓少陵不能青出于蓝，直是亦步亦趋，则又太甚矣。名句如《步虚词》云："汉帝看桃核，齐侯问枣花。"《山池》云："荷风惊浴鸟，桥影聚行鱼。"《和宇文内史》云："树宿含樱鸟，花留酿蜜蜂。"《军行》云："塞迥翻榆叶，关寒落雁毛。"《法筵》云："佛影胡人记，经文汉语翻。"《酬薛文学》云："羊肠连九阪，熊耳对双峰。"《和人》云："早雷惊蛰户，流雪长河源。"《园庭》云："樵隐恒同路，人禽或对巢。"《清晨临泛》云："猿啸风还急，鸡鸣潮欲来。"《冬狩》云："惊雉逐鹰飞，腾猿看箭转。"《和人》云："络纬无机织，流萤带火寒。"《咏画屏》云："石险松横植，岩悬涧竖流。""爱静鱼争乐，依人鸟入怀。"《梦入堂内》云："日光钗影动[①]，窗影镜花摇。"少陵所云清新者耶？

商调曲

君以宫唱，宽大而谟明。臣以商应[②]，闻义则可行。有熊为政，访道于容成。殷汤受命，委任于阿衡。忠其敬事，有罪不逃刑。诵其箴谏，言之无隐情。有刚有断，四方可以宁。既颂既雅，天下乃升平。专精一致，金石为之开。动其

---

① 钗影：《庾子山集》卷三作"钗焰"。

② "臣以"句：原脱，据《乐府诗集》卷十五补。

两心，妻子恩情乖。苟利社稷，无有不尽怀。昊天降祐，元首惟康哉！

黄帝有熊氏命容成作盖天。

礼乐既正，神人所以和。玉帛有序，志欲静干戈。各分符瑞，俱誓裂山河。今日相乐，对酒且当歌。道德以喻，听撞钟之声；神奸不若，观铸鼎之形。酆宫既朝，诸侯于是穆；岐阳或狩，淮夷自此平。若涉大川，言凭于舟楫；如和鼎实，有寄于盐梅。君臣一体，可以静氛埃。得人则治，何世无奇才[①]？

别为一体，当存以备观览。在尔时，宗庙之乐亦用靡靡，此如蒉桴土鼓也。

乌夜啼

促柱繁弦非《子夜》，歌声舞态异《前溪》。御史府中何处宿？洛阳城头那得栖？弹琴蜀郡卓家女，织锦秦川窦氏妻。讵不自惊长泪落，到头啼乌恒夜啼。

对酒歌

春水望桃花，春洲藉芳杜。琴从绿珠借，酒就文君取。

① 何：原作“可”，据《乐府诗集》卷十五改。

牵马向渭桥，日曝山头晡。山简接䍦倒，王戎如意舞。筝鸣金谷园，笛韵平阳坞。人生一百年，欢笑惟三五。何处觅钱刀？求为洛阳贾。

起结致佳。○作意嵚崎，终归平顺，风气使然也。

奉和泛江

春江下白帝，画舸向黄牛。锦缆回沙碛，兰桡避荻洲。湿花随水泛，空巢逐树流。建平船柹下，荆门战舰浮。岸社多乔木，山城足迥楼。日落江风静，龙吟回上游。

同卢记室从军

《河图》论阵气，《金匮》辨星文。地中鸣鼓角，天上下将军。函犀恒七属，络铁本千群。飞梯聊度绛，合弩暂凌汾。寇阵先中断，妖营即两分。连烽对岭度，嘶马隔河闻。箭飞如疾雨，城崩似坏云。英王于此战，何用武安君？

至老子庙应诏

虚无推驭辨，寥廓本乘蜺。三门临苦县，九井对灵溪。盛丹须竹节，量药用刀圭。石似临邛芋，芝如封禅泥。毻音妥毛新鹄小，盘根古树低。野戍孤烟起，春山百鸟啼。路有三千别，途经七圣迷。唯当别关吏，直向流沙西。

《神仙传》：老子耳有三门。《郡国志》：苦县老子庙有九井。○“悠悠三千，路难涉矣”，赵至语。七圣俱迷，用轩辕访道事。

拟咏怀

无穷孤愤，倾吐而出，工拙都忘。不专拟阮。

畴昔国士遇，生平知己恩。直言珠可吐，宁知炭可吞。一顾重尺璧，千金轻一言。悲伤刘孺子，凄怆史皇孙。无因同武骑，归守霸陵园。

榆关断音信，汉使绝经过。胡笳落泪曲，羌笛断肠歌。纤腰减束素，别泪损横波。恨心终不歇，红颜无复多。枯木期填海，青山望断河。

摇落秋为气，凄凉多怨情。啼枯湘水竹，哭坏杞梁城。天亡遭愤战，日蹙值愁兵。直虹朝映垒，长星夜落营。楚歌饶恨曲，南风多死声。眼前一杯酒，谁论身后名。

横流遘屯慝，上墋结重氛[①]。哭市闻妖兽，颓山起怪云。绿林多散卒，清波有败军。智士今安用，忠臣且未闻。惜无

① 墋：原作“惨”，误，据《庾子山集》改。

万金产，东求沧海君。

《隋巢子》：三苗大乱，龙生于庙，犬哭于市。

日晚荒城上，苍茫馀落晖。都护楼兰返，将军疏勒归。马有风尘色，人多关塞衣。阵云平不动，秋蓬卷欲飞。闻道楼船战，今年不解围。

萧条亭障远，凄怆风尘多。关门临白狄，城影入黄河。秋风别苏武，寒水送荆轲。谁言气盖世，晨起帐中歌。

"城影"句悲壮。

步兵未饮酒，中散未弹琴。索索无真气，昏昏有俗心。涸鲋常思水，惊飞每失林。风云能变色，松竹且悲吟。由来不得意，何必往长岑？

《易·震卦》云："震索索。"

悲歌度燕水，弭节出阳关。李陵从此去，荆卿不复还。故人形影灭，音书两俱绝。遥看塞北云，悬想关山雪。游子河梁上，应将苏武别。

如闻羽声。〇末路但收李陵，古人章法。

喜晴应诏敕自疏韵

御辩诚膺录，维皇称有建。雷泽昔经渔，负夏时从贩。

柏梁骖驷马，高陵驰六传。有序属宾连，无私表平宪。河堤崩故柳，秋水高新堰。心斋愍昏垫，乐彻怜胥怨。禅河秉高论，法轮开胜辩。王城水斗息，洛浦《河图》献。伏泉还习坎，归风已回巽。桐枝长旧围，蒲节抽新寸。山薮欣藏疾，幽栖得无闷。有庆兆民同，论年天子万。

“高陵”句，用《汉文本纪》乘六传至高陵事，周明帝之立，亦相似也。○谷洛水斗，见《国语》。

和王少保遥伤周处士

王少保褒集阙此题诗。

冥漠尔游岱，凄凉余向秦。虽言异生死，同是不归人。昔余仕冠盖，值子避风尘。望气求真隐，伺关待逸民。忽闻泉石友，芝桂不防身。怅然张仲蔚，悲哉郑子真。三山犹有鹤，五柳更应春。遂令从渭水，投吊往江滨。

奉和永丰殿下言志

立德齐今古，资仁一毁誉。无机抱瓮汲，有道带经锄。处下唯名惠，能贤本姓蘧。未论惊宠辱，安知系惨舒。

咏画屏风诗

昨夜鸟声春，惊鸣动四邻。今朝梅树下，定有咏花人。流星浮酒泛，粟瑱绕杯唇。何劳一片雨，唤作阳台神。

三危上凤翼，九坂度龙鳞。路高山里树，云低马上人。悬崖泉溜响，深谷鸟声春。住马来相问，应知有姓秦。

梅　花

当年腊月半，已觉梅花阑。不信今春晚，俱来雪里看。树动悬冰落，枝高出手寒。早知觅不见，真悔著衣单。

古人咏梅，清高越俗，后人愈刻划，愈觉粘滞。古人取神，后人取形也。

寄徐陵

故人倘思我，及此平生时。莫待山阳路，空闻吹笛悲。

和侃法师

客游经岁月，羁旅故情多。近学衡阳雁，秋分俱渡河。

重别周尚书

阳关万里道，不见一人归。唯有河边雁，秋来南向飞。

从子山时势地位想之，愈见可悲。

王　褒

关山篇

从军出陇坂，驱马度关山。关山恒掩蔼，高峰白云外。遥望秦川水，千里长如带。好勇自秦中，意气多豪雄。少年便习战，十四已从戎。辽水深难渡，榆关断未通。

渡河北

秋风吹木叶，还似洞庭波。常山临代郡，亭障绕黄河。心悲异方乐，肠断《陇头歌》。薄暮临征马，失道北山阿。

起调甚高。

隋诗

炀　帝

炀帝诗能作雅正语，比陈后主胜之。

饮马长城窟行示从征群臣

肃肃秋风起，悠悠行万里。万里何所行？横漠筑长城。岂台小子智，先圣之所营。树兹万世策，安此亿兆生。讵敢惮焦思，高枕于上京。北河秉武节，千里卷戎旌。山川互出没，原野穷超忽。摐金止行阵，鸣鼓兴士卒。千乘万骑动，饮马长城窟。秋昏塞外云，雾暗关山月。缘岩驿马上，乘空烽火发。借问长城候，单于入朝谒。浊气静天山，晨光照高阙。释兵仍振旅，要荒事方举。饮至告言旋，功归清庙前。

白 马 篇

白马金贝装，横行辽水傍。问是谁家子？宿卫羽林郎。文犀六属铠，宝剑七星光。山虚弓响彻，地迥角声长。宛河推勇气，陇蜀擅威强。轮台受降虏，高阙翦名王。射熊入飞观，校猎下长杨。英名欺卫霍，智策蔑平良。岛夷时失礼，卉服犯边疆。征兵集蓟北，轻骑出渔阳。进军随日晕，挑战逐星芒。阵移龙势动，营开虎翼张。冲冠入死地，攘臂越金汤。尘飞战鼓急，风交征旆扬。转斗平华地，追奔扫鬼方[①]。本持身许国，况复武功彰。会令千载后，流誉满旂常。

二章气体自阔大，而骨力未能振起，故知风格初成，菁华未备。

杨　素

武人亦复奸雄，而诗格清远，转似出世高人，真不可解。

山斋独坐赠薛内史二首

居山四望阻，风云竟朝夕。深溪横古树，空岩卧幽石。日出远岫明，鸟散空林寂。兰庭动幽气，竹室生虚白。落花入户飞，细草当阶积。桂酒徒盈樽，故人不在席。日落山之幽，临风望羽客。

岩壑澄清景，景清岩壑深。白云飞暮色，绿水激清音。涧户散馀彩，山窗凝宿阴。花草共萦映，树石相陵临。独坐对陈榻，无客有鸣琴。寂寂幽山里，谁知无闷心？

① “追奔”句：《乐府诗集》卷六十三作“追奔扫带方”。

赠薛播州

《北史》：素以诗遗薛道衡，薛曰："人之将死，其言也善。若是乎？"未几而卒。

在昔天地闭，品物属屯蒙。和平替王道，哀怨结人风。麟伤世已季，龙战道将穷。乱海飞群水，贯日引长虹。干戈异革命，揖让非至公。

落句是奸雄语，曹孟德时或有此。

两河定宝鼎，八水域神州。函关绝无路，京洛化为丘。漳滏尔连沼，泾渭余别流。生郊满戎马，涉路起风牛。班荆疑莫遇，赠缟竟无由。

道昏虽已朗，政故犹未新。刳舟洹水际，结网大川滨。出游迎钓叟，入梦访幽人。植林虽各树，开荣岂异春？相逢一时泰，共幸百年身。

"植林"一联，言己与薛各奋事功，遣词甚雅。

荏苒积岁时，契阔同游处。阊阖既趋朝，承明还宴语。上林陪羽猎，甘泉侍清曙。迎风含暑气，飞雨凄寒序。相顾惜光阴，留情共延伫。

滔滔彼江汉，实为南国纪。作牧求明德，若人应斯美。高卧未褰帷，飞声已千里。还望白云天，日暮秋风起。岘山君傥游，泪落应无已。

汉阴政已成，岭表人犹蠹。弹冠比方新，还珠总如故。楚人结去思，越俗歌来暮。阳乌尚归飞，别鹤还回顾。君见南枝巢，应思北风路。

养病顾归闲，居荣在知足。栖迟茂陵下，优游沧海曲。故人情可见，今人遵路瞩。荒居接野穷，心物俱非俗。桂树芳丛生，山幽竟何欲。

秋水鱼游日，春树鸟鸣时。濠梁暮共往，幽谷有相思。千里悲无驾，一见杳难期。山河散琼蕊，庭树下丹滋。物华不相待，迟暮有馀悲。

衔悲向南浦，寒色黯沈沈。风起洞庭险，烟生云梦深。独飞时慕侣，寡和乍孤音。木落悲时暮，时暮感离心。离心多苦调，讵假雍门琴。

从天下之乱，说到定鼎，次说求材，次说立朝，次说薛之出守，颂其政成，次说己之归闲，末致相思之意。一题几章，须具此章法。〇未尝不排，而不觉排偶之迹，骨高也。

卢思道

游梁城

扬镳历汴浦，回扈入梁墟。汉藩文雅地，清尘暖有馀。宾游多任侠，台苑盛簪裾。叹息徐公剑，悲凉邹子书。亭皋落照尽，原野沍寒初。鸟散空城夕，烟销古树疏。东越严子陵，西蜀马相如。修名窃所慕，长谣独课虚。

薛道衡

昔昔盐

昔昔，犹夜夜也。盐，引之转而讹也。

垂柳覆金堤，蘼芜叶复齐。水溢芙蓉沼，花飞桃李蹊。采桑秦氏女，织锦窦家妻。关山别荡子，风月守空闺。恒敛千金笑，长垂双玉啼。盘龙随镜隐，彩凤逐帷低。飞魂同夜鹊，倦寝忆晨鸡。暗牖悬蛛网，空梁落燕泥。前年过代北，今岁往辽西。一去无消息，那能惜马蹄①。

"暗牖悬蛛网"二句，从张景阳"青苔依空墙，蜘蛛网四屋"化出，而其发原，则在"伊威在室，蠨蛸在户"，但后人愈巧耳。

敬酬杨仆射山斋独坐

相望山河近，相思朝夕劳。龙门竹箭急，华岳莲花高。岳高障重叠，鸟道风烟接。遥原树若荠，远水舟如叶。叶舟旦旦浮，惊波夜夜流。露寒洲渚白，月冷函关秋。秋夜清风发，弹琴即鉴月。虽非庄舄歌，吟咏常思越。

杨素封越国公。〇"遥原"二语，孟襄阳祖此句法。

---

① 马蹄：原作"马啼"，误，据《乐府诗集》卷七十九改。

人日思归

入春才七日，离家已二年。人归落雁后，思发在花前。

虞世基

出　塞

上将三略远，元戎九命尊。缅怀古人节，思酬明主恩。山西多勇气，塞北有游魂。扬桴度陇坂，勒骑上平原。誓将绝沙漠，悠然去玉门。轻赍不遑舍，惊策骛戎轩。懔懔边风急，萧萧征马烦。雪暗天山道，冰塞交河源。雾烽黯无色，霜旗冻不翻。耿介倚长剑，日落风尘昏。

入　关

陇云低不散，黄河咽复流。关山多道里，相接几重愁。

孙万寿

和周记室游旧京

大夫愍周庙，王子泣殷墟。自然心断绝，何关系惨舒。仆本漳滨士，旧国亦沦胥。紫陌风尘起，青坛冠盖疏。台留子建赋，宫落仲将书。谯周自题柱，商容谁表闾？闻君怀古曲，同病亦涟洳。方知周处叹，前后信非虚。

三四语翻得高。韦诞字仲将，为魏书凌云台者。周处将战死，叹曰："军无后继必败，不徒身亡，为国取耻。"

早发扬州还望乡邑

乡关不再见，怅望穷此晨。山烟蔽钟阜，水雾隐江津。洲渚敛寒色，杜若变芳春。无复归飞羽，空悲沙塞尘。

东归在路率尔成咏

学宦两无成，归心自不平。故乡尚千里，山秋猿夜鸣。人愁惨云色，客意惯风声。羁恨虽多绪，俱是一伤情。

王　胄

别周记室

五里徘徊鹤，三声断绝猿。何言俱失路，相对泣离樽。别路凄无已，当歌寂不喧。贫交欲有赠，掩涕竟无言。

尹　式

别宋常侍

游人杜陵北，送客汉川东。无论去与住，俱是一飘蓬。秋鬓含霜白，衰颜倚酒红。别有相思处，啼乌杂夜风。

孔德绍

送蔡君知入蜀

金陵已去国，铜梁忽背飞。失路远相送，他乡何日归？

夜宿荒村

绵绵夕漏深，客恨转伤心。抚弦无人听，对酒时独斟。故乡万里绝，穷愁百虑侵。秋草思边马，绕枝惊夜禽。风度谷馀响，月斜山半阴。劳歌欲叙意，终是白头吟。

孔绍安

落　叶

早秋惊落叶，飘零似客心。翻飞未肯下，犹言惜故林。

颇能寄托。

别徐永元秀才

金汤既失险，玉石乃同焚。坠叶还相覆，落羽更为群。岂谓三秋节，重伤千里分。促离弦易转，幽咽水难闻。欲识相思处，山川间白云。

“坠叶”一联，比乱离之后两人结契，非寻常写景。下转到惜别。

陈子良

送　别

落叶聚还散，征禽去不归。以我穷途泣，沾君出塞衣。

不堪。○亦见《何逊集》，略有异同。

七夕看新妇隔巷停车

隔巷遥停幰，非复为来迟。只言更尚浅，未是渡河时。

写来合并无迹。

王申礼

赋得岩穴无结构

岩间无结构，谷处极幽寻。叶落秋巢迥，云生石路深。早梅香野径，清涧响丘琴。独有栖迟客，留连芳杜心。

吕　让

和入京

俘囚经万里，憔悴度三春。发改河阳鬓，衣馀京洛尘。钟仪悲去楚，随会泣留秦。既谢平吴利，终成失路人。

明馀庆

从军行

三边烽乱惊，十万且横行。风卷常山阵，笳喧细柳营。剑花寒不落，弓月晓逾明。会取淮南地，持作朔方城。

"剑花"一联，唐人极摹此种句法。

大义公主

公主，后周宇文氏女，嫁为突厥沙钵略妻。初名千金公主，隋灭周，自伤宗祀绝灭，每怀复隋之志，日夜言于沙钵略，悉众为寇。后沙钵略内附，赐姓杨氏，改封大义公主。隋平陈后，以陈叔宝屏风赐主。主心恒不平，因书屏风为诗。

书屏风诗

盛衰等朝暮，世道若浮萍。荣华实难守，池台终自平。富贵今何在？空事写丹青。杯酒恒无乐，弦歌讵有声。余本皇家子，飘流入虏庭，一朝睹成败，怀抱忽纵横。古来共如此，非我独申名。唯有明君曲，偏伤远嫁情。

英气勃勃，事虽不成，精卫之志不可泯灭。

无名氏

送别诗

杨柳青青著地垂，杨花漫漫搅天飞。柳条折尽花飞尽，借问行人归不归？

竟似盛唐人手笔。○《东虚记》云：此诗作于大业末年。指炀帝巡游无度，民穷财尽，望其返国。五子作歌之意也。

鸡鸣歌

东方欲明星烂烂，汝南晨鸡登坛唤。曲终漏尽严具陈，月没星稀天下旦。千门万户递鱼钥，宫中城上飞乌鹊。

《国学典藏》丛书已出书目

周易［明］来知德 集注
诗经［宋］朱熹 集传
尚书 曾运乾 注
周礼［清］方苞 集注
仪礼［汉］郑玄 注［清］张尔岐 句读
礼记［元］陈澔 注
论语·大学·中庸［宋］朱熹 集注
孟子［宋］朱熹 集注
左传［战国］左丘明 著［晋］杜预 注
孝经［唐］李隆基 注［宋］邢昺 疏
尔雅［晋］郭璞 注
说文解字［汉］许慎 撰
战国策［汉］刘向 辑录
［宋］鲍彪 注［元］吴师道 校注
国语［战国］左丘明 著
［三国吴］韦昭 注
史记菁华录［汉］司马迁 著
［清］姚苎田 节评
徐霞客游记［明］徐弘祖 著
孔子家语［三国魏］王肃 注
（日）太宰纯 增注
荀子［战国］荀况 著［唐］杨倞 注
近思录［宋］朱熹 吕祖谦 编
［宋］叶采［清］茅星来 等注
传习录［明］王阳明 撰
（日）佐藤一斋 注评
老子［汉］河上公 注［汉］严遵 指归
［三国魏］王弼 注
庄子［清］王先谦 集解
列子［晋］张湛 注［唐］卢重玄 解
［唐］殷敬顺［宋］陈景元 释文
孙子［春秋］孙武 著［汉］曹操 等注
墨子［清］毕沅 校注
韩非子［清］王先慎 集解
吕氏春秋［汉］高诱 注［清］毕沅 校
管子［唐］房玄龄 注［明］刘绩 补注
淮南子［汉］刘安 著［汉］许慎 注
金刚经［后秦］鸠摩罗什 译 丁福保 笺注
楞伽经［南朝宋］求那跋陀罗 译
［宋］释正受 集注
坛经［唐］惠能 著 丁福保 笺注
世说新语［南朝宋］刘义庆 著
［南朝梁］刘孝标 注
山海经［晋］郭璞 注［清］郝懿行 笺疏
颜氏家训［北齐］颜之推 著
［清］赵曦明 注［清］卢文弨 补注
三字经·百家姓·千字文
［宋］王应麟等 著
龙文鞭影［明］萧良有等 编撰
幼学故事琼林［明］程登吉 原编
［清］邹圣脉 增补
梦溪笔谈［宋］沈括 著
容斋随笔［宋］洪迈 著
困学纪闻［宋］王应麟 著
［清］阎若璩 等注
楚辞［汉］刘向 辑
［汉］王逸 注［宋］洪兴祖 补注
曹植集［三国魏］曹植 著
［清］朱绪曾 考异［清］丁晏 铨评
陶渊明全集［晋］陶渊明 著
［清］陶澍 集注
王维诗集［唐］王维 著［清］赵殿成 笺注

杜甫诗集［唐］杜甫 著
［清］钱谦益 笺注
李贺诗集［唐］李贺 著［清］王琦等 评注
李商隐诗集［唐］李商隐 著
［清］朱鹤龄 笺注
杜牧诗集［唐］杜牧 著［清］冯集梧 注
李煜词集（附李璟词集、冯延巳词集）
［南唐］李煜 著
柳永词集［宋］柳永 著
晏殊词集·晏幾道词集
［宋］晏殊 晏幾道 著
苏轼词集［宋］苏轼 著［宋］傅幹 注
黄庭坚词集·秦观词集
［宋］黄庭坚 著［宋］秦观 著
李清照诗词集［宋］李清照 著
辛弃疾词集［宋］辛弃疾 著
纳兰性德词集［清］纳兰性德 著
六朝文絜［清］许梿 评选
［清］黎经诰 笺注
古文辞类纂［清］姚鼐 纂集
玉台新咏［南朝陈］徐陵 编
［清］吴兆宜 注［清］程琰 删补
古诗源［清］沈德潜 选评
乐府诗集［宋］郭茂倩 编撰
千家诗［宋］谢枋得 编
［清］王相 注［清］黎恂 注
花间集［后蜀］赵崇祚 集
［明］汤显祖 评
绝妙好词［宋］周密 选辑；
［清］项絪 笺；［清］查为仁 厉鹗 笺
词综［清］朱彝尊 汪森 编
花庵词选［宋］黄昇 选编
阳春白雪［元］杨朝英 选编
唐宋八大家文钞［清］张伯行 选编
宋诗精华录［清］陈衍 评选
古文观止［清］吴楚材 吴调侯 选注
唐诗三百首［清］蘅塘退士 编选
［清］陈婉俊 补注
宋词三百首［清］朱祖谋 编选
文心雕龙［南朝梁］刘勰 著
［清］黄叔琳 注 纪昀 评
李详 补注 刘咸炘 阐说
诗品［南朝梁］锺嵘 著
古直 笺 许文雨 讲疏
人间词话·王国维词集 王国维 著
西厢记［元］王实甫 著
［清］金圣叹 评点
牡丹亭［明］汤显祖 著
［清］陈同 谈则 钱宜 合评
长生殿［清］洪昇 著［清］吴人 评点
桃花扇［清］孔尚任 著
［清］云亭山人 评点

部分将出书目
（敬请关注）

公羊传
穀梁传
史记
汉书
后汉书
三国志
水经注
史通
日知录
文史通义
心经
文选
古诗笺
李白全集
孟浩然诗集
白居易诗集
唐诗别裁集
明诗别裁集
清诗别裁集
博物志